SYLTER BIIKE

Arne-Christian Bornemann, studierter Diplom-Kaufmann, eigentlich kein Mann der vielen Worte, überraschte sich und sein Umfeld mit seinem Debütkrimi. Entstanden ist er, als er ein Jahr lang in Hörnum lebte. Seine Liebe zu Sylt wurde ihm förmlich in die Wiege gelegt, schon seit seiner frühen Kindheit ist er mehrmals im Jahr auf der Nordseeinsel unterwegs und beobachtet scharfsinnig. Er kennt die Insel, ihre Bewohner, Besucher und Eigenheiten gut.

ARNE-CHRISTIAN BORNEMANN

SYLTER BIIKE

Insel Krimi

emons:

Bibliografische Information der Deutschen Nationalbibliothek
Die Deutsche Nationalbibliothek verzeichnet diese Publikation in der Deutschen Nationalbibliografie; detaillierte bibliografische Daten sind im Internet über http://dnb.d-nb.de abrufbar.

Cäcilienstraße 48, 50667 Köln
info@emons-verlag.de

Umschlagmotiv: Montage aus mauritius images/photo-active, shutterstock.com/IgorZh
Umschlaggestaltung: Nina Schäfer, nach einem Konzept von Leonardo Magrelli und Nina Schäfer
Umsetzung: Tobias Doetsch
Gestaltung Innenteil: DÜDE Satz und Grafik, Odenthal
Lektorat: Jana Budde
Druck und Bindung: Books on Demand GmbH, Norderstedt
Printed in Germany
Erstausgabe 2021
ISBN 978-3-7408-1018-4
Insel Krimi
Originalausgabe
2. Auflage

Für Opa Rudi, den alten Geschichtenerzähler

Prolog

Tief stand die Aprilsonne am Himmel und ließ ihr Licht auf den Wellen tanzen. Trotz der Kälte schritt Anke barfuß über den Sand, ihre Jeans bis zu den Waden nach oben gekrempelt. Der Wind roch nach Salz. Der Strand war leer, die meisten Touristen waren bereits in ihre Hotels und Unterkünfte entlang der Sylter Küste zurückgekehrt, um sich auf das Abendessen vorzubereiten.

Noch war die Luft frisch und das Meerwasser, das sie an ihren Zehen kitzelte, eiskalt. Dennoch kündigte sich unverkennbar der Frühling an.

Anke liebte Sylt zu dieser Jahreszeit, wenn sie es fast ganz für sich allein hatte. Zwar hatte sie sich mit Händen und Füßen dagegen gewehrt, von ihren Eltern ausgerechnet hierhin – wie sie es damals gesehen hatte – abgeschoben zu werden, doch inzwischen schlug ihr Herz ganz und gar für die Nordseeinsel.

Es waren nicht die Hotels, nicht die Touristenorte, die sie anzogen, sondern die sanften Erhebungen der Dünen, das Kreischen der Möwen, der Wechsel von Ebbe und Flut, die sie einnahmen. Sie verstand inzwischen, warum dieses Fleckchen Erde so vielen Künstlern als Inspirationsquelle diente.

Anke streifte ihre Tasche von den Schultern und legte sich, das Gesicht Richtung Himmel gereckt, in den Sand. Genüsslich schloss sie die Augen und lauschte in sich hinein. Wie von selbst passte sich ihr Atem dem Rauschen der Wellen an. Für einen Moment war sie ganz und gar bei sich, angekommen im Augenblick. Sie fühlte sich herrlich lebendig, frei, voller Hoffnung. Ihr Herz hatte sein Zuhause gefunden. So, wie es jetzt war, konnte es bleiben.

»Na du, träumst du von mir?« Ein Schatten fiel auf sie und verdunkelte die Sonne.

Anke blinzelte. »Da bist du ja«, sagte sie. »Ich habe schon auf dich gewartet.«

Es rollt die Flut

Draußen vor dem Fenster flog die immer flacher werdende nordfriesische Landschaft vorbei, aus der sich nur vereinzelt Häuser und Höfe erhoben. Eis und Schnee bedeckten den Boden, Bäume und Sträucher ruhten im Winterschlaf. In den Eiskristallen funkelte das Februarlicht.

In wenigen Minuten würden sie den Hindenburgdamm erreichen, der Sylt mit dem Festland verband. Inge Petersen ließ müde ihren Kopf gegen das Sitzpolster sinken. Der Weg von Düsseldorf nach Sylt war weit, und heute erschien er ihr noch weiter, weil er so endgültig war. Sie kam nicht als Besucherin, sondern als Rückkehrerin. Zwanzig Jahre nach ihrem Weggang von der Insel, auf der sie aufgewachsen war, zog es sie zurück. Offiziell, um ihrem Bruder, dem Inhaber des Hotels »Blanke Hans«, zur Hand zu gehen, inoffiziell, weil es in Düsseldorf nichts mehr gab, was ihr etwas bedeutete. Mit nunmehr achtundfünfzig Jahren war es an der Zeit heimzukehren.

»Moin moin, Personalwechsel.« Inge wurde aus ihren Gedanken gerissen. »Dürfte ich bitte die Fahrscheine sehen?«

Vor ihr stand eine junge Zugbegleiterin und lächelte. Inge begann in ihrer Tasche nach ihrem Ticket zu suchen.

»Urlaub auf Sylt?«, fragte die Schaffnerin, während sie das Papier mit ihrer Zange bearbeitete.

»Nein, ich, ähm, wohne da.«

Die Frau hob die Augenbrauen. »Das ist ja komisch, ich bin auch aus Westerland, aber ich kenne Sie gar nicht.«

»Ich war lange weg«, sagte Inge. Wie sollte man einem anderen Menschen begreiflich machen, dass man ausgerechnet jenen Ort freiwillig verlassen hatte, an dem so viele andere Urlaub machten?

Die Schaffnerin lächelte zum Abschied erneut und ging weiter.

»Keine Bange«, hörte Inge eine raue Stimme hinter sich sagen. »Hier gehört man schneller wieder zum Inventar, als einem lieb ist.«

Inge stutzte. Die Stimme kam ihr bekannt vor. Sie drehte sich um. Hinter ihr saß eine zierliche Frau mit wilden blonden Locken. Sie trug einen viel zu großen Pulli über zerrissenen Jeans, darunter schwarze Boots.

»Meret? Bist du das?«, fragte Inge. »Meret Knudsen? Die kleine Meret?«

Die Frau schnitt eine Grimasse. »Ja, genau. Die ›kleine‹ Meret.« Dann legte sie ein ansteckendes Lächeln auf und krauste die Nase. »Sie sind Inge Petersen, oder? Die Schwester von Jannis?«

»Ja, richtig. Ich hätte nicht gedacht, dass du dich nach all den Jahren noch an mich erinnerst. Immerhin warst du noch ein Kind.«

»Ich war ein Teenager«, korrigierte Meret sie.

Rasch überschlug Inge, wie alt Meret jetzt wohl sein mochte. Vielleicht Mitte dreißig? Tatsächlich entdeckte sie bei näherem Hinsehen die ersten Lachfalten rund um die grünen Katzenaugen.

»Ich arbeite ab jetzt auch für Jannis im ›Blanke Hans‹. Er hat mir gesagt, dass Sie heute kommen, und ich kenne Sie von Fotos.«

Gerade fuhr der Zug ratternd über den Hindenburgdamm. Bald würden sie ihr Ziel erreichen.

»Du arbeitest für meinen Bruder? Davon hat er mir gar nichts erzählt.«

Meret neigte den Kopf. »Ich wette, es gibt eine Menge Dinge, die er Ihnen nicht erzählt.«

Bevor Inge nachhaken konnte, was sie damit meinte, war Meret aufgestanden, hatte sich ihren Seesack geschnappt und war in Richtung Ausgang verschwunden. Ihre Fragen würden bis später warten müssen.

Inge starrte ihr mit offenem Mund nach. Was für ein seltsames Verhalten … Dann rief sie sich zur Ordnung. Du bist keine Polizistin mehr, schalt sie sich selbst, während sie ihr eigenes

Gepäck aus dem Fach über den Sitzen wuchtete. Also hör auf, dich wie eine zu benehmen! Du weißt doch, dass die Leute das nicht mögen.

Ihr Koffer war schwer. Dennoch stimmte es sie traurig, dass ihr ganzes Leben dort hineinpasste. Sicher, einiges hatte sie bereits mit der Post zu Jannis geschickt, doch am Ende war nicht viel übrig geblieben, was sie aus ihrer Wohnung in Düsseldorf hatte behalten wollen.

Jetzt nur nicht wehmütig werden, Inge, befahl sie sich und zerrte den Koffer hinter sich her zum Ausgang.

Am Bahnsteig begegnete sie Meret wieder. Sie sog an einer Zigarette und starrte die Straße hinunter.

»Eigentlich sollte Jannis uns abholen …«

Inge nickte. »Ja, das hat er mir versprochen. Er wird sicher bald kommen.«

»Klar, auf Jannis ist Verlass.«

Täuschte sich Inge, oder schwang in Merets Stimme etwas Spöttisches mit? Warum hatte Jannis ihr nichts davon erzählt, dass er Meret eingestellt hatte?

»Ist nicht einfach, hm?«

»Was?«, fragte Inge verwundert.

»Zurückzukommen, wenn man weg war. Ich war selbst weg, an die sechzehn Jahre, außer ein paar kurzen Besuchen. Für viele andere ist Sylt das Paradies, aber es kann auch ganz schnell zu einem Gefängnis werden.« Meret blies die Luft durch die gespitzten Lippen. »Aber was soll's? Heimat ist Heimat, und am Ende gehört man dahin, wo man seine Wurzeln hat.« Wieder dieses ansteckende Lächeln.

»Ja, das stimmt vermutlich.«

»Aber auch hier ändern sich Dinge. Die Zeit vergeht zwar viel langsamer, doch sie bleibt nicht stehen. Man muss nur Geduld haben. Viel Geduld.«

Da bog Jannis mit seinem Volvo um die Ecke und hielt direkt vor ihnen an. »Moin! Da seid ihr ja!«, rief er, nachdem er aus dem Auto gesprungen war. Er drückte Inge herzlich an sich und schloss auch Meret überschwänglich in die Arme.

Gemeinsam luden sie die Koffer ein und fuhren an den grünen »Reisenden Riesen im Wind«, einer Kunstinstallation auf dem Bahnhofsvorplatz, vorbei in Richtung Hörnum, ganz im Süden von Sylt.

Das »Blanke Hans« befand sich in einem ehemaligen Friesenhof und besaß eines der traditionellen reetgedeckten Dächer. Benannt war es nach den großen Sturmfluten, die die Inseln der Nordsee in den vergangenen Jahren immer wieder heimgesucht hatten. Über der Gaststätte und im neu gebauten Anbau gab es rund fünfundzwanzig Gästezimmer, die fast das ganze Jahr über gut besucht waren. In einem alten Fünfziger-Jahre-Bau waren die Personalwohnungen eingerichtet worden. Merets und Inges Zimmer lagen in diesem Trakt einander genau gegenüber, ein kleiner Hof trennte sie.

»Sieht aus, als wären wir jetzt Nachbarn!«, rief Meret, als sie in ihrem Gang verschwand.

Inges Unterkunft war karg, die Möbel waren außerdem alt und eher lieblos angeordnet, offenbar aus dem zusammengewürfelt, was in den Gästezimmern ausrangiert worden war, doch die Matratze ihres Betts war angenehm hart. Immerhin konnte sie den Leuchtturm von Hörnum sehen.

Sie trat ans Fenster und öffnete es weit. Der Westwind trug den salzigen Geruch des Meeres zu ihr herein, irgendwo in der Ferne kreischten Möwen. Sie schloss die Augen, während sie tief ein- und ausatmete.

In der Wirtsstube war nicht viel los, was auch an der fortgeschrittenen Stunde liegen mochte. Nur wenige Gäste saßen an den Tischen. Jannis stand hinter der Theke und zapfte Bier. Als er seine Schwester hereinkommen sah, begrüßte er sie wortlos und stellte ihr ein Glas hin.

Erst jetzt fiel Inge auf, wie durstig sie war. Sie nahm einen tiefen Schluck. »Warum hast du mir nicht gesagt, dass Meret Knudsen für dich arbeitet?«

»Keine Ahnung, habe ich das nicht erwähnt?«

»Nein, hast du nicht.«

»Ist das für dich ein Problem?«

»Natürlich nicht.«

Inge nahm die Anwesenden in Augenschein. Manche Gesichter kamen ihr bekannt vor, und sie nickte ihnen zu. Ob sich schon herumgesprochen hatte, dass sie wieder da war? Interessierte sich überhaupt jemand dafür?

»Du bist schon immer neidisch auf mich gewesen«, hörte sie hinter sich.

Inge schob ihre Gedanken beiseite, wandte den Kopf und entdeckte Meret Knudsen, die mit einer zierlichen Frau mit langem braunen Haar und unauffälliger Kleidung an einem kleinen Tischchen saß.

»Genau wie früher, als du das mit Ole und mir verhindert hast.« Die Stimme der Brünetten nahm einen hysterischen Klang an, von den Nachbartischen aus trafen sie neugierige Blicke. »Ole und ich, daraus hätte etwas werden können, trotz des Altersunterschieds. Ich hatte ein Recht darauf, meine eigenen Erfahrungen zu machen. Du wolltest nicht, dass wir glücklich werden. Es ging immer nur um dich!«

Meret sprang auf und funkelte die Frau an. »Nele, ich warne dich, noch ein Wort und du kannst etwas erleben!«

»So? Was denn? Was willst du tun? Mir drohen?«, höhnte Nele, streckte sich und zischte so leise, dass es Inge auf ihrem Barhocker gerade noch hören konnte: »Niemand will dich hier, Meret. Es war gut, solange du weg warst. Also verschwinde einfach wieder.«

Meret wurde blass vor Zorn. Bevor sie etwas erwidern konnte, stürmte Nele aus der Gaststube. Mit versteinertem Blick sah Meret ihr nach, bevor sie sich ruckartig abwandte und an die Theke kam.

»Wer war das denn?«, fragte Inge.

»Nele Mungard. Wir waren einmal beste Freundinnen. Vor langer Zeit.«

»Na, das muss aber wirklich schon eine ganze Weile her sein«, bemerkte Inge trocken.

Merets Züge verhärteten sich, sie sagte aber nichts. Jannis

stellte ihr einen Kurzen hin, den sie mit einem Schluck hinunterstürzte.

»Ich gehe jetzt ins Bett«, verkündete sie.

Jannis sah sie mit gerunzelter Stirn an. »Ist vermutlich besser so. Weißt du, manche Leute mögen es einfach nicht, wenn andere ihre Nase in fremde Angelegenheiten stecken.«

»Pah! Als ob es hier so etwas wie ›fremde Angelegenheiten‹ überhaupt gäbe.« Mit diesen Worten verschwand Meret.

»Bist du dir sicher, dass du die richtige Entscheidung getroffen hast, als du sie eingestellt hast?«, fragte Inge ihren Bruder belustigt.

Er machte eine wegwerfende Handbewegung. »Meret weiß, was sie tut. Sie ist ausgebildete Hotelfachfrau, und ich brauche dringend Personal. Weißt du, wie schwer es ist, jemanden zu finden, der etwas taugt? Und sie kommt von der Insel.«

»Gibt es den großen Knudsen-Hof noch?«

Jannis schüttelte den Kopf. »Nein, Merets Eltern sind vor ein paar Monaten gestorben. Der Hof wird seither von Bo Knudsen geführt, der am liebsten irgendwelche besonderen Rinder dort züchten möchte, für deren Fleisch die Touristen ein hübsches Sümmchen bezahlen.«

»Aber?«

»Na, nichts aber. Über das Erbe ist noch nicht entschieden, und wie du dich vielleicht erinnerst, hatten die Knudsens vier Kinder: Bo, Ole, Meret und Jule. Meret ist hier, damit das Erbe abgewickelt werden kann, dann will sie sich endgültig niederlassen.«

Inge betrachtete Jannis aufmerksam. Er wirkte angespannt und erschöpft. Etwas schien ihm Kummer zu bereiten. Bereute er seine Entscheidung, Meret angestellt zu haben? Sie streckte die Hand aus und berührte ihn an der Schulter. »Jetzt bin ich ja da, um dir unter die Arme zu greifen.«

Jannis lächelte, wenn auch nur kurz.

»An Nele kann ich mich gar nicht erinnern«, sagte Inge.

»Vermutlich war sie einfach noch zu jung. Ihre Familie ist nicht von hier, die Eltern kamen als Saisonarbeiter, irgendwann kurz bevor du nach Düsseldorf gegangen bist. Sie arbeitet in der ›Kupferkanne‹.«

***

Inge ahnte, dass ihr das Einschlafen in der fremden Umgebung schwerfallen würde.

»Du wirst alt, Inge, du wirst alt«, flüsterte sie sich in dem kleinen Spiegel über dem altmodischen Waschbecken zu. Und tatsächlich, da waren sie, die tiefen Falten im Gesicht, um den Mund, das lichter werdende ergrauende Haar, das sie nun in einer, wie ihr Friseur behauptet hatte, »todschicken« Kurzhaarfrisur trug, die dennoch nicht verbergen konnte, dass viele der Strähnen mehr weiß als blond waren. Sogar ihre Augenbrauen waren silbrig durchzogen.

Das Licht des Leuchtturms glitt alle paar Sekunden durch ihr Zimmer. Sie hätte die Läden schließen können, doch aus irgendeinem Grund war ihr nicht danach. Sie betrachtete den Lichtkegel, wie er sich erst vom Fensterrahmen vorsichtig über den Sims ergoss, dann die gesamte Wand erhellte und schließlich an der anderen Seite des Fensters wieder verschwand.

Müde und aufgekratzt zugleich stieg Inge ins Bett. Kissen und Decke rochen fremd, von weit her waren Stimmen zu hören. Plötzlich wünschte sich Inge nichts so sehr, als wieder in Düsseldorf in ihrer Wohnung zu sein, wo sie jedes Geräusch, jede Bewegung kannte. Das »Blanke Hans« hatte sie seit ihrem Weggang ein paarmal im Urlaub besucht, doch in den letzten Jahren waren auch diese Besuche immer seltener geworden. Noch vor wenigen Monaten hätte sie sich nicht vorstellen können, hierher zurückzukommen, aber dann war die Sache mit dem vorzeitigen Ruhestand gekommen und hatte ihre Planung gehörig durcheinandergeworfen.

Je länger Inge nachgrübelte, desto wacher wurde sie. An Schlaf war erst einmal nicht zu denken. Sie rang nur kurz mit sich, wohl wissend, dass eine ruhelose Nacht den gesamten morgigen Tag negativ beeinflussen würde. Sie stand auf und holte die kleine Packung mit Schlaftabletten hervor. Die Pillen waren winzig, weiß und länglich. Sie löste eine aus dem Blister und spülte sie mit einem Schluck Wasser aus der Flasche neben ihrem Bett hinunter. Schließlich griff sie nach dem Buch, das sie wohlweislich bereits auf ihrem Nachttisch platziert hatte. Es handelte sich um einen Krimi, auch wenn sie diese nur las, um sich über die völlig falsch dargestellten Ermittlungsvorgänge zu empören.

Sie setzte ihre Brille auf und begann zu lesen. Die Wirkung des Mittels würde schnell einsetzen, und diese Aussicht entspannte sie. Schlafmangel war zu ihrem Feind geworden, all die durchwachten Nächte, in denen sie aufgerieben und verzweifelt durch ihre Wohnung gewandert war, verfolgt von quälenden Fragen und den Geistern der Vergangenheit. Auf solche Nächte folgten Tage in einem schrecklichen Zustand müder Überreiztheit, an denen sie nicht klar denken konnte. Die kleinen Pillen schufen Abhilfe, wenn auch nicht ohne Nebenwirkungen. Inge hatte bemerkt, dass sie sich oft nicht mehr an das erinnern konnte, was geschehen war, nachdem sie die Tabletten genommen hatte, doch ihr Hausarzt hatte sie beruhigt.

»Das ist eine ganz harmlose Nebenwirkung – immerhin sollen Sie ja auch im Bett liegen und schlafen und keine Abenteuer bestehen«, hatte er gesagt.

Seither hatte Inge immer eine Packung dabei, für Notfälle. Notfälle wie diesen.

Seufzend konzentrierte sie sich auf die Buchstaben vor ihr. Sie war noch nicht weit gekommen, als sie laute Stimmen vernahm.

»Lass das! Was fällt dir ein?«

Inge ließ ihr Buch sinken. War das Meret gewesen? Sie warf einen Blick auf ihre Uhr, es war bereits weit nach Mitternacht. Hatte Meret etwa noch Besuch?

Eine zweite, männliche Stimme, die sie nicht zuordnen konnte, sprach drohend: »Verschwinde!«

Einem inneren Impuls folgend, stand Inge auf und trat ans Fenster. Der Hof lag in völliger Dunkelheit, und auch in Merets

Zimmer im dritten Stock direkt gegenüber brannte kein Licht. Inge öffnete ihr Fenster einen Spalt, um besser hören zu können, worum es bei dem Streit ging.

Meret war nun eindeutig aufgebracht. »Ich habe die Schnauze voll von euren ganzen kleinen Geheimnissen. Es wird Zeit, dass mal jemand aufräumt. Ihr glaubt, ihr könnt hier machen, was ihr wollt, aber ich sage euch etwas …«

In diesem Moment erhellte der Leuchtturm den Hof. Der Schein fiel erst in Inges Zimmer, sodass sie rasch zurückwich, um nicht entdeckt zu werden, und kroch dann über die Fassade. Flüchtig konnte Inge nun zwei Gestalten hinter dem gegenüberliegenden Fenster ausmachen: eine kleine, zierliche, die eindeutig Meret war, und eine andere, die weiter hinten stand und deshalb nur schlecht zu erkennen war.

Inge wollte eben ihr Fenster schließen, als ein lautes Krachen, gefolgt von einem erstickten Schrei und einem dumpfen Aufprall, sie zusammenfahren ließ. Sie starrte in den dunklen Abgrund des Hofes.

Der Lichtstrahl des Leuchtturms kehrte zurück – und da lag Meret, mit weit aufgerissenen Augen in einer rasch größer werdenden Lache ihres eigenen Bluts, auf den Pflastersteinen des »Blanke Hans«.

***

»Sie haben also nicht gesehen, wie sie gestürzt ist?« Der Blick der blonden Polizistin war stechend.

Der Hof des »Blanke Hans« war vom rotierenden Blaulicht erhellt, Menschen standen in dicken Jacken und Schlafanzügen herum und beobachteten das Geschehen. Merets leblosen Körper hatte man mit einer Decke verhüllt, zwei in weiße Overalls gekleidete Männer der Spurensicherung näherten sich ihr.

»Frau Petersen? Hören Sie mich?« Die Polizistin mit dem Namen Claasen berührte Inge am Arm und lenkte ihre Aufmerksamkeit auf sich. »Ich kann mir vorstellen, wie schwer das für Sie ist. Aber wir brauchen Ihre Angaben.«

Inges Augen hefteten sich nun an das Gesicht direkt vor ihr. Die Frau war jung, noch keine dreißig.

»Das ist nicht schwer für mich«, entgegnete Inge. »Ich war selbst Polizistin.«

Claasen hob die Augenbrauen, als erwarte sie, dass Inge dem noch etwas hinzufügen würde. »Dann kennen Sie das Prozedere ja«, stellte sie fest, als Inge schwieg.

»Es ist nur … weil ich sie kannte. Wir haben kurz zuvor noch miteinander gesprochen. War es ein Unfall?«

Claasens Blick wanderte zur Leiche, und sie erschauderte. Plötzlich empfand Inge Mitleid mit ihr. Ob dies ihr erster Mordfall war?

»Das können wir im Moment noch nicht sagen.«

»Natürlich«, flüsterte Inge mehr zu sich selbst.

»Also, woran können Sie sich erinnern?«

»Ich konnte nicht schlafen«, begann sie zögerlich. »Dann bin ich ans Fenster getreten und konnte hören, wie sich Meret auf der anderen Seite des Hofes mit jemandem gestritten hat.«

Claasen runzelte die Stirn. »Mit wem hat sie sich gestritten?«

»Das konnte ich nicht erkennen. Ich habe die Person nur schemenhaft gesehen.«

»Sind Sie sich denn sicher, dass sie überhaupt da war? Vielleicht hat Frau Knudsen ja telefoniert.«

Inge schüttelte den Kopf. »Nein, nein, da war jemand, da bin ich ganz sicher.«

»In Ordnung. Woran erinnern Sie sich noch?« Claasen schrieb fleißig mit.

»An nicht viel, das Licht des Leuchtturms ist gewandert, und im nächsten Moment lag sie unten auf dem Pflaster.« War das wirklich alles gewesen?

Claasens erwartungsvoller Blick ruhte auf ihr. »Noch etwas?«

Inge wich ihrem Blick aus. Mit einem Mal hatte sie das Gefühl, sich rechtfertigen zu müssen. »Ich nehme manchmal etwas ein, damit ich schlafen kann. Nichts Dramatisches, ganz harmlos«, erklärte sie und bereute es sofort. Am liebsten hätte sie sich geohrfeigt. Sie musste doch am besten wissen, dass das ihre Aussage so gut wie unbrauchbar machte.

Claasen klappte ihren Notizblock zu. Etwas an ihrer Miene hatte sich geändert. War es Mitleid, das Inge darin las? Mitleid mit ihr?

»Was passiert jetzt?«, fragte sie.

Die Spurensicherung schien ihre Arbeit beendet zu haben. Merets Körper wurde gerade in einen schwarzen Leichensack gepackt und zum Abtransport vorbereitet.

»Außer Ihnen kann niemand bezeugen, dass noch eine Person im Zimmer gewesen ist. Wir gehen bislang von einem Unfall aus.«

Inge war wie vor den Kopf gestoßen. »Was ist mit der Mordkommission?«

»Ob die Kollegen aus Flensburg kommen, wird sich entscheiden.«

Eine Mischung aus Panik und Entsetzen stieg in Inge auf. »Aber ich sage Ihnen doch, dass da noch jemand war.«

»Eine Person, die Sie nicht verstehen konnten und die für Sie nicht deutlich sichtbar war – und dann sind da noch die Schlaftabletten …« Claasen war es offenbar unangenehm, das auszusprechen. »Wir halten Sie auf dem Laufenden. Sie sind die Schwester von Jannis, richtig?«

»Ja.«

»Ich bin sicher, dass sich alles aufklären wird. Ich hoffe, Sie können Ihren Urlaub trotzdem genießen.« Claasen lächelte Inge aufmunternd an.

»Danke, aber das ist nicht nötig. Ich bin nicht hier, um Urlaub zu machen, sondern um zu bleiben.«

Claasens Lächeln wurde eine Spur intensiver. »Dann herzlich willkommen«, sagte sie und wandte sich ab.

Inge blieb mit einem dumpfen Gefühl von Übelkeit zurück. Das Schlafmittel benebelte ihre Gedanken, wenn auch die Aufregung einen guten Teil seiner Wirkung verdrängte. Nur schwerfällig gelang es ihr, das Erlebte zu erfassen. Stets war es, als entglitte es ihrem Verstand und ließe Bilder und Gefühle ohne Bedeutung zurück.

Jannis wartete vor dem Haus. Sein Gesicht wirkte blass und schmal.

»Ich kann es nicht fassen«, sagte sie, als sie zu ihm trat. »Wer könnte so spät nachts noch in Merets Zimmer gewesen sein? Hast du gesehen, wie sie die Wirtsstube verlassen hat? War jemand bei ihr? Hat sie sich mit jemandem unterhalten?«

»Inge, ich habe alles schon der Polizei gesagt. Es gibt keinen Grund, ein neues Verhör aufzumachen«, fuhr Jannis sie an und verschwand nach drinnen.

Inge beschloss, ihn in Ruhe zu lassen. Jeder ging mit einer solchen Situation anders um, und vermutlich befürchtete Jannis auch nachteilige Folgen für seinen Umsatz, sollte es zu einer Mordermittlung kommen.

Ihre Zunge fühlte sich seltsam pelzig an. Sie schwor sich, nie wieder zu ihren Pillen zu greifen, egal, wie verzweifelt sie wegen ihrer Schlaflosigkeit sein würde.

Als sie Jannis ins Hotel folgte, um sich einen Tee zu machen – die Kälte war unter ihren Mantel und in ihre Kleidung gekrochen –, dachte sie unablässig über die zweite Person nach, die sie bei Meret gesehen hatte. Warum nur konnte sie sich nicht besser erinnern? War es ein Mann gewesen?

Merets Worte gingen ihr durch den Kopf. In dem Streit war es um die Insel gegangen, also lag es nahe, dass sie sich mit einem Einheimischen gestritten hatte.

Auf keinen Fall war ihr Tod ein Unfall gewesen. Dessen war sich Inge sicher. Sie verfluchte sich selbst dafür, Claasen gegenüber zugegeben zu haben, dass sie unter Einfluss von Medikamenten gestanden hatte. Wer würde ihr jetzt noch glauben?

***

Rau pfiff der eiskalte Wind in der Hörnum-Odde. Die Landschaft aus Dünen und Heide ragte im Süden der Insel weit in die Nordsee hinaus und war bei Touristen beliebt für Spaziergänge, doch an diesem Vormittag lagen die Temperaturen deutlich unter null, und die Luft war mit winzigen Eiskristallen gespickt, die Inges Gesicht kitzelten und kratzten.

Die Kälte vertrieb die Müdigkeit und die Nachwirkungen der Schlaftablette aus ihren Gliedern und erfrischte sie. Warum nur war sie auf diese verdammte Insel zurückgekehrt? Hätte sie nicht wissen müssen, dass Sylt nach all den Jahren für sie nicht mehr bereithielt als weitere Leichen?

Damals war sie fortgegangen, weil sie die vielen Toten innerhalb allzu kurzer Zeit nicht mehr ertragen hatte. Erst die ermordete Studentin am Strand, Inges letzter Fall, den sie nicht hatte lösen können, und dann Maltes Suizid wenige Wochen später.

In jedem Menschen, der ihr danach entgegengekommen war, hatte sie Malte gesehen, er hatte sie am Tag und in der Nacht verfolgt, ganz gleich, wohin sie ging und was sie tat. War es am Tag sein lebendiges Gesicht mit den klugen Augen gewesen, das sie überall zu erkennen geglaubt hatte, so war es nachts der andere Malte, der leblose mit den steifen Zügen und dem gequälten Ausdruck, gewesen.

Inge schüttelte sich, wie um die Vergangenheit abzustreifen. Es gab Wichtigeres, auf das sie sich konzentrieren musste. Was war in der Nacht in Merets Zimmer geschehen? Hatte sie sich die andere Person doch nur eingebildet oder wegen des Schlafmittels eine getrübte Wahrnehmung gehabt?

Sie ballte die Hände in ihrer dicken Jacke zu Fäusten und vergrub ihr Gesicht tiefer in dem Schal, den sie sich umgewickelt hatte. Warum nur hatte sie auch ausgerechnet gestern eine von den Tabletten nehmen müssen?

Innerlich aufgewühlt, stapfte sie durch die Dünen. Der Himmel bildete eine dramatische Wolkenlandschaft, die nur hin und wieder von der Sonne durchbrochen wurde. Links und rechts von ihr rauschten die dunklen, unheilvollen Wellen. Aufgrund ihrer Lage war die Hörnum-Odde den Gezeiten schutzlos ausgeliefert und häufig überschwemmt.

Der Sand unter Inges Füßen knirschte, doch das war über das Heulen des Windes hinweg kaum zu hören. An der Spitze der

Odde blieb sie stehen und genoss die Aussicht auf das unruhige Meer. Wie hatte sie das vermisst, die Gezeiten, den Blick auf die See. Sie sog ihre Umgebung in sich auf, schmeckte Salz und lächelte unwillkürlich. Mit einem Mal fiel die Anspannung von ihr ab. Es war richtig gewesen, hierher zurückzukommen, und wenn es nur dazu gut war, Frieden mit den Toten zu schließen. Ihren Toten.

***

»Bist du dir ganz sicher, etwas oder besser jemanden gesehen zu haben?« Piet musterte Inge eindringlich, während er Kandis in seinen Tee schaufelte. Dampfend stand die Tasse vor ihm.

Inge rieb ihre klammen Hände aneinander, die trotz der Handschuhe viel von der Kälte abbekommen hatten. »Ich bin mir ganz sicher, Piet, ich weiß doch, was ich gesehen habe.« Inzwischen hatte sie jeden Zweifel darüber wieder von sich geschoben.

Piet blinzelte. Die Jahre, die zwischen ihrem letzten Treffen und heute lagen, hatten Spuren hinterlassen. Falten hatten sich links und rechts seiner Augen eingegraben, die nun deutlich tiefer in den Höhlen lagen. Er wirkte müde und erschöpft – jene Art von Erschöpfung, die Menschen überfällt, wenn sie ein ganzes Leben lang gearbeitet haben. Daran hatte auch seine Pensionierung nichts ändern können.

Piet und Inge kannten sich aus ihrer gemeinsamen Zeit bei der Polizei Westerland. Piet war einige Jahre älter als sie und hatte sie in ihrer Anfangszeit unter seine Fittiche genommen. Sie waren ein gutes Team gewesen. Er war es auch gewesen, den sie angerufen hatte, als sie Malte gefunden hatte.

»Das glaube ich dir, Inge. Aber du weißt doch, wie das mit Erinnerungen ist, vor allem mitten in der Nacht. Da spielen uns unsere Sinne manchmal einen Streich. Wenn jemand bei Meret gewesen ist, werden es die Kollegen schon herausfinden.«

Inge nippte an ihrem Tee. Die Wärme in ihrem Mund fühlte sich angenehm an. »Ich weiß, was ich gesehen habe.«

Ihr Blick wanderte hinaus aus dem Fenster des »Südkap« am Rand der Odde. Das Restaurant war modern und zwanglos eingerichtet, es gab Fischgerichte und Kuchen. Inge war sich sicher, dass bei Sonnenschein viel los war, doch heute, an einem kalten, nassen Februartag, an dem der Wind rau und die See unruhig waren, waren sie und Piet beinahe die einzigen Gäste.

»Piet, mir ist klar, wie das läuft. Wie oft gibt es auf Sylt eine Mordermittlung? Glaubst du ernsthaft, die Kollegen aus Flensburg haben Lust, bei diesem Wetter herauszukommen?«

Piet verschränkte die Arme vor der Brust. Er trug ein Hemd, darunter ein T-Shirt und dazu Jeans, so wie er auch immer zum Dienst erschienen war. »Das werden sie wohl müssen, schon allein aufgrund deiner Aussage, Schlaftablette hin oder her. Allerdings kann das dauern. Ich habe vorhin im Radio gehört, dass der Autozug nach Sylt wegen der Witterung nicht fährt und auch die Fähren nur eingeschränkt verkehren.«

»Kennst du die Leute aus Flensburg?«

Piet schüttelte den Kopf. »Die letzte Mordermittlung ist fast vier Jahre her, ich habe keine Ahnung, wer da jetzt zuständig ist. Wir werden abwarten müssen.« Er räusperte sich. »Ich verstehe, dass dir der Fall nahegeht, Inge, vor allem, weil es im ›Blanke Hans‹ geschehen ist, aber du bist nicht mehr bei der Polizei ... Und ich auch nicht.« Er schaute nach draußen, wo der dunkelgraue Wolkenhimmel tief über den Dünen hing.

»Aber du kennst doch alle auf der Wache Westerland.« Inge beugte sich nach vorn und fixierte Piet eindringlich. »Da war ganz sicher jemand in Merets Zimmer. Ich habe gehört, wie sie sich gestritten haben. Sie ist nicht einfach aus dem Fenster gestürzt.«

Piets Mundwinkel zuckten. »Weißt du, es gab eine Menge Ärger mit Meret ... Sie war schon als Mädchen schwierig.« Er trommelte auf der Tischplatte. »Ihr war es zu Hause zu klein und zu eng. Sie hat rebelliert. Gegen ihre Eltern, gegen die Insel, gegen alles. Ich habe immer gedacht, dass es besser für sie gewesen wäre, fortzubleiben. Aber als ihre Eltern starben, war klar, dass die Kinder gemeinsam entscheiden müssen, wie es weitergeht. Soweit ich weiß, ließ das Testament da auch nicht viel Spielraum.«

»Wie meinst du das?« Inge wurde hellhörig.

»Als wir klein waren, du und ich, da war alles anders. Das Leben verlief ruhiger. Es gab den Fischfang, es gab die Felder und die Deiche. Man kannte sich. Niemand schloss sein Haus ab. Auf dem Festland, da konnte es drunter und drüber gehen, aber hier hatte die Welt ihre Ordnung. Natürlich kamen auch früher Touristen her, doch inzwischen sind es an manchen Tagen drei- bis viermal so viele wie Einwohner. Und es sind nicht irgendwelche Touristen. Sie kommen mit ihrem Geld und ihrem Geprotze und glauben, die Insel gehöre ihnen. Das gefällt nicht allen.«

»Aber das war doch schon immer so«, entgegnete Inge. »Diese Diskussionen werden ständig geführt.«

»Ja, aber sie haben sich verändert und verschärft. Manche sind gegen die Urlaubermassen. Und andere machen den großen Reibach mit ihnen und bieten immer höherpreisige Waren und Dienstleistungen an.«

»So wie Bo Knudsen mit seinen Rindern?«

»Ja, genau. Ist doch klar, dass jeder ein möglichst großes Stück vom Kuchen abhaben möchte. Nicht jeder kann ein Restaurant oder ein Hotel aufmachen, obwohl Ole Knudsen genau das mit dem Grund und Boden seiner Eltern vorhat.«

»Ole? Der ältere der Knudsen-Brüder?«

»Ja, er ist Immobilienmakler für Luxusimmobilien. Man sieht ihn nur im feinen Zwirn und in seinem Porsche. Er und Meret haben sich nicht besonders verstanden. Es heißt, er will ein Wellnesshotel auf dem Land errichten, es gibt sogar schon Investoren.«

»Kann er das denn allein entscheiden?«

»Nein. Es gab wohl viel Streit unter den Geschwistern. Du musst wissen, allein das Grundstück, auf dem der Hof steht, ist ein paar Millionen wert. Die Eltern haben in ihrem Testament klargemacht, dass ein Verkauf des Landes nur mit Einwilligung aller vier Kinder zu machen ist.« Piet nahm einen kräftigen

Schluck aus seiner Teetasse. »Jule Knudsen hat ein Bekleidungsgeschäft. Ein nettes Mädchen.«

»Also Bo will seine Rinder züchten, Ole will ein Wellnesshotel. Und Jule und Meret? Was wollten die?« Inge musterte Piet aufmerksam.

»Was Jule sich wünscht, weiß ich nicht, aber ich weiß, dass Meret das alles nicht gut fand. Sie hatte vor, den Hof in einen Biohof mit Ferienwohnungen umzubauen und möglichst viel zu erhalten. Sie konnte sehr störrisch sein, wenn sie sich etwas in den Kopf gesetzt hatte, so war sie schon als junges Mädchen.«

»Woher weißt du das alles?«

Piet zog die Schultern nach oben. »Es war in der letzten Woche vor meiner Pensionierung, kurz nach der Beerdigung von Peter Knudsen, dem Vater. Da ging bei uns ein Anruf ein. Bo Knudsen war dran. Er behauptete, seine Schwester hätte eine Art Nervenzusammenbruch erlitten und sei mit einem Messer auf ihn losgegangen. Wir sind hingefahren, aber als wir ankamen, hatte sich die Situation schon wieder beruhigt, etwas zumindest. Meret war immer noch ziemlich wütend, aber Ole war inzwischen ebenfalls dort und hat auf sie eingeredet.«

Inge horchte auf. »Worüber war sie so wütend?«

»Offenbar hatten Ole und Bo bereits klare Vorstellungen davon, was mit dem Hof geschehen sollte, ohne ihre Schwestern miteinzubeziehen.«

»Und deshalb ist sie mit einem Messer auf ihn losgegangen?«

»Du weißt doch, wie das bei solchen Familienstreitigkeiten ist. Da wird schnell mal übertrieben. Meine Kollegin hat dann mit ihr gesprochen und dabei allerhand erfahren.«

»Claasen?«

»Ja, richtig.«

»Gibt es dazu einen Bericht?«

Piet blinzelte. Er war schon immer zu redselig gewesen für einen Polizisten, und gerade schien ihm das selbst aufzufallen. »Inge, du bist nicht mehr Polizistin, und ich bin nicht mehr im Dienst. Überlass diese Sachen den Kollegen, die wissen schon, was sie tun.«

Inge senkte ihre Stimme. »Piet, an der Sache ist etwas faul. Jemand war gestern bei Meret im Zimmer, jemand, der wusste, dass sie dort übernachten würde, also jemand aus ihrem direkten Umfeld. Du sagst selbst, dass es um viel Geld geht. Warum bist du dir so sicher, dass es kein Mord war?«

»Das bin ich doch gar nicht. Ich sage nur, du sollst dich nicht einmischen.«

Eine Weile hing jeder seinen Gedanken nach.

»Es ist wie früher«, bemerkte Inge schließlich. Unwillkürlich begann sie ihre Hände so fest zu kneten, dass ihre Knöchel weiß hervortraten.

Piet wusste sofort, wovon sie sprach. »Es verfolgt dich noch immer, oder?« Er musterte sie mitfühlend.

Inge schaute aus dem Fenster, hinaus auf die windumtosten Dünen. »Dich etwa nicht? Mein letzter Fall bei der Sylter Polizei und er ist bis heute ungelöst.«

»Solche Dinge geschehen nun einmal. Das gehört dazu. Wir lernen das schon auf der Polizeischule. Wir können nicht jeden Fall aufklären.«

»Aber diesen hätten wir aufklären müssen!« Inge schloss die Augen. Ihre Gedanken flogen zurück zu einem kalten Aprilmorgen vor über zwanzig Jahren, als sie noch vor Sonnenaufgang nach Munkmarsch gerufen worden war, wo man am Strand eine tote Frau gefunden hatte. Sie erinnerte sich noch an das Knirschen des Sandes unter ihren Schuhen, als sie zum Tatort gelaufen war. Obwohl der Körper noch nicht lange dort gelegen haben konnte, hatte er bereits eine aschfahle Farbe angenommen, die ihn von Weitem im schwachen Licht des anbrechenden Tages mit dem Strand verschmelzen ließ.

Groß und blau hatten die Augen der jungen Frau ins Leere gen Himmel gestarrt, die Lippen blass und leicht geöffnet, als hätte sie in ihren letzten Minuten versucht, noch etwas zu sagen. Das lange blonde Haar hatte ihr schmales Gesicht umflossen wie etwas, das das Meer angespült hatte, der Körper unbekleidet. Es waren ihre Füße gewesen, die in Inge Schmerz und Mitleid ausgelöst hatten, ihre zarten, kleinen Füße, die wirkten, als gehörten sie einem Kind. Irgendjemand hatte sie abgelegt wie ein Stück Treibgut oder Abfall, dem Wind und den Gezeiten ausgeliefert. Dunkle Flecken an ihrem Hals hatten vom Todeskampf in ihren letzten Minuten erzählt.

Inge schluckte. Sie dachte an das dumpfe Geräusch, das der Aufprall von Merets Körper auf dem Pflaster gemacht hatte, und an die Blutlache, die sich dampfend in der Kälte um ihre Leiche ausgebreitet hatte.

Piet schien ihre Gedanken zu lesen. Er berührte sanft ihre Hand. »Wir können nicht alle retten, Inge. Das wussten wir doch immer. Es hängt nicht allein von uns ab, ob wir einen Fall aufklären. Du hast dein Bestes gegeben. Doch was war, kannst du nicht ungeschehen machen, indem du dich in Merets Fall einmischst.«

Inge schnaubte und entzog ihm ihre Hand. »Was bist du? Psychologe? Es ist so viel schiefgelaufen. Es gab keine richtige Spurensicherung, und die Mordkommission ging am Anfang sogar von einem Badeunfall aus – trotz der Male am Hals. Niemand wollte die neue Saison mit einem Mord an einer schönen jungen Touristin belasten. Wer auch immer sie getötet hat, lebt vielleicht noch hier oder kommt jedes Jahr im Urlaub zurück.« Ihre Stimme begann zu zittern.

»Wir haben getan, was wir konnten. Du hattest tagelang nicht geschlafen, und da war ja auch noch die Sache mit Malte.«

Plötzlich hatte Inge das Gefühl, als schnürte ihr etwas den Hals zu. Malte, überall Malte, sie hätte wissen müssen, dass sie alles wieder an ihn erinnern würde. Entschlossen straffte sie ihre Schultern. »Das hat nichts mit Malte und auch nichts mit dem Mord an Anke Thießen zu tun. Meret ist nicht einfach aus dem Fenster gefallen. Jemand hat sie gestoßen, jemand, mit dem sie sich vorher gestritten hat.«

»Ich werde Augen und Ohren offen halten und dich informieren«, versprach Piet. »Ich freue mich, dass du zurückgekommen bist. Wir haben uns wirklich eine Ewigkeit nicht gesehen. Pünktlich zum Biikebrennen!«

Sein Versuch, das Thema zu wechseln, war mehr als ungeschickt, doch Inge konnte es ihm nicht übel nehmen.

»Hat es dir nicht mehr gefallen, da im Rheinland?«

Inge schüttelte den Kopf. »Es war einfach an der Zeit, heimzukehren.«

»Am Ende kommen sie alle nach Hause. Weißt du, das Schwierigste war schon immer, dass man die Menschen kennt, mit denen man es als Polizist zu tun hat. In der Großstadt oder so stelle ich mir das einfacher vor. Aber hier, wo dich die Hälfte duzt und die andere Hälfte schon deine Eltern kannte, ist das etwas anderes, von den Touristen, die über die Stränge schlagen, einmal abgesehen. Man kann denen, mit denen man zusammenlebt, nicht das Schlimmste unterstellen, sonst kann man nicht mehr mit ihnen zusammenleben.«

Inge runzelte die Stirn. »Was möchtest du damit sagen?«

Piet rieb sich über das Gesicht. »Du weißt es doch selbst. Wir sind diejenigen, die hinter die Kulissen blicken. Wir kommen, wenn das Leben zerbricht, und schauen hinter die Fassaden. Die Leute denken immer, als Polizist in einer Touristengegend zu arbeiten sei wie ein ewiger Urlaub, dabei ist der Job doch überall der gleiche. Es gibt die Diebe, die Vergewaltiger, diejenigen, die besoffen Auto fahren, es gibt Prostitution und Drogen, und es gibt die Typen, die ihre Frauen verprügeln, wenn sie schlechte Laune haben.«

»Von wem sprichst du?«

»Bo«, sagte er schließlich widerwillig. »Bo Knudsen. Als er damals anrief, dachte ich, es sei nicht er.«

»Sondern?«

»Wir hatten hin und wieder den Fall, dass wir einen Anruf vom Knudsen-Hof bekamen, vor allem, seit Bo und seine Familie dort allein lebten.«

Inge brauchte nicht lange, um zu verstehen, wovon er sprach. »Seine Frau?«

»Tine hat es nicht leicht mit ihm. Besonders, wenn er getrunken hat. Aber sie liebt ihn. Ganz gleich, wie oft wir ihr schon angeboten haben, sie zu unterstützen, sie bleibt bei ihm. Sie hat uns immer nur dann angerufen, wenn er überhaupt nicht mehr zu beruhigen war. Meistens haben wir ihn dann für eine

Nacht mit in die Ausnüchterungszelle genommen.« Piet musterte Inge. »Ich kenne diesen Gesichtsausdruck von dir von früher. Ich weiß, du wirst diese Sache nicht auf sich beruhen lassen und vermutlich deine Nase in lauter Dinge stecken, die dich nichts angehen. Ich warne dich nur: Bo Knudsen ist kein angenehmer Zeitgenosse, und er neigt zur Gewalt. Was auch immer du vorhast, sei vorsichtig und tausche dich bitte mit mir aus, damit ich dich beschützen kann. Wenn es wirklich so war, dass bei Merets Sturz nachgeholfen wurde, stehen die Chancen hoch, dass ein Mörder herumläuft, der vielleicht alles tun wird, um zu verhindern, dass er entdeckt wird. Versprich es mir.«

Inge lächelte schief. »Wenn du das alles weißt, warum hast du mir dann so viele Informationen gegeben?«

»Weil es mir lieber ist, du erfährst es von mir, als dass du selbst dahinterkommen musst. Und weil du recht hast. Mich hat der Thießen-Fall auch nie losgelassen. So etwas darf sich nicht wiederholen.«

Inges Blick wanderte nach draußen, wo gerade die Flut einsetzte. »Nein, das darf es nicht«, sagte sie nachdenklich.

Ein widerspenstiges Kind

Auch in dieser Nacht fand Inge kaum Ruhe. Wieder und wieder erschien ihr Meret am Fenster, und in Gedanken hörte sie das schreckliche Geräusch ihres Aufpralls erneut.

Schweißgebadet fuhr sie aus dem Halbschlaf hoch und saß mit pochendem Herzen aufrecht im Bett. Hinter ihrer Stirn begann ein leiser Schmerz zu klopfen, sie fühlte sich erschöpft.

Das Licht des Leuchtturms kroch durch ihr Zimmer und ließ die Schatten lebendig werden. Wie sollte es ihr nur gelingen, Merets Mörder zu finden? Und was, wenn sie sich irrte, wenn sie sich von den Toten aus ihrer Vergangenheit täuschen ließ und einen Mörder verfolgte, den es gar nicht gab?

Kurz überlegte sie, eine von ihren Schlaftabletten zu nehmen, verwarf den Gedanken aber bald wieder. Die kleinen Pillen hatten schon genug Schaden in ihrem Gedächtnis angerichtet, auch wenn sie wusste, dass sie ohne sie nur schwer würde einschlafen können.

Ruckartig stand sie auf und schüttelte ihre Zweifel ab. Sie hatte sich den Fremden bei Meret nicht nur eingebildet – und wer auch immer dieser Fremde gewesen war, er konnte sich mit Sicherheit zu dem Sturz aus dem Fenster äußern. Sie musste ihn finden.

Müde schlurfte Inge ans Waschbecken, begnügte sich mit einer Katzenwäsche und fand sich um kurz nach fünf Uhr morgens unten in der Küche ein, wo Rieke gerade damit beschäftigt war, das Frühstück für die Gäste vorzubereiten. Die wuchtige Frau mit dem strohblonden Haar hatte ihre Ärmel hochgekrempelt, sodass ihre kräftigen Oberarme frei waren, während sie zwischen Rührei, Aufschnitt und Kaffee hin und her werkelte. Als Inge hereinkam, begrüßte sie sie nur mit einem knappen Grunzen.

»Moin«, antwortete Inge und überlegte, ob sie es wagen konnte, sich einen Kaffee zu nehmen, ohne sich Riekes Unmut zuzuziehen. Als diese sich dem Backofen zuwandte, nutzte Inge ihre Chance und goss sich rasch eine Tasse ein. Das heiße schwarze Gebräu schmeckte köstlich und weckte ihre Lebensgeister.

Rieke entging ihre Handlung nicht, doch sie quittierte diese nur mit einem Naserümpfen, während sie sich daranmachte, kleine Butter- und Marmeladenpäckchen in die dafür vorgesehenen Behälter zu geben.

»Kanntest du Meret?«, fragte Inge unvermittelt.

Rieke musterte sie ärgerlich und wischte sich mit dem Handrücken den Schweiß von der Stirn. »Und ob ich sie kannte. Immerhin sollte sie meine Morgenschicht übernehmen. Ich bin siebenundsechzig Jahre alt, mir schmerzt es im Rücken und im Knie, und seit drei Jahren sage ich Jannis, er soll sich jemand anders suchen. Und nun, wo er endlich eine gefunden hatte, da ist sie so ungeschickt und stürzt aus dem Fenster. Sachen gibt es!« Rieke stemmte die Hände in die Hüften und schüttelte den Kopf. Eine Haarsträhne löste sich aus ihrem Zopf und fiel ihr ins Gesicht.

»Du denkst also, es war ein Unfall?«

»Was soll es denn sonst gewesen sein? Warum sollte die denn einer stoßen?« Rieke begann die kleinen Milchkännchen für die Tische zu befüllen. »Obwohl für Ärger gesorgt hat das Mädchen ja schon immer.«

»Wie meinst du das?«

»Da hat sie dem Sönke vom ›Schauerkaant‹ schöne Augen gemacht, dabei ist der doch verheiratet mit Sinje.«

»Schauerkaant« nannten die Einheimischen eine Anlage aus reetgedeckten Ferienhäusern. Der Komplex war schon in Inges Kindheit in der Hand der Familie Wehrheim gewesen. Hatte sie Sönkes Namen nicht schon einmal in einem anderen Zusammenhang gehört? Ihr Gedächtnis ließ wirklich nach. Verflixte Schlaftabletten, dachte sie.

»Hatten die beiden ein Verhältnis?«

»Ich war ja nicht dabei. Aber Gerede gab es, viel Gerede, und dann ist Meret weggezogen und kam immer nur für kurze

Zeit heim. Nun ist sie wiederaufgetaucht, und es gibt wieder nur nichts als Ärger.« Rieke griff nach einem Putzlappen, hielt ihn unter Wasser und wrang ihn energisch aus.

Inge beobachtete sie dabei, bedrängte sie aber nicht weiter mit Fragen. Aus ihrer Zeit als Ermittlerin wusste sie, dass Menschen das meiste preisgaben, wenn man sie einfach erzählen ließ.

»Ich habe zu der Zeit im ›Schauerkaant‹ gearbeitet«, fuhr Rieke fort und kehrte Inge den Rücken zu. »Sönke kannte ich, seit er ein kleiner Junge war. Ein guter Junge, und so hübsch. Er und Sinje, die passten gut zusammen. Zwei Kinder und es war immer klar, dass er die Ferienanlage irgendwann einmal übernimmt.« Sie klatschte den Lappen in die Spüle und wandte sich wieder zu Inge. »Und dann kam Meret, das junge Ding. Nichts als lange Beine und Flausen im Kopf. Alle wussten, dass er etwas mit ihr hatte, getuschelt haben sie, und Sinje hat gelitten. Und zu guter Letzt hat Meret die Wehrheims auch noch beklaut. Es war gut so, dass Meret verschwunden ist. Für sie war das alles nichts.«

Angestrengt dachte Inge weiter nach. Warum kam ihr der Name Sönke Wehrheim nur so bekannt vor? Natürlich hatte sie als Sylterin und ehemalige Polizistin von so ziemlich jedem Bewohner auf der Insel schon einmal gehört, aber mit Sönke Wehrheim war es anders. Etwas sagte ihr, dass er wichtig war, doch es gelang ihr einfach nicht, die richtige Verbindung herzustellen.

»Ich will damit nicht sagen, dass es gut ist, dass sie tot ist. Das arme Ding hatte sein ganzes Leben noch vor sich, und wer weiß, vielleicht hätte sie ja doch noch ihren Frieden mit der Insel gemacht, ist ja auch ihre Heimat, und nichts heilt so gut, wie es die Heimat tut. Älter geworden ist sie ja auch.« Rieke blinzelte unsicher, als wisse sie nicht, wie sie ihre Gedanken in die richtigen Worte fassen sollte.

»Nun, das werden wir jetzt wohl nie herausfinden«, murmelte Inge, stellte die Kaffeetasse ab und verließ die Küche.

***

Die aufgehende Sonne tauchte die Tinnumer Felder in glühendes rotgoldenes Licht. Inge hatte sich Jannis' Lieferwagen ausgeliehen, um Bo Knudsen auf dem alten Hof in Morsum einen Besuch abzustatten. Zu diesem Zweck nahm sie eine Abkürzung, die nur die Einheimischen kannten. Bis Piet ihr eine Rückmeldung geben würde, ob die Mordkommission in Flensburg die Ermittlungen aufnehmen würde, konnten noch Tage vergehen, und Inge hatte nicht vor, diese Zeit ungenutzt verstreichen zu lassen. Immerhin war es eine alte Ermittlerregel, dass die ersten achtundvierzig Stunden maßgeblich darüber mitentschieden, ob ein Fall aufgeklärt werden konnte oder nicht.

Weil es früher Sonntagmorgen war, waren die Straßen nahezu verlassen. Inge verfolgte das einzigartige Naturschauspiel auf den Feldern und Wiesen. Dort, wo sich der gespenstische Bodennebel hob, zeigten sich verwunschene wehmütige Landschaften. Zu ihrer Linken konnte sie die Überreste der Tinnumburg erkennen oder »Borig«, wie die Einheimischen jene Ringwallanlage nannten, von der man sagte, sie stamme aus der Wikingerzeit.

Inge kam nicht umhin, jenes Ziehen in der Brust zu bemerken, das sie beim Anblick ihrer alten Heimat empfand. Sylts Schönheit, besonders jene, die dem oberflächlichen Blick verborgen blieb, berührte sie. Sie erinnerte sich an Riekes Worte und daran, was die alte Köchin über Heimat gesagt hatte. Traf das auch auf sie zu? War sie nach Sylt zurückgekehrt, um Heilung zu finden?

Sie umfasste das Lenkrad des Lieferwagens fester. Der alte Wagen quietschte und schaukelte und gab bedenkliche Geräusche von sich, während sie über die Landstraße kurvte. Es klang, als habe Jannis die eine oder andere Reparatur versäumt, was eigentlich untypisch für ihren sonst immer so gewissenhaften Bruder war. Vermutlich wurde auch er alt. Inge konnte sich ein schadenfrohes Grinsen nicht verkneifen.

Sie und Jannis waren so unterschiedlich, wie Geschwister nur sein konnten. Zwar war sie die ältere Schwester, doch ihr war es schon immer so vorgekommen, als sei Jannis in Wirklichkeit der Erstgeborene, vielleicht auch weil sich ihr Vater immer einen Sohn gewünscht und Jannis dementsprechend behandelt hatte. Mit Inge hingegen hatte er nie viel anfangen können.

Schmerzhaft erinnerte sie sich daran, wie sehr sie als Kind und junge Frau um die Anerkennung ihres Vaters gekämpft hatte. Auch das hatte eine Rolle bei ihrer Berufswahl gespielt – als sie zur Polizeischule gegangen war, war Polizist noch ein reiner Männerberuf gewesen. Es war ihr dennoch nie gelungen, ihren Vater zu beeindrucken.

Inge schluckte. Manche Wunden heilten nie, ganz gleich, wie viel Zeit verging.

Die Felder gaben den Blick auf Morsum frei, eines der ältesten Siedlungsgebiete der Insel. Hier befanden sich noch urtümliche Friesenhöfe. Die meisten waren zu Ferienhäusern und Zweitwohnsitzen umgebaut worden, ein paar der Höfe hatten die Nachkommen sogar abgerissen und neue Häuser errichtet. Dennoch hatte Morsum seinen Charakter bewahrt. Es ließ sich erahnen, wie das Leben noch vor knapp hundert Jahren gewesen sein mochte.

Die Straßen waren gesäumt von Plakaten, offenbar stand bald eine Bürgermeisterwahl an. Keines der Gesichter sagte Inge etwas, ebenso wenig die dazugehörigen Slogans und Forderungen.

Das Knudsen-Grundstück lag etwas außerhalb von Morsum. Inge fuhr an langen Zäunen, gefolgt von Misthaufen, entlang zu einer Toreinfahrt, hinter der ein unaufgeräumter Hof lag. Zur Rechten befand sich eine Scheune, die schon bessere Tage gesehen hatte, zur Linken ein Wohngebäude, dessen einzelne Bestandteile aus verschiedenen Jahrzehnten zu stammen schienen. Ein Hund lief ihr entgegen und kläffte aufgeregt.

Inge parkte und schaltete den Motor ab. Es war kurz nach acht, ziemlich früh für einen Sonntagmorgen, doch auf einem Bauernhof konnte man nur selten ausschlafen.

Tatsächlich trat in diesem Moment eine Frau aus dem niedrigen Eingang des Wohngebäudes und beäugte Inges Wagen misstrauisch. Kurz darauf verschwand sie wieder.

Ein groß gewachsener Mann mit einer dicken dunklen Wollmütze auf dem kantigen Schädel kam heraus. Er lief mit langen Schritten direkt auf Inge zu. Rasch schnallte sie sich ab und stieg aus.

»Sind Sie Bo Knudsen?« Piets Warnung fiel ihr ein. Bo Knudsen wirkte tatsächlich nicht wie ein sonderlich angenehmer Zeitgenosse, erst recht nicht, wenn er so finster dreinschaute wie in diesem Augenblick.

»Wer sind Sie?«, fragte er barsch.

»Inge Petersen, die Schwester von Jannis –«

»Von dem Kerl, für den meine Schwester gearbeitet hat? Was wollen Sie hier?«

Bo Knudsen stand nun direkt vor Inge. Sie musste den Kopf in den Nacken legen, um zu ihm aufzuschauen.

Tine Knudsen erschien hinter ihm im Eingang des Hauses, ein verschlafenes Kind auf dem Arm, das am Daumen lutschte. Ihre Füße steckten wie die von Bo in Gummistiefeln, die Haare hatte sie sich mit einem Tuch zurückgebunden. Irgendwo in der Nähe krähte ein Hahn. Der Geruch von Kuhmist stieg Inge in die Nase. Ihr Atem kondensierte in kleinen Wolken vor ihrem Gesicht.

»Mein Beileid für Ihren Verlust. Ich war im Zimmer gegenüber, als Meret ...« Inge brach ab. Konnte sie einem Angehörigen gegenüber ihren Verdacht äußern, wenn es noch keine offiziellen Mordermittlungen gab?

»Ja?« Bo Knudsen verschränkte seine kräftigen Arme.

»... als sie verunglückte.« Inge gab sich Mühe, mit fester Stimme zu sprechen. Typen wie Bo Knudsen durfte man keine Unsicherheit zeigen, so viel wusste sie.

»Was haben Sie damit zu schaffen? Sind Sie von der Polizei?«

Inge überlegte kurz, dann schüttelte sie den Kopf. »Ich war früher Polizistin, in Westerland.«

»›War‹?«

Das Gespräch nahm eine Wendung, die Inge nicht gefiel. Sie straffte sich und sah Bo fest in die Augen. »Herr Knudsen, ich glaube nicht, dass der Sturz Ihrer Schwester ein Unfall war. Ich habe kurz vor ihrem Tod jemanden bei ihr im Zimmer gesehen und gehört, wie sie sich mit dieser Person gestritten hat. Haben Sie eine Idee, um wen es sich gehandelt haben könnte?«

Knudsen musterte sie abschätzig. »Woher soll ich wissen, wen meine Schwester mit auf ihr Zimmer genommen hat?« Er streifte sich die Wollmütze vom Kopf und strich sich über seine Halbglatze, die ihn sofort um ein ganzes Jahrzehnt älter wirken ließ.

»Hatte Ihre Schwester viele Kontakte? Wem könnte sie so vertraut haben, dass sie ihn in ihre Unterkunft ließ?«

Knudsen lachte freudlos. »Hören Sie, gute Frau. Ich habe keine Ahnung, was Meret getrieben hat und warum sie überhaupt hier war. Vor dem Tod unserer Eltern habe ich jahrelang nichts von ihr gehört – und das war auch gut so. Dann ist sie wiederaufgetaucht und hat alle verrückt gemacht mit ihren Ideen. So war Meret schon immer. Niemand konnte in ihren wirren Kopf schauen, und wenn Sie einen guten Rat von mir wollen, dann versuchen Sie es auch nicht. Es war ein Unfall.«

»Sind Sie sich da sicher?« Inge fiel ein, was Piet ihr über den Streit um das Erbe unter den Knudsen-Geschwistern erzählt hatte. Ein paar Millionen waren ein gutes Motiv, um selbst die eigene Schwester umzubringen, vor allem, wenn man kein gutes Verhältnis zu ihr hatte. Ihm konnte es nur recht sein, wenn man Merets Sturz zu einem Unfall erklärte.

Bo Knudsen stieß einen verächtlichen Laut aus. »Dafür, dass Sie keine Polizistin mehr sind, stellen Sie ganz schön viele Fragen. Und wenn Sie wissen wollen, ob es Leute gibt, die einen Grund gehabt hätten, Meret umzubringen, dann kann ich dazu nur sagen, dass es die gibt, aber dann sollten sie nicht bei uns nach ihnen suchen. Fragen Sie doch mal bei den Wehrheims oben im ›Schauerkaant‹ nach. Ich bin mir sicher, dass Sinje Wehrheim alles andere als begeistert war, dass Meret zurückgekommen ist und auch noch bleiben wollte.«

Eine kluge Feststellung, dachte Inge. Offenbar war Bo Knudsen nicht so einfältig, wie es der erste Eindruck vermuten ließ.

»Meret hatte ein Verhältnis mit Sinje Wehrheims Mann, ist das richtig?«

Knudsen stierte sie einen Moment lang wortlos an, was Inge Antwort genug war.

»Meret hat schon immer überall Ärger gemacht«, brummte er schließlich. »Das war schon so, als sie noch ein ganz kleines Kind war. Ständig hat sie sich etwas ausgedacht. Man wusste nie, ob ihre Geschichten wahr oder gelogen waren. Meine Eltern haben fast den Verstand verloren. Es wurde schlimmer, als sie älter wurde.« Er kratzte sich an der Schläfe. Seine schmutzigen Finger hinterließen eine Dreckspur. »Man konnte mit ihr nicht auskommen.« Nun klang er fast hilflos. Er hatte die Arme sinken lassen, nahm sie aber wieder hoch. Inge sollte offensichtlich keinen Zweifel daran haben, dass sie nicht willkommen war.

»Sie meinen, *Sie* konnten mit ihr nicht auskommen.« Inge unterzog Bo erneut einer Musterung. Er sah aus wie ein Boxer. Ihr Blick wanderte zu der zierlichen Tine im Türrahmen. Sie wollte sich nicht vorstellen, wie es war, wenn Bo gewalttätig wurde. Aber war ihm deshalb ein Mord zuzutrauen? Mit Sicherheit wäre es für ihn ein Leichtes gewesen, seine Schwester aus dem Fenster zu werfen.

Inge dachte an den Schatten, den sie in Merets Zimmer gesehen hatte. Passte er zu Bo? Erneut ärgerte sie sich über ihre verschwommene Erinnerung.

Bo Knudsen gab eine Art Knurren von sich, das Inge unwillkürlich einen Schritt zurückweichen ließ. »Wenn Sie jetzt genug herumgeschnüffelt haben, schlage ich vor, dass Sie verschwinden. Meine Frau und ich, wir haben genug Ärger gehabt. Wenn die Polizei darüber nachdenkt, Merets Tod zu untersuchen, sage ich ihnen, dass das Zeitverschwendung ist.« Er machte einen drohenden Schritt auf Inge zu, die sich diesmal zwang, stehen zu bleiben. »Aber bisher sehe ich davon nichts, sondern nur eine neugierige alte Frau, die ihre Nase in Sachen steckt, die sie nichts angehen.«

Inge schluckte und reckte ihr Kinn. Sie war nicht bereit, sich einschüchtern zu lassen.

Bo schaute an ihr vorbei und schien nach irgendetwas zu suchen. »Vielleicht hat sie sich ja auch selbst aus dem Fenster gestürzt«, sagte er mehr zu sich selbst als zu Inge.

»Hatte sie Depressionen? Oder Selbstmordabsichten?«

»Pah! Dass ich nicht lache. Meret war einfach süchtig nach Aufmerksamkeit. Immer musste sich alles um sie drehen. Wo Meret war, gab es Ärger.« Bo stieß einen langen Pfiff aus, der Hund kam zu ihm gelaufen. »Und jetzt verschwinden Sie. Sie haben auf meinem Grundstück nichts verloren.« Mit diesen Worten stapfte er zum Haus zurück, zog seine Frau am Arm mit sich und schlug die Tür zu.

Inge starrte ihm nach. Was hatte sie sich eigentlich von diesem Gespräch erhofft? Dass ausgerechnet Bo Knudsen ihr die Lösung des Rätsels um Merets Tod auf dem Präsentierteller servieren würde? Sie sah sich im Hof um. Alles kündete von totgeschwiegenen Geheimnissen – die gestapelten Kisten, der Unrat, die vielen kaputten Werkzeuge, Fahrzeuge und Gegenstände. Keiner der Bewohner würde offen mit ihr reden, auch wenn ihr ein Blick in Tine Knudsens Augen verraten hatte, dass die Frau so manches zu erzählen hätte. Doch sie würde sich niemals gegen ihren Mann stellen, so viel wusste Inge, ohne es überhaupt versucht zu haben.

Sie stieg wieder ins Auto, startete den Motor, wendete und fuhr davon. Immerhin hatte Piet sie gewarnt.

Sie angelte nach ihrem Handy in ihrer Handtasche und wählte Piets Nummer. Es dauerte eine Weile, bis er sich meldete.

»Ich war gerade bei Bo Knudsen«, teilte Inge ihm mit.

»Ich habe dir doch gesagt, du sollst das lassen. Die Polizei wird sich …« Piet räusperte sich.

»Wird eine Mordermittlung eingeleitet?«, fragte Inge in die Pause hinein.

»Das weiß ich nicht. Die Kollegen in Flensburg werden das morgen entscheiden, wenn die Leiche untersucht worden ist.«

»Morgen? Bis dahin können alle Spuren, die bisher vielleicht übersehen wurden, verschwunden sein.«

»Was für Spuren denn? Meinst du nicht, dass du vielleicht

Gespenster siehst? Ich verstehe ja, dass dich das alles an Anke Thießen erinnert.« Piet wurde von einem Hustenanfall unterbrochen. »Warte doch einfach ab, was die offiziellen Ermittlungen ergeben.«

»Das dauert viel zu lange …«, sagte Inge. »Die Person, die bei Meret im Zimmer war, hat jetzt schon genügend Zeit gehabt, um alle Spuren zu verwischen. Piet, du weißt selbst, dass ich recht habe.«

Am anderen Ende der Leitung blieb es still.

»Inge, ich möchte dich doch nur schützen«, sagte Piet schließlich. »Wenn es wirklich einen Mörder gibt, dann kennt er sich im ›Blanke Hans‹ gut aus. Hast du dir schon einmal überlegt, dass du dich selbst in Gefahr bringen könntest?«

Beinahe hätte Inge laut aufgelacht. Dass sie in Gefahr sein könnte, war ihr noch nicht in den Sinn gekommen. »Und mir sagst du, ich sähe Gespenster.«

Piet lachte heiser. »Ich halte dich auf dem Laufenden. Aber bitte versprich mir, dass du nicht weiter die Pferde scheu machst. Ich weiß sonst wirklich nicht, wie ich das den ehemaligen Kollegen erklären soll.«

»Was erklären?«

»Dass eine ehemalige Kommissarin als Hobbyermittlerin unterwegs ist.«

»Ich bin keine Hobbyermittlerin«, beschied ihm Inge und legte auf.

Während sie den Wagen über den Schleichweg der Tinnumer Felder lenkte, ging sie in Gedanken die Gespräche des heutigen Tages noch einmal durch. Nach allem, was sie bis jetzt wusste, war Meret ein schwieriges Kind und eine schwierige Erwachsene gewesen. Das erhöhte die Zahl der Verdächtigen drastisch. Außerdem war immer wieder der Name Sönke Wehrheim gefallen. Ob sie ihm einen Besuch abstatten sollte? Im »Schauerkaant« hatte man sicher schon von den Ereignissen gehört.

Dann fiel Inge ein, dass Merets Sachen sich noch immer im »Blanke Hans« befanden. Ihr Raum war zwar von der Polizei versiegelt worden, doch Inge wusste, dass es eine zweite Tür gab, die in das Zimmer führte und die die Polizei ganz sicher übersehen hatte, weil sie auf beiden Seiten von einem Schrank verdeckt wurde.

Erfreut über diese Erkenntnis, gab sie Gas und flog über die in vormittäglicher Ruhe daliegenden Straßen Sylts zurück nach Süden.

***

Im »Blanke Hans« war das Frühstück inzwischen im vollen Gange. Der Geruch von Kaffee und frischen Brötchen lag in der Luft, Stimmengewirr und das Klappern von Geschirr drangen vom Speisesaal herüber.

Inge unterdrückte das schlechte Gewissen, ihrem Bruder und den anderen dabei nicht helfen zu können. Nachdem sie an der Rezeption unbemerkt einen Generalschlüssel an sich genommen hatte, schlüpfte sie in jenen Teil des Hauses, in dem sich Merets Unterkunft befand. Von einem der hinteren Flure führte eine schmale Tür in das Zimmer, vor der auf beiden Seiten ein Schrank stand. Inge musste alle Kraft aufbringen, um sich den Weg freizuschieben. Dabei machte sie eine Menge Lärm. Sie lauschte immer wieder, ob jemand die Treppe hinaufkam, doch alles blieb still.

Merets Zimmer wirkte, als könnte sie jeden Augenblick zurückkommen. Ein ungemachtes Bett, auf dem sich Wäsche und Habseligkeiten stapelten, davor ein hastig aufgerissener Koffer. Viel war es nicht, was Meret mit auf die Insel genommen hatte.

Inge näherte sich dem Koffer und inspizierte ihn. Kleidung lag wirr und lieblos hineingeworfen darin herum. Mit spitzen Fingern griff Inge danach und hob sie hoch. Was genau erhoffte sie sich zu finden?

Sie richtete sich auf und schaute zum Fenster hinüber, das nun verschlossen war. Deutlich ragte in der Ferne der Leuchtturm auf, davor ihr eigenes Zimmerfenster.

Sie trat näher an die Scheibe heran. An dieser Stelle musste Meret gestanden haben, als es passiert war.

Unschlüssig wandte sie sich um. Erst jetzt bemerkte sie, dass etwas unter dem Bett lag. Sie ging darauf zu, bückte sich und zog es hervor. Es handelte sich um eine Art Notizbuch. Erst dachte sie, es sei ein Tagebuch, doch Meret schien es nur benutzt zu haben, um einzelne Gedankenfetzen und Zitate zu notieren. Auch anscheinend schnell entworfene Zeichnungen befanden sich darin, die Inge kaum deuten konnte.

Eine dieser Zeichnungen zeigte das schreckverzerrte Gesicht eines Mannes, der sich in einem Dünental versteckte. Oberhalb der Düne war die Silhouette einer Frau zu erkennen, deren gewölbter Leib sich deutlich abzeichnete. Darunter stand in krakeliger Schrift: »Oses Mann oder: was Liebe vermag«.

Nachdenklich betrachtete Inge das Bild. Die Geschichte von Ose war eine alte Sylter Legende. Jedes Kind kannte sie.

Es hieß, dass vor vielen hundert Jahren ein Mann einen anderen im Streit erschlagen habe. Die Sylter forderten Gerechtigkeit, doch der Täter verschwand. Zurück ließ er nur seine Geliebte, die den Namen Ose trug. Niemand wusste, wohin ihr Mann verschwunden war, doch als Ose eines Tages schwanger wurde, kam heraus, dass sie ihren Mann über Jahre in den Dünen versteckt hatte. Eine romantische Geschichte.

Warum mag Meret das gezeichnet haben?, fragte sich Inge. Hat sie sich nach Liebe gesehnt?

Sie nahm ihr Handy, schaltete das Display ein, tippte »Ose« in das Suchfeld und klickte auf das erste Ergebnis. Auf der Website waren Sylter Sagen zusammengetragen – auch die von Ose. Die Geschichte habe sich in Wennigstedt zugetragen, südlich von Kampen, wo sich die Ferienhausanlage der Wehrheims befand.

»Wehrheim«, murmelte Inge. Alle Hinweise des heutigen Tages deuteten auf diese eine Familie. Grund genug, sich bei ihnen umzusehen.

Riekes Erzählung fiel ihr ein. Als Meret die Affäre mit Sönke Wehrheim angefangen hatte, musste sie noch sehr jung gewesen sein, eine Minderjährige. Und wieso hatte man sie des Diebstahls bezichtigt?

Sie tippte auf ihre Anrufliste und wählte erneut Piets Nummer. Diesmal war er schneller am Telefon.

»Warum kommt mir der Name Sönke Wehrheim so bekannt vor?«, fragte Inge, ohne sich lange mit einer Begrüßung aufzuhalten.

Piet überlegte kurz. »Er ist der Besitzer der Ferienanlage.«

»Das weiß ich schon. Aber warum stoße ich ständig auf seinen Namen?«

»Er ist der Besitzer der Anlage, in der Anke Thießen untergekommen war«, präzisierte Piet.

Stille. Inge brauchte ein paar Sekunden, um die neue Information zu verarbeiten. Es gab also eine direkte Verbindung zwischen Anke Thießen, jener toten Frau, die sie am Strand bei Munkmarsch gefunden hatten und die sie bis heute verfolgte, und Sönke Wehrheim, Merets ehemaligem verheiratetem Geliebten. Aber was bedeutete das schon? Auf einer Insel wie Sylt gab es immer irgendeine Verbindung, wenn man nur lange genug suchte.

»Kennst du die Geschichte von Ose?«, fragte sie.

Piet zeigte sich überrascht angesichts des abrupten Themenwechsels. »Ja, ich glaube schon. Ich meine, jeder kennt sie, oder? Sie gehört zu Sylt. Die Touristen mögen sie, weil sie so romantisch ist.«

»Romantisch oder tragisch. Weiß man, was mit Ose und ihrem Mann geschehen ist, nachdem man ihn entdeckt hat? Immerhin war er ein gesuchter Verbrecher, ein Mörder.«

Piet lachte. »Keine Ahnung, Inge. Da musst du einen Historiker fragen, keinen ehemaligen Polizisten. Wer weiß, ob es Ose und ihren Mann wirklich gegeben hat.«

Inge blätterte durch Merets Notizbuch. Eine weitere Zeichnung erregte ihre Aufmerksamkeit. Sie zeigte drei Männer am Galgenhügel. Darunter stand: »Pidder Lüngs Ende«. Pidder Lüng war ebenfalls eine berühmte Gestalt aus der Sylter Folklore. Als Pirat und Aufständischer hatte er sich den Steuereintreibern widersetzt und galt als eine Art Robin Hood. Sein Ende allerdings war überaus tragisch gewesen – er war durch den Strick gestorben.

»Munkmarsch«, flüsterte Inge.

»Was sagst du da? Ich verstehe dich nicht.«

»Pidder Lüng und seine Leute wurden bei Munkmarsch gehängt, genau da, wo wir Anke Thießen gefunden haben. Ich habe eine Zeichnung davon in Merets …« Sie brach ab. Vor Aufregung hatte sie mehr verraten, als sie wollte.

»Inge, sag mir bitte, dass du nicht gerade dabei bist, Merets Sachen zu durchwühlen.« Piets Stimme hatte einen alarmierten Unterton. In diesem Moment rutschte ein Foto aus dem Notizbuch. Es zeigte Meret und musste erst vor wenigen Wochen oder Monaten aufgenommen worden sein. Bei ihrer Ankunft war ihre Frisur die gleiche gewesen, und sie hatte dieselbe Jacke getragen.

Neben ihr stand ein Mann, den Inge sofort erkannte, doch zur Sicherheit suchte sie im Internet nach seinem Bild. Dann konnte es keinen Zweifel mehr geben: Der Mann war eindeutig Sönke Wehrheim, der Besitzer der »Schauerkaant«-Anlage. Anhand des Hintergrundes war es unmöglich zu erkennen, wo das Foto aufgenommen worden war.

»Ich muss Schluss machen«, sagte Inge rasch und legte auf.

Wie konnte es sein, dass es ein Bild von den beiden zusammen gab? Hatten sie die Affäre heimlich fortgesetzt? War Sönke Wehrheim der wahre Grund für Merets Rückkehr gewesen? Aber was sagte seine Frau dazu? Von einer Scheidung der beiden hatte bisher niemand gesprochen.

Hastig durchblätterte Inge das Notizbuch auf der Suche nach weiteren Hinweisen, wurde aber nicht fündig. Die anderen Zeichnungen sagten ihr nichts. Offenbar hatte sich Meret viel mit der Sylter Sagenwelt beschäftigt, und irgendwie lag das auch nahe. Da war die unglückliche, aber treue Liebe von Ose zu ihrem Mann. Wenn Merets erste große Liebe wirklich der verheiratete Sönke Wehrheim gewesen war, dann hatte sie sich sicher nach einer solchen Liebe gesehnt. Pidder Lüng und sein Kampf für die Freiheit waren berühmt. Hatte sich Meret nicht vielleicht auch als eine Art Freiheitskämpferin verstanden? Bo Knudsen hatte von der Aufmüpfigkeit seiner

Schwester erzählt, und für diese Aufsässigkeit musste es einen Grund geben.

Inge überlegte kurz, das Buch wieder unter das Bett zu schieben, doch da man es nur vom Fenster aus hatte sehen können, war es sehr wahrscheinlich, dass es auch in der Todesnacht niemand bemerkt hatte. Da es noch keine offizielle Mordermittlung gab, würde es sicher niemandem auffallen, wenn sie es noch eine Weile behielt. Einen anderen Weg, Meret und ihre Gedankenwelt kennenzulernen, gab es nicht.

Sie verließ das Zimmer. Den Schrank auf der Innenseite konnte sie nicht wieder an Ort und Stelle rücken. Sie musste in Kauf nehmen, dass es der Polizei nicht entgehen würde, dass sich jemand Zugang verschafft hatte.

Während sich Inge die Treppe hinunterschlich und den Generalschlüssel an seinen Platz zurückbrachte, rief sie sich Merets Streit mit Nele ins Gedächtnis, den sie am Abend vor Merets Sturz unten in der Gaststube verfolgt hatte. Vielleicht machte es Sinn, auch Nele bei Gelegenheit einen Besuch abzustatten, beschloss sie.

***

An diesem Abend war in der Gaststube nicht viel los. Jannis zeigte sich ungewöhnlich einsilbig. Inge vermutete, dass er sich wegen des Todesfalls Sorgen um wegbleibende Gäste machte. Gegen einundzwanzig Uhr ging sie nach oben in ihr Zimmer und nahm nach einigem Hadern doch wieder eine Schlaftablette. So schnell war ihr Vorsatz dahin. Ihr Wunsch nach Ruhe und Erholung war stärker.

Nach zwei schlaflosen Nächten setzte die Wirkung sofort ein. Zuerst bemerkte Inge die vertraute, leicht verschwommene Sicht, gefolgt von einem entspannten Gefühl der Wärme. Sie löschte das Licht und ließ sich in ihre Kissen zurücksinken.

***

Hoch stand der Mond über den Dünen – fahl und kalt. Darunter schritt, gespenstisch anzusehen, ein Pferd aus weißen Knochen, auf dem ein Reiter saß, dessen Mähne im Wind wehte. Die Hufe des Pferdes wühlten einen Schädel frei, blank gespült von den Gezeiten. Es stieß ein Wiehern aus, das wie ein Lachen klang. Ob es Mensch oder Tier war, war nicht mehr zu unterscheiden.

Wellen tosten laut und fordernd, sie schlugen gegen die Felsen am Strand und zeichneten Muster in den Sand. Die Muster erwachten zum Leben, bildeten Haare, ein Gesicht, einen Körper. Bläulich wirkte die Haut in der frühen Morgenstunde, ausgekühlt vom Meer, die Mundwinkel grau. Sie schienen Worte zu formen, die Inge nicht verstand, nur das Gesicht kannte sie, es war Anke Thießen, die dalag, lebendig und tot zugleich, ihre Strähnen bewegten sich wie Algen im Takt der Wellen.

Wie auf ein unsichtbares Zeichen hin erhob sich die Frau, schritt leichtfüßig über den Sand, bis sie vor einer hohen Düne stehen blieb und auf etwas wies, das Inge im Zwielicht nicht erkennen konnte. Sie strengte sich an, dann sah sie die drei Gestalten im Wind baumeln, wie Marionettenglieder schwankten die Arme und Beine unter dem Galgen.

Da war noch jemand, ein Augenpaar zwischen den Dünen, der gehetzte Blick eines Vogelfreien, spröde Lippen, die ein Gebet sprachen. Mit jedem seiner Worte schwoll Ankes Leib an, wurde dicker und dicker wie einst der Bauch von Ose, der sie und ihren Geliebten verraten hatte.

Abrupt wechselte die Szenerie vom Strand zu einem Kellerabgang. Inge wusste sofort, um welche Treppe es sich handelte, Tausende Male war sie sie im Traum und in Wirklichkeit hinauf- und hinabgestiegen. Alles in ihr wehrte sich dagegen, die Stufen und das, was sie dort erwartete, zu erreichen. Auf keinen Fall wollte sie hinunter in den dunklen Raum, doch ihr Traum trieb sie voran.

Unten angekommen, nahm sie schemenhaft eine Silhouette wahr. Sie schwang hin und her wie Pidder Lüng in Munkmarsch, nur war es kein legendärer Freiheitskämpfer, der dort am Galgen hing, sondern Malte. Ihr Malte, der Mann, den sie liebte und mit dem sie ihr Leben verbringen wollte, der seinem Leben an einem selbst geknüpften Strick ein Ende bereitet hatte. Die Zunge hing ihm aus dem Hals, blau wie Anke Thießens Mund, angeschwollen und verdreht, die Augen quollen hervor und erzählten von der Qual seiner letzten Sekunden.

Just in diesem Moment schien er Inge direkt anzuschauen, wächserne, tote, anklagende Blicke. Dann war auch Malte verschwunden. Zurück blieb Merets seltsam schwereloser Körper, der im Licht des Leuchtturms zu Boden sank, als befände er sich unter Wasser, während sie Inge ihre Arme entgegenstreckte.

***

Inge erwachte durch ihre eigenen Schreie. Ihr Herz raste, während sie versuchte, sich im Dämmerlicht ihres Zimmers zu orientieren. Die Bilder ihres Alptraums verfolgten sie bis in die Wirklichkeit, so real waren sie gewesen. Einige Teile waren ihr bekannt, etwa die tote Anke Thießen oder Maltes lebloser Körper am Strick, andere waren neu.

Schwankend erhob sie sich und ging mit unsicheren Schritten zum Waschbecken. Adrenalin durchströmte ihren Körper und kämpfte mit der Wirkung der Schlaftablette. Sie spritzte sich kaltes Wasser ins Gesicht, dann nahm sie ein paar tiefe Schlucke aus der Leitung.

Nach und nach verschwanden die Bilder des Alptraums. Sie legte eine Hand auf ihre Brust und versuchte ihren Atem zu kontrollieren.

Nach all den Jahren verfolgte Maltes Bild sie noch immer. Die meisten anderen Bilder aus ihrer gemeinsamen Zeit waren verschwunden, verblasst, überschrieben, jene, in denen sie glücklich zusammen gewesen waren. Nur das eine, das letzte, blieb und hatte sich in ihr Hirn eingebrannt, unauslöschlich.

Genauso hatte sie ihn vor zwanzig Jahren gefunden, einfach so. Nichts hatte auf seinen geplanten Selbstmord hingedeutet, keine Diagnose, keine Symptome. Noch nicht einmal einen Abschiedsbrief hatte er hinterlassen. Als Inge von der Arbeit nach Hause gekommen war, hatte sie gewusst, dass etwas nicht stimmte, ein nicht greifbares Grauen hatte über ihrem Zuhause gelegen. Wie in Trance hatte sie nach Malte gesucht, seinen Namen gerufen und ihn schließlich dort unten gefunden, am Fuße der Treppe.

Die Obduktion hatte keinen Zweifel daran gelassen, dass er seinem Leben selbst ein Ende gesetzt hatte, »Fremdverschulden ausgeschlossen«, hatte es im Bericht geheißen, und doch fühlte sich Inge schuldig. Sie hatte tagein, tagaus mit ihm zusammengelebt. Während sie gedacht hatte, sie seien glücklich, hatte Malte stumm neben ihr gelitten, so sehr, dass er geglaubt hatte, nur der Tod könne ihn erlösen.

Inge keuchte. Der Spiegel reflektierte ihr eigenes gespenstisches Gesicht im wandernden Licht des Leuchtturms. Sie glaubte, einer Toten in die Augen zu sehen.

Erschrocken sprang sie zurück und taumelte zum Bett. Sie tastete nach den Schlaftabletten, löste gleich zwei aus dem Blister und schluckte sie ohne Wasser hinunter.

Heftig atmend starrte sie die Decke ihres Zimmers an, bis schließlich die Substanz den Kampf um ihr Bewusstsein gewann.

Gespenster

Kalt kroch der Morgen über die Dünen. Dichte graue Wolken hingen über dem »Blanke Hans« und ließen kaum einen Sonnenstrahl hindurch.

Inges Wecker riss sie früh aus tiefem Schlaf. Die Bilder ihres Traumes verfolgten sie noch, nachdem sie die Augen geöffnet hatte. Ihr wurde schwindelig, als sie sich aufsetzte, und es dauerte eine Weile, bis sie das Bett verlassen konnte. Es fühlte sich an, als befände sich Kleber in ihrem Kopf, der die Gedanken zäh und die Bewegungen seltsam schwerfällig machte. Manchmal brauchte sie den ganzen Vormittag, um sich davon zu erholen. Trotzdem genügten zwei schlaflose Nächte voller bohrender Fragen, um sie wieder und wieder zu den kleinen weißen Pillen greifen zu lassen.

Da sie recht spät dran war, begnügte sie sich mit einer Katzenwäsche und schwankte dann vorsichtig in Richtung des Gastraums.

»Guten Morgen.« Jannis klang für seine Verhältnisse fast freundlich. Auch unter seinen Augen zeichneten sich tiefe schwarze Ränder ab. »Gut geschlafen?«

Inge griff kopfschüttelnd nach einer Tasse, um sich Kaffee einzuschenken. »Warum hast du sie eingestellt?«, fragte Inge unvermittelt.

Überrascht hob Jannis den Blick. »Wen?«

»Meret.«

»Wieso denn nicht?«

»Wegen all der Gerüchte.«

»Was interessiert mich das Gerede?«

»Es wundert mich nur. Immerhin heißt es, sie habe gestohlen und auch noch manch andere Dinge getan. Ich kann mir nicht vorstellen, dass du niemand anderen gefunden hättest.«

»Natürlich hätte ich auch jemand anderen gefunden, aber du weißt ja, wie es im Winter ist – und Meret kam von hier.

Sie brauchte einen Job und eine Wohnung. Was ist daran ungewöhnlich? Du siehst schon Gespenster ...«

Inge zuckte zusammen, als habe er sie geschlagen.

»Ich weiß nicht, was in dir vorgeht, aber du steigerst dich da in etwas hinein. Meret hatte getrunken, das habe ich der Polizei auch gesagt. Es war höchstwahrscheinlich ein Unfall. Nicht hinter jedem Todesfall steckt ein Mord.«

Inge fixierte ihren Bruder. »Wusstest du, dass jeder zweite Mord unentdeckt bleibt? Weil niemand Verdacht schöpft. Weder die Polizei noch die Gerichtsmedizin.«

Jannis runzelte die Stirn. »Jeder zweite? Das klingt ziemlich viel, meinst du nicht?«

»Und meinst *du* nicht, dass ich mich damit besser auskenne als du?«

Jannis stellte seine Kaffeetasse ab. »Inge«, sagte er ungewohnt sanft. »Ich kann mir vorstellen, dass es eine Menge bei dir aufwühlt, zurück zu sein, und dass dann auch noch ausgerechnet Meret am ersten Abend stirbt. Aber glaub mir, du siehst Gespenster. Gespenster aus der Vergangenheit. Schuldgefühle sind etwas Furchtbares. Sie zerfressen dich. Lass das nicht zu.«

Inge schwieg nachdenklich. Vermutlich wusste Jannis, wovon er sprach. Vor vielen Jahren war auch er verheiratet gewesen, doch die Ehe hatte nicht lange gehalten. Inge nahm an, dass Jannis daran die Hauptschuld trug, auch wenn sie nicht genau wusste, was geschehen war. Schon als Kind hatte er nur selten jemanden an seinem Innenleben teilhaben lassen.

Sie ging durch den Flur zu einem der Arbeitsräume, in dem das Putzzeug aufbewahrt wurde. Schweigend machte sie sich daran, den Eingangsbereich und die Rezeption zu säubern, bevor die ersten Gäste zum Frühstück erschienen.

Trüb schwappte das Wasser im Eimer hin und her und zeigte ihr ihr eigenes verzerrtes Spiegelbild. Als sie den Mob hineintauchte, zerfloss es. In Gedanken versunken, wischte sie über den Fliesenboden.

»Wir haben eine Leiche gefunden«, hatte der Kollege an jenem Aprilmorgen gesagt. »Jung, weiblich.«

Warum waren sie immer jung und weiblich? Oder waren das einfach die Fälle, die im Gedächtnis blieben? Weil dort im ersten Licht des frühen Tages nicht nur ein Mensch gestorben war, sondern mit ihm auch all die Hoffnung, all das Unerfüllte, das einem jungen Leben innewohnte.

Inge hatte viele Tote gesehen. Nicht jeder hatte sie so berührt. Sie erinnerte sich an das Paar in Düsseldorf, das leblos vor dem Fernseher gesessen hatte. Er war Anfang fünfzig gewesen, sie erst Ende vierzig. Der Fernseher lief noch, als sie dort angekommen war, eine Schlagershow. Die füllige Frau saß, nur mit einem Hauskittel bekleidet, im Sessel vor ihm. Er hatte sie von hinten erschossen, sie hatte vermutlich nicht einmal gemerkt, was vor sich ging, bis sie mit zerstörtem Hinterkopf vornüber gesunken war. Danach hatte er sich selbst gerichtet. Hirnmasse klebte noch über dem blassgelben Sofa mit der Spitzendecke und den Kuscheltieren. Ein verblichener Kunstdruck mit einer kitschigen Szene, die einen Strand und einen glitzernden Delphin zeigte, hing darüber.

Die Wohnung war klein und voll gewesen. Der Geruch gebratener Zwiebeln lag schwer in der Luft, zwei geöffnete Bierflaschen standen auf dem Tisch.

»Wie kommt man dazu, sich nach dem Abendessen umzubringen?«, hatte Elena, die Gerichtsmedizinerin, gefragt, während sie sich die Gummihandschuhe überstreifte, um die beiden Leichen zu untersuchen. »Schaut man noch schnell die Nachrichten und zieht dann die Waffe, um seine Frau zu erschießen?« Sie hatte die Arme in die Hüften gestemmt und sich umgesehen.

Niemand hatte daran gedacht, den Fernseher auszuschalten, die Musik schepperte und lärmte aus den kaputten Lautsprechern.

»Manchmal wird das Leben einfach zu klein, wie eine alte Haut. Statt sie abzustreifen, bringt man sich eben um«, hatte Wolfgang, ihr damaliger Partner, mit jenem seltsam entrückten Blick gesagt, den nur Menschen besaßen, die einen schweren Verlust hatten hinnehmen müssen. Verstanden hatte Inge diesen

Blick zu jenem Zeitpunkt noch nicht, auch wenn sie ihm schon viele Male begegnet war.

Später hatte sie noch oft über diesen Satz nachgedacht. War das der Grund gewesen, warum Malte sich umgebracht hatte? Wie konnte ein Leben einfach zu klein werden wie eine alte Haut?

»So ein Schwachsinn.« Inge stieß den Mob mit so viel Kraft in den Putzeimer, dass das gräulich verfärbte Wasser nach allen Seiten spritzte.

Das Klingeln ihres Handys riss sie aus ihren Gedanken. Sie wischte sich die Hände an ihren Hosenbeinen ab und zog es aus ihrer Tasche. »Ja?«

»Hier ist Piet.«

Verwundert sah Inge auf ihre Uhr. Es war noch nicht einmal sieben. »Piet? Du bist aber früh wach.«

»Ich habe gerade mit Flensburg telefoniert.«

»Und?« Inge spürte Ungeduld in sich aufsteigen.

»Es werden keine weiteren Ermittlungen aufgenommen. In Merets Blut wurde Alkohol gefunden, sie hatte knapp zwei Komma drei Promille. Es war ein Unfall.«

»Ein Unfall?«

»Ein Unfall«, bestätigte Piet. »Es gab keine Hinweise auf ein Fremdverschulden.«

»Aber ich habe doch ausgesagt, dass ich jemanden bei Meret gesehen habe.«

Piet hüstelte. »Ja, aber du standst nun mal unter Einfluss von Medikamenten, die unter anderem Halluzinationen hervorrufen können.«

»Piet, das war keine Halluzination! Da war jemand in ihrem Zimmer. Sie haben sich gestritten. Meret schien aufgebracht gewesen zu sein. Die Wahrscheinlichkeit, dass dieser jemand sie aus dem Fenster gestoßen hat, ist verdammt hoch. Die Polizei muss dem doch wenigstens nachgehen!« Inge hörte selbst, wie schrill ihre Stimme klang.

»Ich verstehe dich ja. Aber du weißt doch selbst, wie diese Dinge laufen. Im Augenblick gibt es keine Anhaltspunkte für ein Fremdverschulden. Meret war gerade erst wieder auf die Insel zurückgekommen.«

»Ja, weil sie sich mit ihren Geschwistern um das Erbe ihrer Eltern gestritten hat. Jeder der Knudsen-Geschwister hätte ein Motiv gehabt, sie zu ermorden, und da war auch noch Nele Mungard. Alle Gäste im ›Blanke Hans‹ haben mitbekommen, wie sie sich gestritten haben.«

»Willst du behaupten, Nele Mungard hat Meret umgebracht?«

»Nein! Ich meine, ich weiß es nicht … Es könnte sein. Alles, was ich sage, ist, dass die Polizei weiterermitteln sollte. Zu viele Fragen sind ungeklärt. Ich untersuche den Fall seit zwei Tagen und kann dir noch mehr Verdächtige bringen.«

»Wen? Sönke Wehrheim?«

»Ihren Bruder«, sagte Inge. »Ich habe mich wie erwähnt gestern mit ihm unterhalten. Ich traue ihm allerhand zu. Ich sage nur, dass es noch zu früh ist, um ausschließen zu können, dass Meret ermordet wurde.«

»Ich verstehe, dass dich die Sache berührt. Aber kannst du nicht zumindest die Möglichkeit in Betracht ziehen, dass es nur ein Unfall war? Meret war betrunken, das Fenster stand offen. Vielleicht hat sie hinausgeschaut zum Leuchtturm.«

»So ein Unsinn! Mein Bauch sagt mir –«

»Dein Bauchgefühl könnte auch von anderen Dingen beeinflusst werden, von Dingen, die schon lange zurückliegen.«

Wut stieg in Inge auf. »Was redest du denn da? Du kennst mich doch, und du weißt genau, dass der Instinkt nie lügt.«

»Du wirst ohnehin nicht aufgeben, oder? Bis du selbst dahinterkommst, dass es nur ein tragischer Unfall war.«

»Haben sie die Leiche schon freigegeben?«

»Nein, das wird vermutlich morgen geschehen. Dann kann die Familie sie beerdigen.«

»Dann bleibt mir nicht viel Zeit«, murmelte Inge.

»Was hast du gesagt?«

»Ich muss die alten Akten sehen.«

»Welche Akten?«

»Die zum Fall von Anke Thießen.«

»Was willst du denn damit? Ich dachte, dir geht es um Meret.«

»Vielleicht gibt es wirklich eine Verbindung. Ich muss es einfach wissen, Piet.«

»Hast du vergessen, dass auf Sylt alles irgendwie eine Verbindung hat, wenn du nur lange genug suchst?« Piet holte tief Luft, ehe er in verändertem Tonfall fortfuhr: »Kann es sein, dass du Gespenster siehst?«

Inge schnaubte. »Warum sagen das alle zu mir?«

»Weil es vielleicht stimmt?«

»Piet, ich brauche deine Hilfe. Ich weiß einfach, dass da etwas nicht stimmt. Vielleicht war Merets Tod wirklich ein Unfall, doch da sind noch so viele Fragen offen. Du hast selbst gesagt, dass du weißt, dass ich nicht aufgeben werde, bevor ich Antworten habe. Also lass es uns doch für uns beide so einfach wie möglich machen und sorge dafür, dass sie mir auf der Station in Westerland Zugang zu den alten Akten geben.«

»Du lässt wirklich nicht locker, hm? Genau so warst du schon immer. Du warst eine verflucht gute Polizistin, Inge.«

»Ich bin in einer Stunde auf der Station«, antwortete sie, legte auf und starrte sekundenlang auf die Pfütze aus Schmutzwasser auf dem Boden. Schließlich nahm sie den Mob, wischte sie auf und verfrachtete ihr Putzzeug achtlos in der Kammer.

Fünf Minuten später saß sie in Jannis' Auto und fuhr in Richtung Westerland.

Da es noch nicht acht Uhr war, machte sie einen Umweg vorbei an jenem Ort, an dem sich die Geschichte von Ose abgespielt haben sollte. Die Strecke von Hörnum in Richtung Westerland führte bei Rantum über eine schmale Stelle der Insel, an der sich links die Dünen, rechts das Watt erstreckten, doch Inge nahm die Landschaft kaum wahr. Sie stellte den Wagen auf dem verlassenen Parkplatz unterhalb der Dünen ab.

Das Gedicht von Detlev von Liliencron kam ihr in den Sinn, das sie in der Schule hatte auswendig lernen müssen. Jede Strophe erzählte vom Widerstand Pidder Lüngs gegen die dänische

Herrschaft, die die friesischen Einwohner in Armut und Unterdrückung gehalten hatte, eine Geschichte von Rebellion und Aufmüpfigkeit. Auch Meret musste das Gedicht in der Schule gelernt haben. Ob sie deshalb die Bilder gemalt hatte?

»Lewwer duad üs Slaav!«, murmelte Inge, die sich an den Wahlspruch der Friesen erinnerte, der auf Pidder Lüng zurückging. »Lieber tot als Sklave!«

Kalter Wind wehte ihr entgegen und ließ die Haut an ihren Wangen innerhalb von Sekunden gefühllos werden. Kleine Eiskristalle bohrten sich in ihre Poren. Sie schlug ihren Kragen nach oben und machte sich daran, auf den Deich zu steigen.

In dem Gedicht hieß es, aus Wut habe der Fischer Pidder Lüng das Gesicht des Amtsmannes so lange in den Grünkohl gedrückt, bis dieser erstickt sei. Das habe Pidder Lüng zum Helden gemacht.

Die Friesen waren für ihre Sturheit bekannt, mit der auch die dänischen Herrscher ihre Erfahrungen gemacht hatten. Rau und schwer war das Leben gewesen. Draußen das Meer, das jederzeit alles verschlingen konnte. Sie hatten von dem gelebt, was der Fischfang hergab und was man den Feldern abringen konnte. Bei schlechtem Wetter war die Insel manchmal tagelang vom Festland abgeschnitten gewesen. Auch wenn heute alles ganz anders war, so waren die Spuren dieses alten Frieslands noch überall zu finden.

Inge dachte an Piets Worte, während sie den Deich erklomm, über dem die Sonne als blasser Lichtball nur zögerlich aufging. Sah sie tatsächlich Gespenster? Ließ sie sich von ihren Schuldgefühlen täuschen, so wie Jannis behauptet hatte?

Sie schmeckte Salz und wusste, dass es kein Meerwasser war. Es war schon eine Weile her, dass sie geweint hatte. Sie konnte sich nicht erklären, woher diese Traurigkeit kam. Was war nur los mit ihr?

Es war die Insel, es war Sylt – alles, was sie zurückgelassen hatte, was in ihr Gefühle aufwühlte, die sie lange unterdrückt und vergessen hatte. Warum hatte auch an ihrem ersten Abend hier ein Mord geschehen müssen?

In ihrer Erinnerung verschwamm der Anblick von Merets zerschmettertem Körper mit dem von Anke Thießen am Strand bei Munkmarsch. Zwei junge Frauen, aus dem Leben gerissen, ohne dass klar war, was mit ihnen geschehen war.

Ich werde das nicht noch einmal zulassen, dachte Inge. Sie blinzelte in den trüben Sonnenaufgang, dann ging sie zurück zum Auto.

***

Der Frühdienst auf der Wache in Westerland hatte gerade begonnen, als Inge das Gebäude betrat. Das 1906 erbaute Haus aus Backstein stand unter Denkmalschutz und sollte seit Jahren renoviert werden. Trockene Wärme schlug ihr entgegen und ließ ihre Brille beschlagen. Sie nahm sie ab und wischte mit einem Tuch über die Gläser.

»Kann ich Ihnen helfen?«

Sie konnte die junge Frau hinter dem Tresen nur undeutlich sehen. Im ersten Moment dachte sie, es sei Claasen, doch als sie ihre Brille wieder aufsetzte, erkannte sie, dass die Polizistin vor ihr kürzeres Haar hatte und fülliger war.

»Ich bin Inge Petersen. Piet Brons hat mich angekündigt.«

Die Frau runzelte die Stirn, dann hellte sich ihr Gesicht auf. »Aber sicher, Sie haben früher hier gearbeitet. Ich bin Maike Engels.« An den anderen Schreibtischen fuhren Köpfe zu ihnen herum, neugierige Blicke flogen Inge zu.

»Ja, das stimmt«, sagte sie. »Ich interessiere mich für einen alten Fall aus dieser Zeit. Kann ich die Akten einsehen?«

Maike Engels nickte. »Ich weiß Bescheid. Ich bringe Sie runter ins Archiv.«

Sie öffnete die Klappe zum Besucherraum und ging voran zu einer schmalen Treppe.

Ein seltsames und unwirkliches Gefühl stieg in Inge auf. Vieles kam ihr vertraut vor, die dunkelbraunen Türen und die niedrigen Fenster. Die Bilder an den Wänden waren andere, ebenso die Gesichter hinter den Bildschirmen, doch es lag noch immer dieser leicht miefige Geruch nach kaltem Kaffee, Linoleumboden und Bleistiften in der Luft.

»Sie lassen einen nicht los, oder? Die ungelösten Fälle. Herr Brons sagte mir, dass Sie Ihren Ruhestand hier auf der Insel verbringen möchten. Interessieren Sie sich deshalb dafür? Um endlich abzuschließen?«

»Ja, so etwas in der Art. Ich denke darüber nach, ein Buch zu schreiben.« Inge wunderte sich über sich selbst. Es war das erste Mal, dass ihr diese Idee kam, doch sie klang wie eine ganz logische Erklärung für ihr Interesse an der Vergangenheit: eine alte Kommissarin im Ruhestand, die Krimis auf Basis echter Fälle schrieb. Dagegen konnte doch niemand etwas haben. Es hörte sich zumindest besser an, als eine alte Frau zu sein, die noch immer von düsteren Erinnerungen bis in ihre Träume verfolgt wurde.

Das Archiv mit den Ermittlungsakten befand sich im Keller. Die Regale standen so dicht, dass sie nur mit einer Kurbel auseinandergedreht werden konnten. Nichts hatte sich verändert.

Maike Engels' Handy klingelte.

»Ich finde mich allein zurecht«, erklärte Inge rasch. Die Polizistin nahm den Anruf entgegen, lächelte und verschwand.

Inge wickelte ihren Schal ab und zog ihre Jacke aus. Sie suchte in den Regalreihen nach der richtigen Jahreszahl, dann betätigte sie die Kurbel.

Die Akte zu Anke Thießens Fall hatte sie bald gefunden, für die Kiste mit den Hautproben und anderen Beweismitteln brauchte sie länger, da sie in einem anderen Bereich des Kellers aufbewahrt wurden. Beides trug sie zu einem kleinen Schreibtisch und schaltete die kalte Lampe an, die darauf stand.

Als Erstes öffnete sie die Kiste. Anke Thießen war nackt gewesen, als man sie gefunden hatte, ihre Kleidung war verschwunden geblieben. Allerdings hatte die Spurensicherung in einiger Entfernung eine Decke entdeckt. Vermutlich hatte ihr Mörder sie darin an den Strand gebracht – oder aber sie war mit der Decke und ihrem Mörder an den Strand gekommen.

Dann gab es noch den kleinen Anhänger, den sie um den

Hals getragen hatte, das einzige Schmuckstück. Es handelte sich um ein Herz, das sich aufklappen ließ, mit einer getrockneten Blume im Inneren, aufgeweicht durch das Wasser der Flut.

»Strandflieder«, hatte Ingmar präzisiert, der als Gerichtsmediziner an den Tatort gerufen worden war. Strandflieder gab es an der Nordsee im Sommer an vielen Orten.

Inge zog sich Handschuhe an, griff nach der Tüte mit dem Anhänger. Die Blüte befand sich noch immer darin, inzwischen völlig vergilbt und beinahe zu Staub zerfallen. Sie wagte nicht, sie zu berühren.

Damals hatte sie nicht herausfinden können, welche Symbolik die Blüte gehabt haben mochte, doch seinerzeit hatte auch keiner von den Ermittlern Zugang zum Internet gehabt.

Inge nahm ihr Handy zur Hand. Im Archiv hatte sie nur schwachen Empfang, es dauerte lange, bis die Suchergebnisse angezeigt wurden. Dann aber konnte sie nachlesen, dass der Strandflieder für eine schöne Erinnerung stand.

Wenn Anke den Anhänger im April getragen hat, kann der Strandflieder im Sommer davor gepflückt worden sein, dachte sie und schlug die Akte auf.

Auf den Tatortfotos sprang ihr Ankes totes Gesicht entgegen. Deutlich waren die dunklen Flecken an ihrem Hals zu sehen, die gemeinsam mit den roten geplatzten Adern in ihren Augen davon zeugten, dass sie wohl erwürgt worden war.

Inge streckte die Finger aus und berührte Ankes Wange. Der Traum der vergangenen Nacht kam ihr wieder in den Sinn.

»Gespenster, Inge«, murmelte sie, während sie weiterlas.

Im Autopsiebericht wurde eine Schwangerschaft verneint.

Plötzlich blieb ihr Blick an einem Namen auf einem Zeugenvernehmungsprotokoll hängen. Erst glaubte sie, sich versehen zu haben, doch dort stand: »Meret Knudsen«.

Hastig griff Inge nach dem Transkript. Zu diesem Zeitpunkt war Meret gerade fünfzehn Jahre alt gewesen. Man hatte ihre erste Aussage aufgenommen und sie einen Tag später mit ihrer Mutter auf dem Revier ausführlich vernommen.

Die Zeugin gibt zu Protokoll, am Abend des 14. April 1998 nach dreiundzwanzig Uhr mit dem Fahrrad am Strand bei Munkmarsch gewesen zu sein. Dort habe sie Anke Thießen mit einem ihr unbekannten Mann gesehen. Der Mann trug eine Jacke und eine Schirmmütze, die er tief in das Gesicht gezogen hatte. Nach Schätzung der Zeugin war er etwa einen Meter fünfundachtzig groß und trug eine braune Cordhose. Aufgrund der Dunkelheit und seiner Schirmmütze konnte sie sein Gesicht nicht erkennen, ist sich aber auf Nachfrage sehr sicher, dass es sich bei seiner Begleitung um die tot aufgefundene Anke Thießen handelte.

Inge wühlte in der Akte nach den anderen Fotos. Dabei stieß sie auf eine Karte von Munkmarsch, auf der der Fundort der Leiche und weitere Punkte eingezeichnet waren. Das »Schauerkaant« lag nur wenige Gehminuten vom Tatort entfernt.

Was zur Hölle hatte ein fünfzehnjähriges Mädchen so spät am Abend allein dort zu suchen?, überlegte Inge und überflog den Rest des Transkripts, in dem Meret erklärte, den Abend bei einer Freundin verbracht zu haben. Der Name der Freundin war nicht vermerkt.

»Eine Freundin also, soso.« In Gedanken machte sich Inge eine Notiz, der Familie Wehrheim so bald wie möglich einen Besuch abzustatten. Ihr Instinkt sagte ihr, dass es kein Zufall war, dass dort so viele Fäden zusammenliefen.

Sie blätterte durch weitere Unterlagen und fand die Originalnotiz des Polizisten, der Meret am Morgen des Funds von Ankes Leichnam getroffen hatte. Es handelte sich um anscheinend hastig hingekritzelte Wörter, die sie kaum entziffern konnte. Sie brauchte mehrere Anläufe, um dahinterzukommen, was dort stand, doch dann wurde deutlich, dass Meret am Morgen offenbar eine andere Geschichte erzählt hatte als einen Tag später bei ihrer Aussage.

Inge wählte Piets Nummer.

»Meret war am Tatort«, sagte sie, kaum dass er sich gemeldet hatte.

»An welchem Tatort?«, fragte Piet, deutlich irritiert. Stimmengewirr und Musik waren im Hintergrund zu hören.

»Bei Anke Thießen. Meret wurde als Zeugin vernommen. Sie hat ausgesagt, dass sie Anke am Abend zuvor mit einem Mann gesehen hat, den wir im Nachgang aber nicht identifizieren konnten. Warum erinnere ich mich nicht an diese Aussage?«

Piet schwieg für einen Moment. »Wenn ich mich richtig erinnere, lag es daran, dass Meret nicht besonders glaubwürdig gewesen ist«, sagte er schließlich.

»Nicht glaubwürdig?«

»Ja, ihr Vater hat mich kurz darauf angesprochen und mich davor gewarnt, ihren Angaben allzu viel Wert beizumessen, da sie in einem schwierigen Alter sei.«

»Ein schwieriges Alter? Was meinte er damit?« Inge blätterte zum Ende des Protokolls und las den Namen des Unterzeichners. »Du hast ihre Aussage aufgenommen«, stellte sie verwundert fest.

»Ja, sie ist mit ihrer Mutter gekommen. Hat behauptet, bei einer Freundin gewesen zu sein.«

Inge holte den Zettel mit der Notiz des Polizisten wieder hervor. »Aber am Tatort hat sie doch ausgesagt, sie habe sich mit ihrem Vater gestritten und sei deshalb allein am Strand unterwegs gewesen.« Hinter ihrer Stirn kündigte sich ein Kopfschmerz an, der häufig auf die Einnahme von zu vielen Schlaftabletten folgte.

»Ja, das stimmt, und es spielte auch eine Rolle. Sie war ein Teenager, wild, aufmüpfig, verrückt nach Aufmerksamkeit.«

»Soll das bedeuten, alle Teenager lügen?«

»Jetzt verdreh mir doch nicht die Worte im Mund. Du weißt doch, wie es mit den Aussagen so junger Zeugen ist.«

»Ich melde mich später noch mal«, sagte Inge und legte auf.

Ärger stieg in ihr auf, ein hartes Gefühl, das ihre Speiseröhre emporkletterte. Sie und Piet hatten den Fall gemeinsam bearbeitet, bis die Mordkommission aus Flensburg übernommen und ihn schließlich als ungelöst zu den Akten gelegt hatte. Akten, die jetzt vor ihr lagen.

Ein Foto von Anke rutschte heraus, aufgenommen wenige Tage vor ihrem Tod. Es zeigte eine lebenslustige junge Frau in einem bunten Pullover und mit wild aufgetürmten Haaren, die mit einer Mischung aus Verführungslust und Unsicherheit in die Kamera blickte.

Ob sich Meret und Anke näher gekannt hatten? In den Aufzeichnungen fand sich kein Anhaltspunkt dazu.

Warum war sie diesen Spuren nicht nachgegangen? Hatte Piet die Informationen bewusst vor ihr zurückgehalten? Ihre Erinnerung verschwamm und wurde undeutlich. Wann hatte er mit Merets Vater gesprochen? Darüber fand sich kein Vermerk in der Akte.

Eine Ahnung beschlich Inge. Vermutlich waren sich die beiden irgendwo über den Weg gelaufen, und das Gespräch hatte völlig inoffiziell stattgefunden.

Angeschwemmtes, Unbekanntes

Als Inge nach langen Stunden das Polizeirevier verließ, meldete sich knurrend ihr Magen. Außer dem hastigen Kaffee am Morgen mit Jannis hatte sie nichts mehr zu sich genommen.

Sie stieg ins Auto und hielt wenige Meter weiter an einer Bäckerei an. Schon draußen begrüßte sie der köstliche Geruch frisch gebackener Brötchen und süßer Stückchen.

Im Laden herrschte starkes Gedränge. Inge überlegte, ob sie zu ihrem Nachmittagssnack noch einen Kaffee nehmen sollte, als ihr Blick an einer jüngeren Frau hängen blieb, die an einem der Stehtische lehnte und in einer Zeitung blätterte.

Inge warf kurz noch ein Auge auf die verheißungsvolle Auslage von Köstlichkeiten, dann wandte sie sich der Frau zu.

»Nele? Nele Mungard?«

Sie hob den Kopf.

Inges Brille war erneut beschlagen. Hastig riss sie sie vom Gesicht. »Ich bin Inge Petersen, die Schwester –«

»Sie sind die Schwester von Jannis, richtig?« Neles Gesicht hellte sich auf.

»Ja, richtig. Hören Sie, ich weiß, Sie kennen mich nicht, aber ich habe Sie gesehen, an dem Abend bevor Meret …« Sie beendete den Satz nicht.

Nele erstarrte. Sie wirkte betroffen. »Vor Merets Tod?«

»Ja. Es tut mir sehr leid, aber ich war am Abend zuvor auch im Gastraum des ›Blanke Hans‹, und es ließ sich leider nicht vermeiden, dass ich Zeugin Ihres kleinen Streits wurde.«

Neles betroffener Ausdruck verschwand und wich einem eher zornigen. Offensichtlich hatte auch Merets Tod nichts an ihrer Wut auf ihre ehemalige Freundin ändern können.

»Ging es dabei um Ole? Um Merets Bruder?«

Nervös fuhr sich Nele durch ihr Haar. »Ja, Ole war meine große Liebe. Meine Jugendliebe. Aber Meret wollte nicht, dass wir zusammen sind.«

»Weshalb wollte sie das nicht?«

»Sie war der Ansicht, dass Ole nur mit mir spielen und es nicht ernst meinen würde. Es gebe Dinge, die niemand über ihn weiß. Böse Dinge.« Nele schluchzte. Sie wirkte verzweifelt. »Sie meinte, dass er nicht gut für mich wäre und dass sie verhindert hätte, dass wir zusammenkamen, indem sie bei ihm schlecht über mich geredet hätte. Sie hat ihm erzählt, dass ich zu jung für ihn wäre und nur Ärger machen würde.«

Inge wurde klar, dass Nele diesen Verlust noch immer nicht verwunden hatte. »Warum sollte Meret so etwas tun? Immerhin waren Sie beide doch befreundet.«

»Ich weiß es nicht. Aber jetzt ist sie tot, und die letzten Worte, die wir miteinander gewechselt haben, geschahen im Streit. Ich kann es nie wiedergutmachen.« Sie schluchzte erneut laut auf.

Inge widerstand dem Impuls, sie in den Arm zu nehmen, weil sie befürchtete, dass Nele das nicht wollte. Sie verstand nur zu gut, was es hieß, jemanden, den man liebte, unerwartet an den Tod zu verlieren, ohne dass die wichtigsten Dinge geklärt worden waren. Maltes Gesicht blitzte vor ihrem inneren Auge auf, sein vorwurfsvoller und verletzter Blick bei ihrer letzten Auseinandersetzung, wenige Stunden bevor er sich das Leben genommen hatte.

»Was waren das denn für Dinge, die Ole geheim gehalten haben soll? Wissen Sie etwas darüber?«

»Nein. Meret hat es mir nie gesagt. Aber sie war wie besessen davon. So habe ich sie noch nie erlebt. Das alles ist so lange her, aber ...« Ein Zittern lief durch Neles Körper. »Es kommt mir alles so unwirklich vor, wie ein böser Traum, aus dem ich nur aufwachen muss. Aber warum fragen Sie mich das alles?«

»Dieser Unfall will mir nicht aus dem Kopf gehen.« Inge streckte die Hand aus und berührte Neles Schulter. »Der Schock wird vergehen, wie Schmerz und Trauer. Die Zeit heilt diese Wunden«, sagte sie sanft, während sie sich selbst in Gedanken eine Lügnerin schalt. Sie wusste nur zu gut, dass es Wunden gab, die auch die Zeit nicht heilen konnte. »Sie haben mir sehr geholfen. Bitte melden Sie sich bei mir, wenn Ihnen noch etwas einfällt.«

Über die unerwartete Begegnung mit Nele nachdenkend, kehrte Inge mit einer Tüte Gebäck zum Auto zurück. Sie hatte das Gefühl, ein Puzzle vor sich zu haben, in dem zu viele Teile fehlten. Ihr Instinkt sagte ihr, dass sie noch immer nicht in die Tiefen der Geheimnisse rund um Merets Tod vorgedrungen war. Sie würde nicht aufhören nachzuforschen, bis sie alle Puzzleteile zusammenhatte – und wenn sie dabei die ganze Insel gegen sich aufbringen würde.

***

Der Rückweg kam Inge ungewöhnlich lang vor, nachdem sie den Rest des Tages im Freien verbracht hatte, um an der frischen Luft ihre Gedanken zu ordnen. Die Dämmerung neigte sich bereits dem Ende zu. Wie früh es doch um diese Jahreszeit dunkel wurde … Nur hin und wieder gaben die Wolken den Blick auf den Mond frei.

Die Kälte kroch Inge unter die Kleidung, sie drehte die Heizung auf. Das Fahren war anstrengend. Lag es am Schlafmangel oder an der Aufregung? Immer wieder fielen ihr die Augen zu. Sie drehte das Radio auf, um sich wach zu halten.

Wie so oft, wenn Erschöpfung und Einsamkeit die sorgfältig errichteten Mauern ihrer inneren Verdrängung niederrissen, landete Inge gedanklich in dem Keller. Manchmal kam es ihr vor, als habe sie ihn nie verlassen.

Da hing er, ihr Mann, den sie so sehr geliebt hatte. Ihr Therapeut hatte ihr später immer wieder zu erklären versucht, dass es nichts mit ihr zu tun gehabt habe, dass Malte sich das Leben genommen hatte, sondern dass er vermutlich schon lange an unentdeckten Depressionen gelitten habe. Doch das hatte Inge nicht überzeugen können. Er war ihr Partner gewesen, sie hatten sich ewige Treue geschworen. Er hatte sich nicht einfach das Leben genommen, er hatte auch sie und ihr gemeinsames Leben verlassen. Eine drastischere Art der Zurückweisung konnte sich Inge nicht vorstellen. Warum hatte er ihr nicht gesagt, was in ihm vorgegangen war? Warum hatte sie es nicht bemerkt?

So oft hatte sie sich diese Fragen in den letzten zwanzig Jahren gestellt und dennoch keine Antworten gefunden. Sie hatte Selbsthilfegruppen besucht, in denen sich die Hinterbliebenen von Selbstmördern trafen, doch auch dort war sie nur auf jene verzweifelte Ratlosigkeit getroffen, die sie auch in sich selbst spürte.

Das Schlimmste an einem Suizid waren all die Ungewissheiten, die sich nie aufklären würden. Sie konnte Malte nicht mehr fragen, was sie anders oder besser hätte machen können. Sie würde nie erfahren, wie lange er schon unglücklich neben ihr her gelebt hatte.

Der Schatten kam aus dem Nichts – er war plötzlich einfach da. Inge schrie vor Schreck laut auf. Sie trat so heftig auf die Bremse, dass der Wagen ausbrach und ins Schleudern geriet. Sie hörte, wie etwas gegen die Karosserie prallte und anschließend auf der Fahrbahn aufschlug, bevor das Auto zum Stehen kam.

Einen Moment saß sie wie gelähmt am Steuer, unfähig, sich zu bewegen. Ihre Hände hatten sich so fest an das Lenkrad geklammert, dass es schmerzte, sie zu lösen. Lange hörte sie nichts als das Rauschen ihres eigenen Blutes in den Ohren. Dann öffnete sie langsam die Tür und stieg aus.

Während sie die Straße zurückging, die im fahlen Mondlicht nur schemenhaft zu erkennen war, betete sie innerlich, dass es kein Mensch gewesen war, den sie angefahren hatte. Sie erkannte die Reifenspuren, die der Wagen hinterlassen hatte, und dann war da – nichts.

Inge traute ihren Augen kaum. Sie griff nach ihrem Handy und aktivierte die Taschenlampenfunktion, doch auch im grellen Lichtschein war nichts zu sehen. Die Straße war leer. Kein Blutfleck, kein zertretenes Gras zeugten davon, dass jemand verletzt worden war.

Sie umrundete ihr Fahrzeug und leuchtete alle Seiten ab, doch es fanden sich keine Spuren. Wie konnte das sein? Sie hatte den Aufprall deutlich gespürt.

Ihr Herz raste. War sie doch eingeschlafen und hatte im Sekundenschlaf einen Alptraum durchlebt? Warum nur hatte es sich dann so echt angefühlt?

Mit weichen Knien stieg sie wieder ins Auto und startete den Motor. Das letzte Stück bis zum »Blanke Hans« fuhr sie sehr langsam, die Augen weit aufgerissen.

Geschwisterbande

In der Gaststube brannte noch Licht. Inge hörte vom Alkohol erregte Männer, die über irgendetwas stritten. Sie verspürte wenig Lust, sich dazuzusetzen, und schlich sich stattdessen im Dunkeln in ihr Zimmer. Nach diesem seltsamen Erlebnis vorhin war ihr nicht nach Gesellschaft.

Was geschah nur mit ihr? Verlor sie langsam den Verstand? Sah sie wirklich Gespenster?

Sie trat ans Waschbecken und wusch sich das Gesicht. Ihr Spiegelbild sah sie müde an.

»Unsinn«, sagte Inge laut zu sich selbst.

Auf dem Weg in ihr Bett blieb sie auf halber Strecke stehen. Sollte sie erst versuchen einzuschlafen oder gleich eine Tablette nehmen?

Inge überlegte kurz, dann gab sie den Kampf gegen sich auf. Sie ging zu ihrer Tasche, nahm den Blister heraus und schluckte gleich zwei Tabletten ohne Wasser. Dann legte sie sich ins Bett.

Der Schreck war ihr in die Glieder gefahren. Ihre Hände zitterten noch immer, sie war hellwach. Irgendetwas oder irgendjemand war ihr vors Auto gelaufen. Aber wie konnte es sein, dass es keine Spuren gab?

Sie starrte in die Dunkelheit und beobachtete, wie das Licht des Leuchtturms wieder und wieder durch ihr Zimmer kroch, genau wie in der Nacht, als Meret gestorben war.

»Meret«, flüsterte Inge, »willst du mir nicht einfach sagen, was passiert ist?«

Immer wieder wurden ihre Lider schwer. Wie durch einen Schleier nahm sie wahr, dass sich die Tür bewegte. Sie versuchte sich aufzusetzen, doch sie hatte keine Kontrolle mehr über ihren Körper. Sie riss die Augen erneut auf und spähte angestrengt zur Tür, doch ihre Sicht verschwamm.

»Ist da jemand?«, hörte Inge sich sagen. Ihre Stimme schien

von weit her zu kommen. Im nächsten Moment war sie eingeschlafen.

***

Die Wirkung der Schlaftabletten war zwar stark, hielt aber nicht besonders lange an. Schon nach wenigen Stunden erwachte Inge, noch immer benommen. Das Zimmer war kalt, sie hatte vergessen, die Heizung anzustellen.

Erst allmählich erinnerte sie sich wieder an die Ereignisse des vergangenen Abends, an das Gespräch mit Nele, den eigenartigen Zwischenfall auf der Straße und schließlich auch an die Wahrnehmung, jemand habe ihr Zimmer betreten.

Dieser Gedanke mobilisierte sie augenblicklich. Sie schwang sich aus dem Bett und lief barfuß, den eiskalten Boden ignorierend, zur Tür. Sie war sich sicher, sie verschlossen zu haben, doch als sie jetzt daran rüttelte, öffnete sie sich sofort.

Ein ungutes Gefühl beschlich sie. Jemand, der nachts in ihr Zimmer kam, führte ganz sicher nichts Gutes im Schilde. Vielleicht handelte es sich sogar um Merets Mörder, um dieselbe Person, die sie in jener Nacht am Fenster gesehen hatte.

Fröstelnd streifte sie sich Shirt, Hose und zusätzlich einen dicken Pullover über. Die Kälte ließ sich trotzdem nicht vertreiben.

Während sie sich anzog, beschloss sie, noch einmal in Merets Zimmer zu gehen. Vielleicht hatte sie etwas übersehen. Wer auch immer sich dort aufgehalten hatte, hatte vielleicht Spuren hinterlassen oder nach etwas gesucht.

Am Waschbecken führte sie wie so oft in letzter Zeit nur eine eilige Katzenwäsche durch – eine der kleinen Freuden des Älterwerdens und des Alleinseins: Ihre Körperpflege ging nur sie selbst etwas an – und schlich dann hinunter zur Rezeption. Wieder gelang es ihr, unbemerkt den Schlüssel zu Merets Unterkunft zu holen. Inge stellte sich darauf ein, erneut die Schränke verschieben zu müssen, versuchte es aber doch zuerst mit der Haupteingangstür und erlebte eine Überraschung:

Die Tür war nicht länger versiegelt, der Raum war leer. Merets Habseligkeiten waren verschwunden. Es schien, als habe sogar jemand besonders gründlich durchgeputzt. Der Geruch von Reinigungsmitteln lag noch schwach in der Luft.

Inge schloss die Tür wieder ab und ging nach unten, wo sie ihren Bruder bei seinem morgendlichen Kaffee traf.

»Wo sind Merets Sachen?«, fragte sie geradeheraus.

»Wieso interessiert dich das?«

»Weil ich glaube, dass sich darunter Hinweise auf ihren Mörder befinden.«

Jannis verdrehte die Augen. »Kannst du es denn nicht einfach gut sein lassen? Es war kein Mord!« Er stellte seine Tasse ab. »Ihr Bruder hat alles mitgenommen. Die Polizei hat den Kram freigegeben.«

»Auch das Zimmer?«

»Ja, ich brauche den Raum.«

»Wofür?«

»Was stellst du denn für Fragen? Ich brauche immer noch eine neue Angestellte, oder möchtest du Merets Arbeit mitmachen? Zumal du ja mehr damit beschäftigt bist, Inseldetektivin zu spielen, als mir zu helfen.«

Inge ignorierte den Vorwurf. Jetzt war nicht die Zeit, darüber zu diskutieren. »Welcher Bruder?«

»Was?«

»Welcher Bruder hat die Sachen abgeholt?«

»Bo, warum?«

Ohne auf die Frage einzugehen, griff Inge nach seinem Schlüssel auf dem Tresen und rannte in Richtung Tür. »Ich brauche kurz deinen Wagen!«

»Inge, aber du kannst nicht … Hey, warte mal!«, hörte sie Jannis noch rufen, doch da war sie schon draußen auf dem Weg zum Auto.

Während sie zu Bo Knudsens Hof fuhr, grübelte sie darüber nach, was sie zu ihm sagen würde. Was wollte der Kerl mit Merets Sachen? Er schien nicht gerade gut auf seine tote Schwester zu sprechen zu sein. War das eine späte Anwandlung von Geschwisterliebe? Das konnte sie sich beim besten Willen nicht vorstellen.

***

Die Fahrt dauerte lange. Die Dunkelheit hing noch immer über der Insel, nur ganz schwach zeichnete sich am Horizont das erste rötliche Licht der Sonne ab.

Inge parkte vor der Hofeinfahrt und stieg aus. Es roch nach Dung und Heu. Beinahe wäre sie mit ihren Schuhen auf dem matschigen Untergrund ausgerutscht.

Unbeirrt ging sie auf das Wohnhaus zu, als ihr Rauch in die Nase stieg. Dann bemerkte sie, dass hinter dem Stall Qualm aufwirbelte. In einem der Fenster des Wohnhauses brannte Licht. Kurz entschlossen wandte Inge sich um und steuerte auf die Scheune zu.

Warme Luft empfing sie, begleitet von dumpfen Geräuschen der unruhig gewordenen Rinder. Sie schritt durch die Reihen bis zum hinteren Ende. Der Rauchgeruch wurde stärker.

Als sie am anderen Ende der Stallgasse ins Freie trat, entdeckte sie Bo Knudsen, der vor einem Feuer stand.

»Was tun Sie da?«, rief Inge.

Bo Knudsen, in Gummistiefeln und Latzhose, drehte sich schwerfällig zu ihr um. Er war sichtlich überrascht, sie zu sehen. »Was wollen Sie denn schon wieder hier?«, fragte er mit drohendem Unterton.

Inge ließ sich nicht irritieren. Sie trat näher an das Feuer heran. In der Glut lagen Merets Sachen. Inge erkannte einige Kleidungsstücke und schwarz anlaufende Notizbücher, die dem Buch ähnelten, das sie in Merets Zimmer im »Blanke Hans« gefunden hatte. »Sie verbrennen sie?«

Bo Knudsen schob seine Mütze zurück, kratzte sich am Kopf und richtete seine Aufmerksamkeit wieder wortlos auf die Flammen. Erst jetzt bemerkte Inge die Bierflasche in seiner Hand. Trank er schon oder noch immer? Angesichts der Uhrzeit war das eine gute Frage.

»Warum verbrennen Sie die Sachen Ihrer Schwester?«, fragte Inge erneut. Sie sah dem bulligen Bauern fest in die Augen. Dieser ungehobelte Kerl sollte bloß nicht glauben, dass sie sich von ihm einschüchtern ließ.

»Das geht Sie gar nichts an. Aber wenn Sie es unbedingt wissen wollen: Das Zeug bringt Unglück. Meret hat immer nur Ärger gemacht. Es ist Zeit, dass damit Schluss ist.«

Inge musterte ihn aufmerksam. »Haben Sie sie deshalb umgebracht? Weil sie immer nur Ärger gemacht hat?«

Bo Knudsen blinzelte langsam. Er erinnerte Inge an einen Bullen. Einen trägen Bullen, der wegen seiner Verschlagenheit gefährlich war, nicht nur wegen seiner Körperkraft.

»Gute Frau, hat Ihnen jemand ins Gehirn geschissen? Sie kommen auf meinen Hof und behaupten so etwas?« Er baute sich drohend vor Inge auf.

Sie deutete auf die Überreste von Merets Besitztümern. »Noch kann ich es nicht beweisen, aber möglicherweise haben Sie da gerade Beweismaterial vernichtet. Das macht Sie auf jeden Fall verdächtig.« Mit diesen Worten ging sie. Erst fürchtete sie, Bo Knudsen würde ihr folgen, doch als sie sich umdrehte, stand er mit dem Rücken zu ihr und starrte wieder ins Feuer.

Unwillkürlich sah sie auf ihre Uhr. Es war kurz vor sechs. Wie lange mochte Knudsen schon dort stehen und in das brennende Vermächtnis seiner Schwester blicken?

Als sie aus dem Stall trat, bemerkte sie, dass die Tür zum Wohnhaus offen war. Tine Knudsen stand im Rahmen.

Inge wandte sich ihr zu. »Haben Sie vielleicht einen Tee für mich? Ist ganz schön kalt.« Um ihre Aussage zu unterstreichen, rieb sie sich die klammen Hände.

Tine schaute unsicher in Richtung ihres Mannes, dann aber bedeutete sie Inge, einzutreten.

In der Küche war es dank eines altmodischen Ofens mollig warm. Tine setzte einen Wasserkessel auf. Inge entging nicht, dass ihre Bewegungen seltsam fahrig wirkten. Hatte sie getrunken? Etwas eingenommen? Oder fühlte sie sich nicht wohl?

Als sich Tine zu ihr umdrehte, senkte Inge rasch den Blick.

Um das Vertrauen der jungen Frau zu gewinnen, begann sie ein unverfängliches Gespräch. »Ein Bauernhof ist sicher viel Arbeit …«

Sie wusste, dass ihr nicht viel Zeit blieb. Bo Knudsen konnte jeden Moment genug davon haben, in die Flammen zu starren, und in der Küche auftauchen. Wachsam behielt sie die Tür im Auge und nahm so Platz, dass sie im Notfall fliehen konnte. Nach allem, was sie über Bo wusste, konnte man bei ihm nicht vorsichtig genug sein.

Tine stellte eine Tasse mit dampfendem Tee vor Inge ab und setzte sich ihr gegenüber. »Mein Mann ist kein schlechter Mensch …«

Inge registrierte, dass Tine bereits Zähne fehlten. In ihrem Blick lag etwas, das sie nur schwer greifen konnte, das sie aber in den Augen vieler Frauen gesehen hatte, die so lebten wie Tine Knudsen. Es war eine tiefe wortlose Scham, gepaart mit hoffnungsloser Verzweiflung, die stumm ertragen wurde.

»Ich weiß, was die Leute reden. Sie zerreißen sich alle das Maul über uns. So ist das jetzt. Wir gehören nicht zu den feinen Herrschaften, wir sind Bauern und leben so, wie es früher war.«

Inge lächelte verständnisvoll. »Daran ist nichts Schlechtes. Auch unsere Familie hat früher Landwirtschaft betrieben. Bevor –«

»Bevor die Touristen kamen«, beendete Tine ihren Satz. »Seither herrscht Goldgräberstimmung. Ein Stück Land auf Sylt, das ist eine Menge wert. Prestige und so, das sagt Ole immer.«

»Der Bruder Ihres Mannes, richtig? Er hat mit Immobilien zu tun?«

»Es gibt lange Wartelisten mit Reichen, die alle ein schickes Ferienhaus haben möchten. Selbst die letzte Hütte geht noch für ein Vermögen weg.«

Inges Blick schweifte umher. Die Küche war weder besonders groß noch besonders modern noch besonders ordentlich.

»Aber mein Bo, der hat etwas anderes vor. Er will nicht, dass das ganze Land an die reichen Geldsäcke geht. Das ist ja auch ein Stück Heimat, wissen Sie?«

»Also plant er die Sache mit den Rindern?« Fast fürchtete Inge, zu weit gegangen zu sein, denn Tine verzog den Mund, und für einen kurzen Augenblick wirkte sie abwehrend.

»Ja, die Rinder. Da kostet das Stück Filet richtig viel Geld. Die Restaurants an der Küste kaufen es bisher teuer vom Festland, aber stellen Sie sich mal vor, wir könnten es selbst anbieten! Die Leute wären ganz verrückt danach. Mein Bo hat sich das schon alles gut überlegt.« Gedankenverloren rieb sie sich das Handgelenk, auf dem blaue Flecken erkennbar waren. »Er ist ein Kluger, mein Bo. Schlau ist er, auch wenn das keiner glaubt. Ole nicht und Meret auch nicht. Aber am Ende ist er immer noch da und kümmert sich um den Hof, und alle anderen sind weg.«

»Ole und Jule leben doch noch hier«, warf Inge ein. Sie nippte an dem heißen Tee.

»Ja, das stimmt. Aber die wollen alle was anderes. Ole will das Land verkaufen, da ist er ganz heiß drauf. Das Geschäft seines Lebens. Was Jule will, weiß ich gar nicht so genau.«

Inge pustete in ihre Tasse. »Und was wollte Meret?«

»Sie wollte, dass alles so bleibt, wie es war, wie in einem Museum. Die Zeit anhalten wollte sie. Doch man muss mit der Zeit gehen, stimmt's?« Sie sah Inge erwartungsvoll an, die sich beeilte, zustimmend zu nicken. Dann wurde sie ernst. »Ich habe nicht gewusst, was ich davon halten soll, dass Meret zurück ist. Wenn sie zwischendurch da war, hat sie sich in alles eingemischt. Bo hat ihr oft gesagt, dass sie sich raushalten soll, aber sie wollte einfach nicht.«

»Haben Ihr Mann und Meret sich gestritten?«

Tine schüttelte den Kopf. »Nicht so richtig. Angeschrien haben sie sich manchmal schon, aber meistens sind sie sich aus dem Weg gegangen. Die beiden hatten sich schon lange nichts mehr zu sagen. Deshalb verstehe ich auch nicht, warum Meret unbedingt wiederkommen wollte.«

»Hat sie sich vielleicht in die falschen Dinge eingemischt?«

»Ich wüsste nicht, in was.«

»Was ist mit dem Erbe der Eltern?«

Ehe Tine antworten konnte, flackerte Panik in ihrem Gesicht auf. »Mein Mann kommt sicher gleich«, flüsterte sie ängstlich.

Inge sprang auf und berührte die Hand der jungen Frau. »Keine Sorge, ich verschwinde.« In der Tür blieb sie noch einmal stehen. »Frau Knudsen, wenn Sie je Hilfe brauchen, dann wissen Sie ja, wo Sie mich finden.«

Tine lächelte traurig. Inge schlüpfte hinaus und eilte zum Wagen, bevor Bo Knudsen bemerkte, dass sie sich noch immer auf seinem Grundstück befand.

Als sie den Motor startete, warf sie einen Blick in den Rückspiegel. Aus dieser Perspektive wirkte der Hof beinahe idyllisch, fast so, als sei tatsächlich die Zeit stehen geblieben, ganz so, wie Meret es sich gewünscht hatte. So hatte Sylt ausgesehen, bevor es zum Treffpunkt der Reichen geworden war. Etwas in Inge konnte nachempfinden, dass es Meret, der wilden, rebellischen Meret, gegen den Strich gegangen war, dass dieses Relikt des alten Sylts nun auch noch vernichtet zu werden drohte. Doch die Zeit konnte man weder anhalten noch zurückdrehen, das hatte Inge in ihrem Leben mehr als einmal schmerzhaft lernen müssen.

Sie legte den Gang ein und fuhr los. Nebel lag über der Insel. Das schwache Sonnenlicht verlieh den noch leeren Straßen etwas Melancholisches. Sylt zeigte sich von seiner verborgenen Seite, die aber zugleich nicht weniger wie ein Postkartenmotiv aussah. Rechts von ihr verlief der Deich, links zog die im Winter karge Landschaft mit braungrauem Gras und zahlreichen Schneeflecken vorbei.

Inge überlegte kurz, ob sie zum »Blanke Hans« zurückkehren sollte, entschied sich aber doch, in Richtung Kampen zum Hobookenweg zu fahren. Dort lag nicht nur Ole Knudsens Maklerbüro, sondern ganz in der Nähe auch Jule Knudsens Bekleidungsgeschäft. Es war Zeit, den anderen beiden Geschwistern auf den Zahn zu fühlen.

Ole Knudsens Büro befand sich in einem aufwendig renovierten Friesenhof. Alles an dem Gebäude verriet Exklusivität.

Inge stellte das Auto ab. Hinter den Fenstern brannte kein Licht. Vermutlich war es noch zu früh. Sie umrundete das Haus, um festzustellen, ob es nur als Büro diente oder ob Ole auch darin wohnte, doch anscheinend war es wirklich nur sein Büro.

»Da ist vor neun niemand!«, rief jemand.

Inge drehte sich überrascht um. Schließlich lüpfte eine Hand einen Hut über die angrenzende Hecke, und in einem Spalt tauchte das Gesicht zur Stimme auf. Es handelte sich um einen älteren Mann mit Schnauzbart und roter Nase.

»So früh macht da noch keiner Geschäfte«, erklärte er fröhlich und grinste.

»Hat Herr Knudsen denn Angestellte?« Inge ging auf die Hecke zu.

»Ja, eine Sekretärin hat er. Schon der Wahnsinn, was er mit dem Haus gemacht hat. Ich kenne noch die Familie, die früher darin gewohnt hat. Viele Generationen war der Hof in ihrer Hand. Da hat es nicht mehr als eine Küche und eine Stube gegeben, und der Rest war Stall. Als sie es zu renovieren begonnen haben, da haben sie sogar die alten Kacheln abgeschlagen. Ich habe ein paar davon gerettet. Sie liegen hinten im Schuppen.«

Inge betrachtete die kunstvoll in das alte Gemäuer eingezogene Glasfassade mit den frei schwebenden Balken. Kein Zweifel, da hatte ein Architekt sein ganzes Können walten lassen. Sicher ein gutes Aushängeschild für lukrative Immobiliengeschäfte. »Und läuft es gut?«, fragte sie.

Der Nachbar wog seinen Kopf hin und her. »Immerhin fährt er mit einem Porsche rum. Also wohl ja. Aber das mit den Immobilien ist auf Sylt so eine Sache.«

»Was meinen Sie damit?«

»Ich habe mich mal mit Ole unterhalten. Wenn ein Haus zum Verkauf steht, dann wollen die reichen Schnösel nicht, dass man das im Internet sieht. Am liebsten ist es ihnen, wenn der Verkauf still und leise vonstattengeht und möglichst auch die Einheimischen nichts davon mitbekommen. Dann kriegen sie die höchsten Preise. Und man muss auch so ein bisschen drauf achten, *wer* ein Haus kauft. Letztens hat er mir erzählt, dass ihm irgend so ein Scheich aus einem der Wüstenländer sehr viel Geld geboten hat, damit er ihm eine Immobilie sucht, doch Ole ist nicht dumm. Er weiß, dass das nicht gern gesehen wird. Die Sylt-Urlauber bleiben lieber unter sich. Die können so etwas nicht gebrauchen.« Er zwinkerte Inge vielsagend zu.

Was der Nachbar erzählte, klang einleuchtend. »Wissen Sie denn, wie viele Häuser oder Grundstücke Herr Knudsen gerade anbietet?«

»Nein, das interessiert mich nicht. Ich weiß aber, dass es nicht viele sind. Wer ein Haus hat, der verkauft es nicht so schnell. Nur die Einheimischen, die machen das, aber von denen sind ja nicht mehr viele da. Sie vergolden sich das Land, das sie haben, und vielleicht auch das ein oder andere Friesenhaus und bauen sich ein anderes irgendwo, wo die Touristen nicht hinwollen.« Der Mann schien sich über die Gelegenheit einer Unterhaltung zu freuen.

»Kannten Sie auch Meret, Oles Schwester?«

Er runzelte die Stirn. »Die habe ich nur ein Mal gesehen, kurz nach der Beerdigung vom Vater oder von der Mutter Knudsen, ich weiß es gar nicht mehr.«

»Wo haben Sie sie gesehen?«

»Na hier, im Büro vom Ole. Sie ist herangerauscht wie so ein Racheengel und hat ihm ordentlich Dampf gemacht, das können Sie glauben. Einen raffgierigen Heuchler hat sie ihn genannt, so laut, dass es die ganze Straße gehört hat.«

»Und Ole? Wie hat er reagiert?«

»Der war richtig sauer. Hat ihr gesagt, dass sie verschwinden soll. Sie hat dann nur geantwortet, dass sie ihm diesen Gefallen nicht tun wird und dass er damit rechnen soll, dass sie seine Pläne durchkreuzt.«

»Welche Pläne? Ging es dabei um den Knudsen-Hof?«

Der Mann schüttelte den Kopf. »Das weiß ich nicht. Ich weiß nur, dass sie sich gestritten haben wie die Kesselflicker. Familie, hm? Da streitet man am intensivsten. So ist es doch immer.«

Inge dankte dem Nachbarn für seine Auskunft und ging über den Rasen zurück zum Auto. Als sie gerade den Bürgersteig betrat, näherte sich dröhnend ein Sportwagen dem Haus. Sie brauchte gar nicht hineinzusehen, um zu wissen, dass es sich um Ole Knudsen handelte.

Der Unterschied zwischen Bo und Ole hätte nicht größer sein können. War Bo ein grobschlächtiger, fast einfältiger Landwirt mit eingeschränkter Mimik und noch eingeschränkteren Manieren, trat sein Bruder im Maßanzug auf, den Bart nach der neuesten Mode rasiert, das Haar mit Pomade nach hinten gestrichen.

Er stieg schwungvoll aus dem Auto und unterzog Inge einer raschen Musterung. Offenbar erkannte er schnell, dass sie nicht zu seiner Klientel gehörte. Das einnehmende Lächeln auf seinem Gesicht erstarb. »Kann ich etwas für Sie tun?«, fragte er in geschäftigem Tonfall.

Inge zögerte. »Nein, ich sehe mich nur etwas um.«

Diese Antwort schien Ole zu verwirren. Er kam ein paar Schritte auf sie zu, vermutlich um zu sehen, ob er mit seinem Urteil über sie recht gehabt hatte. »Sie suchen ein Domizil? Oder möchten eines verkaufen? Ich kenne Sie gar nicht. Darf ich mich vorstellen? Ich bin Ole Knudsen.« Er streckte ihr eine für diese Jahreszeit bemerkenswert braun gebrannte Hand mit eindeutig manikürten Fingernägeln hin.

Inge starrte die Hand an. Schließlich ergriff sie sie geistesabwesend. »Weder – noch«, sagte sie. »Ich habe gehört, Ihre Schwester hat in der Nähe auch einen Laden. Wo finde ich ihn?«

Auf Oles Gesicht zeigte sich Enttäuschung, die er jedoch sofort wieder mit einem gekünstelten Lächeln überspielte.

Wie kann jemand in seinem Alter so weiße Zähne haben?, fragte sich Inge, ohne sein Lächeln zu erwidern.

»Oh, gleich die Straße hinunter. Bei ihr gibt es einen ausgezeichneten Cappuccino. Grüßen Sie sie von mir.«

Mit diesen Worten eilte Ole Knudsen den Zugang zu seinem Büro hinauf und war kurz darauf verschwunden. Nur der schwache Duft seines süßlichen Aftershaves lag noch in der Luft.

Inges Hand war immer noch ausgestreckt. Rasch zog sie sie zurück und steckte sie in ihre Jackentasche.

In dem modernisierten Friesenhof ging das Licht an. Ole lief durch den weitläufigen Raum wie in einem riesigen Terrarium. Es schien ihm zu gefallen, wenn die Leute ihn beim Arbeiten beobachteten.

»Eingebildeter Schnösel.« Inge wandte sich ab und ging in die Richtung, in der sich Jules Geschäft befand.

Zu ihrer Überraschung brannte auch dort schon Licht. Im Innern stand eine schlanke Frau in einem Strickkleid über einen großen Tisch gebeugt. Inge stieg die wenigen Stufen bis zum Eingang hinauf und versuchte die Ladentür zu öffnen, doch sie war verschlossen.

Sie legte eine Hand über die Augen und spähte durch die Scheibe. Jule Knudsen war so in ihre Arbeit versunken, dass sie sie nicht bemerkte. Inge klopfte. Die Frau fuhr herum, erst mit irritiertem, dann aber mit eindeutig freundlichem Blick. Rasch kam sie zur Tür geeilt und schloss auf.

»Wir haben noch gar nicht geöffnet«, erklärte sie fröhlich.

»Oh, so ein Mist aber auch. Nun bin ich vom anderen Ende der Insel gekommen, nur um Ihren Laden zu besuchen«, gab sich Inge unschuldig. Das funktionierte.

Jule schenkte ihr ein offenes und herzliches Lächeln. »Na, wenn Sie jetzt schon einmal da sind, sollten Sie sich auf jeden Fall umsehen. Möchten Sie vielleicht einen Kaffee?«

»Oh ja, bitte, mit viel Milch und Zucker. Ihr Cappuccino ist mir wärmstens empfohlen worden.«

Jule verschwand lachend in einem Nebenraum.

Das Geschäft war mit viel Liebe zum Detail eingerichtet. Alles war sorgsam arrangiert und präsentierte sich einladend. Es war exklusiv, ohne dabei aufdringlich zu sein, und hatte doch das Flair von Handgemachtem. Die Sylter Klientel schätzte Läden wie diesen.

»Suchen Sie etwas Bestimmtes?«, fragte Jule aus der Küche.

Inges Blick fiel auf eine Puppe in Kindergröße, die ein wirklich zauberhaftes Kleid trug. »Ja. Ich möchte etwas Besonderes für meine Enkel.« Sie griff nach dem Preisschild und drehte es um. Es verschlug ihr fast den Atem, doch sie zweifelte nicht daran, dass unter den Interim-Syltern genug Wohlhabende waren, die den Betrag gern bezahlten.

Jule kam mit einer entzückenden Kaffeetasse aus der Küche und platzierte sie direkt vor Inge auf dem großen Nähtisch, auf dem sie allerlei Accessoires ausgebreitet hatte. Bunte Tücher, Haarbänder, kleine Ketten und Taschen lagen wild durcheinander.

»Das ist neue Ware. Das meiste ist handgenäht«, erklärte sie. »Entschuldigen Sie das Chaos. Ich brauche immer eine Weile, bis ich ausgewählt habe, was ich im Laden verkaufe und was in den Onlineshop geht.«

Inge rührte vor dem Tresen stehend in ihrem Kaffee. »Sie haben auch einen Onlineshop?«

»Wer hat den heute nicht? Selbst die Leute, die sich Sylt nicht leisten können, umgeben sich gern mit Souvenirs.« Sie zog ein Halstuch aus dem Durcheinander, an dessen Unterseite ein aufwendiges Label mit einem Anker angebracht war. »Warum sollte ich ihnen das verwehren?« Sie lachte zufrieden.

Erneut war Inge überrascht über die Gegensätzlichkeit der Knudsen-Geschwister. Auf den ersten Blick schienen Meret, Bo, Jule und Ole nichts gemeinsam zu haben. Da war Streit wohl vorprogrammiert.

Plötzlich kam es ihr falsch vor, dieser freundlichen jungen Frau etwas vorzumachen. »Ich kannte Ihre Schwester«, sagte sie.

Das Lächeln in Jules Gesicht erlosch und machte einer tiefen Traurigkeit Platz. Ihre Hände nestelten an dem Halstuch herum.

»Mein aufrichtiges Beileid für Ihren Verlust«, fügte Inge sanft hinzu.

In Jules Augen schimmerten Tränen. »Entschuldigen Sie bitte. Es ist alles noch so frisch«, sagte sie rasch und tupfte sich mit dem Ärmel ihres Kleides die Augenwinkel. »Woher kannten Sie meine Schwester?«, fragte sie nach einer Weile.

»Mein Bruder ist Jannis, der Besitzer des ›Blanke Hans‹.«

Die dunklen Schatten in Jules Blick vertieften sich. »Dort, wo sie …« Sie brach mitten im Satz ab.

»Ja. Ich war da, in jener Nacht.«

Jule stieß ein leises Schluchzen aus. Auf ihrem Hals bildeten sich rote Flecken. »Sie war so glücklich, wissen Sie? Sie hatte so viel vor, und ich habe mich so gefreut, dass sie zurückkommt. Als sie wegging, war ich noch klein. Ich habe meine Schwester nie richtig kennengelernt, aber ich dachte, dass wir das nun endlich nachholen können. Und jetzt ist sie …« Sie brach erneut in Schluchzen aus.

Inge streichelte sanft ihren Arm. »Ich weiß, wie schwer es ist, einen Angehörigen so unerwartet zu verlieren.«

Jule zog aus einer Schublade ein Taschentuch hervor und putzte sich schniefend die Nase.

»Wissen Sie, ich habe Fragen zum Tod Ihrer Schwester.«

»Fragen? Was für Fragen? Sind Sie von der Polizei?«

Inge wiegte ihren Kopf. »Ja und nein, wie man es nimmt. Jedenfalls frage ich mich, ob es vielleicht jemanden geben könnte, der etwas gegen Merets Rückkehr hatte. Fällt Ihnen da jemand ein?«

Jule erschrak. »Sie meinen, jemand hat Meret umgebracht? Aber ich verstehe nicht, die Polizei hat doch festgestellt, dass es ein Unfall war.« Sie begann erregt auf und ab zu laufen.

»Ja, und das stimmt vermutlich auch. Ich möchte Sie nicht beunruhigen. Ich möchte nur ausschließen, dass auch wirklich nichts übersehen wurde. Kommt es Ihnen nicht seltsam vor, dass Meret einfach so aus dem Fenster gestürzt sein soll?«

Jule drückte ihre Hände so fest aneinander, dass die Knöchel weiß hervortraten. »Was war schon normal bei Meret? Ich meine, ich habe sie nicht oft gesehen, aber ich habe mitbekommen, dass sie schon immer getan hat, was sie wollte. Männer, Partys, Drogen, lauter solche Sachen. Mein Vater hat mich davor gewarnt, so zu werden wie sie, dabei habe ich sie bewundert, meine große Schwester. Ich hätte mich nie getraut, so zu sein wie sie. Sie wurde sogar einmal verhaftet, weil sie gegen irgendetwas protestiert hat, ich glaube, es war einer dieser Atomtransporte.«

Inge lächelte unwillkürlich. Das passte zu Meret durch und durch. »Und Ihnen fällt wirklich niemand ein, der einen Groll gegen sie gehegt haben könnte?«

Jules Blick flackerte. »Doch, da gibt es wohl ein paar. Meine Brüder eingeschlossen.« Hastig schlug sie sich die Hand vor den Mund. »So habe ich das nicht gemeint, Sie dürfen das nicht falsch verstehen, also meine Brüder haben sie natürlich nicht umgebracht.«

Inge bemerkte die Panik in ihren Augen. »Keine Sorge, ich verstehe das schon richtig. Ich weiß bereits, dass es Streit um das Erbe Ihrer Eltern gab.«

Jule wirkte verärgert. »Das hat mich furchtbar belastet. Erst sterben Mama und Papa, und dann geht der ganze Streit um den Hof los. Bo, Ole und Meret haben sich unablässig gestritten, sogar auf der Beerdigung. Ole kam gleich mit irgendwelchen Unterlagen an.« Sie putzte sich erneut die Nase und lächelte unsicher. »Ich weiß gar nicht, warum ich Ihnen das alles erzähle.«

»Keine Sorge, bei mir ist es gut aufgehoben. Ich möchte das Gleiche wie Sie: Gewissheit darüber, was mit Meret geschehen ist.«

»Aber warum ermittelt dann nicht die Polizei?«

Inge wich ihrem Blick aus. »Das wird sie noch, das wird sie noch. Aber vorerst gibt es nur mich.« Sie leerte den süßen heißen Kaffee mit nur einem Zug. Ole Knudsen hatte recht gehabt, er schmeckte wirklich köstlich. »Vielen Dank für den Kaffee«, sagte sie und wandte sich zur Tür.

»Aber wollten Sie nicht nach etwas für Ihre Enkel schauen?«, fragte Jule erstaunt.

Inge winkte dankend ab. »Ich schaue mir die Sachen einfach in Ihrem Onlineshop an.«

Draußen schlug ihr Kälte entgegen. Sie ärgerte sich, dass sie ihren Mantel in dem warmen Geschäft anbehalten hatte. Fröstelnd lief sie zum Auto zurück, setzte sich hinter das Lenkrad, startete den Motor und drehte die Heizung auf.

Na prima, dachte Inge. Jetzt bin ich genauso schlau wie vorher.

Es war höchste Zeit, ins »Blanke Hans« zurückzukehren. Jannis war sicher schon außer sich.

Langsam füllten sich die Straßen mit Leben. Cafés und Ladengeschäfte öffneten, sogar die ersten dick in Winterkleidung gehüllten Touristen waren zu sehen.

»Vor euch hat man auch wirklich nie seine Ruhe«, sagte Inge leise.

Auf der Rückfahrt ließ sie die Begegnungen dieses Morgens Revue passieren. Zwar hatte sie nun ein paar Puzzleteile dazugewonnen, doch sie halfen nicht, das Rätsel zu lösen.

Ole Knudsens falsches Lächeln erschien vor ihrem inneren Auge. Keine Frage, von den Geschwistern war er vermutlich der Gerissenste. Seinen Bruder und seine jüngere Schwester hatte er vielleicht einwickeln können, doch was war mit Meret gewesen? Sie hatte er sicher nicht davon überzeugen können, den Besitz ihrer Eltern in Luxusunterkünfte zu verwandeln.

Inge konnte nur erahnen, wie heftig die beiden darüber gestritten hatten. Meret hatte wahrscheinlich nicht einen Zentimeter nachgegeben. Mehr noch, sie war auf die Insel zurückgekommen, um das Erbe ihrer Eltern für ihre ganz eigenen Ziele zu nutzen. Das war Ole womöglich mächtig gegen den Strich gegangen. Aber war das genug für einen Mord? An der eigenen Schwester?

Inge dachte an die blauen Flecken an Tine Knudsens Handgelenk. Ole war ein Mord vielleicht nicht zuzutrauen, wohl aber seine Planung. Die Durchführung wiederum würde einem wie Bo Knudsen nicht schwerfallen, wenn es den richtigen Anreiz gab. Wer wusste schon, womit ihn sein Bruder womöglich gelockt hatte.

Vermutungen, schimpfte Inge mit sich selbst. Das sind alles Vermutungen. Nichts davon kann ich beweisen. Ich brauche Beweise. Sie umfasste das Lenkrad fester. Und die werde ich finden.

Alte Liebe

Inge fiel es schwer, den Vormittag im »Blanke Hans« hinter sich zu bringen, ohne weiterermitteln zu können.

Jannis war über ihre Ausflüge bereits mehr als verstimmt, auch wenn sie nicht verstand, warum. Er hatte sich doch gewünscht, dass sie wieder heimisch wurde, und was eignete sich dafür besser als die Ermittlungen in einem Mordfall? Einem *vermutlichen* Mordfall, verbesserte sich Inge.

Kaum waren die Frühstückstische abgeräumt und alle Zimmer gereinigt, eilte sie an die Rezeption. Von Jannis war nichts zu sehen. Sie schnappte sich seinen Autoschlüssel. Sollte er doch schimpfen, wenn sie wieder zurückkam. Es gab Dinge, die keinen Aufschub duldeten.

Dinge wie der Besuch im »Schauerkaant«.

Schon von außen zeigte sich, dass das Hauptgebäude in einer Zeit erbaut worden war, in der wenig auf die Sylter Tradition und viel auf die Moderne gegeben worden war, ein Klotz mit rauen Kanten, der wie ein Fremdkörper aus der Landschaft der reetgedeckten kleinen Häuser ringsum herausragte. Daran konnten auch die bunten Fensterläden nichts ändern.

Inge parkte den Wagen und ging schnurstracks zur Rezeption, hinter der eine junge Frau saß und Kaugummi kaute.

»Wo finde ich Sönke Wehrheim?«, fragte Inge geradeheraus.

Die Frau machte ein überraschtes Gesicht. »Sie meinen den Chef?«

»Genau den …«

Die Frau griff zum Telefon und wählte eine Kurzwahl. »Hier ist eine Dame, die den Chef sprechen möchte.« Sie hielt den Hörer gegen ihre Brust. »Wie ist Ihr Name?«

»Inge. Inge Petersen. Ich bin von der Insel und möchte etwas mit Herrn Wehrheim besprechen.«

Die Frau nahm den Hörer wieder an ihr Ohr und wiederholte, was Inge gerade gesagt hatte. Schließlich legte sie auf. »Er kommt gleich.«

Inges Blick fiel auf Schwarz-Weiß-Fotos, die dekorativ die Wände schmückten. Sie zeigten abwechselnd einen Mann und eine Frau mit einer Reihe von prominenten Gesichtern, die offenbar alle einmal zu Gast im »Schauerkaant« gewesen waren.

»Frau Petersen, wie kann ich Ihnen helfen?«

Ein großer Mann mittleren Alters kam auf sie zu. Unzweifelhaft eine attraktive Erscheinung, auch wenn sein Haar eine Spur zu lang war und ihm etwas bemüht Dandyhaftes verlieh. Inge konnte sich nur noch dunkel an ihn erinnern, spürte aber, dass sie ihn schon früher nicht besonders gemocht hatte.

Sönke setzte ein betont einnehmendes Lächeln auf, das sie jedoch nicht erwiderte. »Sönke Wehrheim.« Er ergriff ihre Hand und schüttelte sie.

Er machte einen Schritt zur Seite und gab den Blick auf eine Frau frei, die hinter ihm ging. Sinje Wehrheim trug ein tadelloses Etuikleid mit passenden Schuhen, das ihre strenge Miene unterstrich.

»Was führt Sie hierher?«, fuhr Sönke in leichtem Plauderton fort.

Inge beschloss, gleich zur Sache zu kommen. »Ich bin hier, um mit Ihnen über Meret Knudsen zu sprechen.«

Hätte sie eine Bombe fallen lassen, der Effekt hätte nicht drastischer sein können. Sönke Wehrheim erstarrte mitten in der Bewegung, als habe sie gerade den Ausbruch des Dritten Weltkriegs verkündet. Aus den Augen seiner Frau schienen Funken zu schlagen, so viel jähe Wut erfasste ihre zuvor so kontrollierten Züge.

Sönke hatte sich als Erster wieder im Griff. Er flüchtete sich in ein höfliches Lächeln. »Ich wüsste nicht, was es da zu besprechen gäbe.« Seine Hand tastete nach der seiner Frau, die sie mit versteinerter Miene ergriff.

»Sicher haben Sie von Merets plötzlichem Tod gehört«, sagte Inge.

»Ja, das ist mir zu Ohren gekommen. Es tut mir sehr leid für die Familie.« Sönke nestelte nervös an seiner Krawatte. Ihm war dieses Gespräch sichtlich unangenehm.

»Wenn ich es richtig verstehe, dann hatten Sie und Meret einmal eine Beziehung.«

Er wurde blass. Sein Adamsapfel hüpfte auf und ab. Sinje entriss ihm ruckartig ihre Hand und wandte sich ab, um mit steifen Schritten zum Tresen der Rezeption zu gehen, wo sie eine Blumenvase zurechtrückte.

»Hören Sie«, zischte Sönke, sobald seine Frau außer Hörweite war. »Ich weiß nicht, was Sie vorhaben, aber ich schlage vor, Sie verschwinden. Die Sache mit Meret ist lange her, und ich habe seither keinen Kontakt mit ihr gehabt. Was auch immer Sie wollen, ich kann Ihnen dabei nicht helfen.«

Inge gab sich überrascht. »Ich habe Ihnen doch noch gar nicht gesagt, was ich von Ihnen will.«

Er beugte sich leicht vor. Die Geste sollte einschüchtern, wirkte jedoch seltsam unnatürlich und einstudiert.

»Sie wissen, wer ich bin, oder? Ich war die Ermittlerin im Mordfall Anke Thießen. Sie war Gast in Ihrer Ferienanlage, nicht wahr? Da sind wir uns schon einmal begegnet.«

Ein kurzes Aufflackern in Sönkes Blick verriet ihr, dass er sich erinnerte. Es schien keine angenehme Erinnerung zu sein.

»Das ist lange her«, antwortete er. »Was hat das mit Meret Knudsen zu tun?«

Inge betrachtete ihn. Seine Kiefermuskeln waren deutlich angespannt, und sein Adamsapfel hüpfte noch immer lebhaft auf und ab.

Sofort regte sich Inges Ermittlerinstinkt. Der Hotelier wirkte wie jemand, der etwas zu verbergen hatte. Diesen Eindruck hatte sie früher schon gehabt, bei den Ermittlungen zu Anke Thießens Tod. Piet hatte ihre Wahrnehmung nicht geteilt, doch etwas an Sönke Wehrheims Verhalten hatte eindeutig ihr Misstrauen erregt. Konnte es Zufall sein, dass er gleich bei zwei Mordfällen eine Rolle spielte, auch wenn diese so viele Jahre auseinanderlagen? Und dann gab es auch noch eine direkte Verbindung zu Meret. Immerhin hatte sie damals den mutmaßlichen Täter in der Nacht am Strand gesehen. Könnte es Sönke gewesen sein? Hatte Meret deshalb keinen Namen genannt, weil sie ihren Geliebten nicht hatte verraten wollen? Aber welches Motiv sollte er gehabt haben, die Studentin Anke Thießen zu ermorden?

Inge unterzog sein Gesicht einer erneuten Prüfung. Sönke Wehrheim wirkte nicht wie ein gewalttätiger Mensch, eher weich und feige, doch Inge war zu lange Polizistin gewesen, um nicht zu wissen, dass dieser Eindruck täuschen konnte. Jeder Mensch verbarg in sich einen gewalttätigen Kern, der zum Vorschein kommen konnte, wenn der richtige Reiz gesetzt wurde. Diese Reize waren verschieden. Der erste Mord, an dessen Ermittlungen sie beteiligt gewesen war, hatte sich in einer Scheune abgespielt – malerisch in Deichnähe gelegen, umgeben von Dünen, Wind und Meer.

Ein Ehepaar hatte dort gelebt, Einheimische, er ein Bauer, sie verdiente sich etwas mit der Reinigung von Hemden dazu. Kinder hatten sie keine gehabt, nur den Hof, den sie mit vereinten Kräften in Schuss gehalten hatten. Gepflegter Rasen vor dem weißen Bretterzaun, die Gardinen im Fenster gestärkt und mit Falten, scharf wie Messer.

Eines Nachts hatte der Mann seine Frau an den Haaren aus dem Bett gezogen, in der Scheune mit einem Hammer erschlagen und sie an einem Balken aufgehängt. Nach der Bluttat hatte er sich wieder in sein Bett gelegt und weitergeschlafen. Der Knecht hatte die Bäuerin am Morgen gefunden und einen Nervenzusammenbruch erlitten. Erst hatte Inge gedacht, der Ehemann habe vielleicht schlafgewandelt. Doch Piet, zu der Zeit der leitende Kommissar, hatte davon nichts hören wollen.

»Das war Mord. Eiskalt«, hatte er mit Bestimmtheit gesagt, und Inge hatte sich gefragt, woher er das wusste. Sie konnte, nein, sie wollte sich nicht vorstellen, dass ein Mann seine Frau nach vielen Jahrzehnten Ehe einfach erschlug. Doch genau so war es gewesen, wie sich kurz darauf herausgestellt hatte. Piet sollte recht behalten.

»Wenn du so lange im Dienst bist wie ich, dann weißt du

Dinge über die Ehe, die sich die meisten gar nicht vorstellen können«, hatte er gesagt.

Schließlich hatte man Blut auf den Schuhen des Mannes und einen Fußabdruck in einer der Blutlachen gefunden. Er hatte sich keine Mühe gegeben, die Tat zu leugnen.

»Warum?«, hatte Inge ihn gefragt, gehofft, nun etwas ganz und gar Furchtbares über die Tote zu erfahren, ein düsteres, schreckliches Geheimnis, das den Mord nachvollziehbar machte. Doch das hatte es nicht gegeben, nur die Saat des Hasses, die über Jahre und Jahrzehnte hinter dem weißen Zaun aufgegangen und gewachsen war, bis sie eines Tages reif für die Ernte gewesen war.

»Es war genug«, hatte der Mann schlicht geantwortet. »Ich hätte keinen weiteren Tag mehr mit ihr ertragen.«

Noch heute lief Inge bei der Erinnerung an dieses Verhör ein Schauer über den Rücken. Diese Kaltblütigkeit erfüllte sie mit einem Grauen, gegen das sie sich kaum schützen konnte. Morde ereigneten sich in den meisten Fällen im direkten Umfeld der Opfer, sodass die eigene Familie oder der Ehepartner sehr viel wahrscheinlicher zum Täter wurde als der Fremde im Park.

Zu jenem Zeitpunkt war Inge selbst frisch verheiratet gewesen, sie und Malte waren noch voller Aufmerksamkeit und romantischer Gefühle füreinander gewesen. Es hatte keine Vorzeichen gegeben für den Horror, der auf sie gewartet hatte. Oder doch?

Inge schüttelte ihre Gedanken ab. »Hatten Sie Kontakt zu Meret Knudsen, bevor sie auf die Insel zog?«

Sönke Wehrheims Pupillen weiteten sich. Er leckte sich nervös über die Lippen. Die Frage berührte ihn, löste etwas in ihm aus, das war deutlich zu erkennen. »Nein, ich wusste nicht einmal, dass sie zurück war, das sagte ich doch bereits.« Sein Tonfall klang gepresst und aggressiv, trotzdem bemühte er sich um oberflächliche Höflichkeit.

Aus der Nähe war sein Alter deutlicher zu erkennen, die Falten um die Augen, die Flecken auf den Händen. Warum hatte sich ein Mädchen wie Meret ausgerechnet in ihn verliebt?

Am liebsten hätte Inge ihm diese Frage sofort gestellt, doch sie wusste, dass er ihr keine Antwort darauf geben konnte. Sönke hielt ihrem Blick trotzig stand.

»Es gibt ein Foto von Ihnen, das vor wenigen Wochen aufgenommen worden sein muss, vermutlich bei einem von Merets Besuchen«, sagte sie.

Sönke zuckte zusammen und suchte ängstlich Blickkontakt zu seiner Frau, die den Kopf hob und sich ihnen mit angespanntem Gesichtsausdruck zuwandte.

»Ich erinnere mich an kein Foto«, stieß er hervor.

»Nun, ich habe es gefunden«, erwiderte Inge. »Weshalb haben Sie sich getroffen?«

Er schluckte, seine Augenlider flatterten. »Sie hat mich angerufen und wollte mich sehen, um der alten Zeiten wegen. Es hatte nichts zu bedeuten, nur ein Kaffee, mehr war da nicht.« Er sprach so leise, dass er fast flüsterte. Offenbar wollte er unbedingt vermeiden, dass seine Frau davon etwas mitbekam.

Das spielte Inge in die Karten. »Ich nehme an, Ihre Frau weiß nichts von dem Treffen mit Meret?«

Sönke schwieg, dann schüttelte er den Kopf. »Nein, ich wollte nicht, dass sie sich aufregt. Ich sagte ja schon, es hatte nichts zu bedeuten. Ich habe es Meret zuliebe getan. Sie rief mich an und sagte, dass sie zu Besuch sei wegen des Todes ihrer Eltern. Sie wollte mich treffen. Wir sind nicht im Guten auseinandergegangen, wie Sie sich vorstellen können, und wir haben nie Gelegenheit gehabt, darüber zu sprechen. Ich konnte verstehen, dass das für sie schwer gewesen ist, sie war ja noch so jung. Irgendwie hatte ich das Gefühl, ihr dieses Treffen schuldig zu sein.«

Inge überlegte, ob er glaubwürdig war. Sie schätzte ihn so ein, dass er nur das zugab, was er ohnehin nicht mehr leugnen konnte. Sie war also überzeugt davon, dass er nicht die ganze Wahrheit sagte. Wenn sie doch nur an Merets Handy kommen würde, dann könnte sie herausfinden, mit wem sie vor ihrem Tod Kontakt gehabt hatte. So blieb ihr nichts anderes übrig, als im Dunkeln tastend nach einem Hinweis zu suchen.

In die Ecke getrieben, ging Sönke Wehrheim zum Angriff

über. »Gibt es eigentlich eine offizielle Ermittlung? Sie haben gar keinen Dienstausweis vorgelegt.« In seinen Augen blitzte es triumphierend.

Inge ignorierte die Frage. »Meret starb im Hotel meines Bruders, dem ›Blanke Hans‹. Sie verstehen sicher, dass mir das sehr nahegeht und ich deshalb ein Interesse daran habe, die Wahrheit herauszufinden, auch wenn das für Sie und vor allem für Ihre Frau unangenehm ist.« Es klang wie eine Entschuldigung, doch Inges gerecktes Kinn machte daraus eine Provokation.

»Hören Sie, in was auch immer Meret verwickelt gewesen ist, ich habe damit nichts zu tun. Das mit ihr ist ewig her, und meine Frau und ich haben lange daran gearbeitet, diese Sache hinter uns zu lassen.«

»Meret war noch minderjährig, richtig?«, fragte Inge laut, sodass Sinje erneut zu ihnen herübersah.

Wieder dieses Blinzeln, der hüpfende Adamsapfel bei deren Mann. »Ich muss darauf nicht antworten«, sagte er tonlos, auf seiner Oberlippe bildete sich ein feiner Schweißfilm.

»Das ist richtig. Es geht aus den Ermittlungsakten hervor. Ich kann mir vorstellen, dass Sie sehr erleichtert waren, als Meret die Insel verlassen hat. Das hat es für Ihre Ehe sicher auch einfacher gemacht.«

Sönke lachte freudlos. »Einfach war daran gar nichts. Meret hat nur Chaos hinterlassen, und selbst als sie fort war, hat sie noch für genug Ärger gesorgt. Sie hat Briefe geschrieben, an mich und an meine Frau. In manchen befanden sich Fotos, es war …« Er brach ab und fuhr sich durchs Haar. »Ich habe für meinen Ausrutscher gebüßt. Ich habe einen Fehler gemacht. Ich war noch jung, und in meiner Ehe gab es Probleme. Vielleicht kann man es unreif nennen. Ich weiß nicht, ob Sie sich an Meret erinnern, aber sie hatte etwas Herausforderndes, Wildes. Sie hat mich verführt, so dumm das klingt, aber es ist die Wahrheit.«

Inge widerstand dem Impuls, ihn darauf aufmerksam zu machen, dass das eine sehr schwache Ausrede für ein Verhältnis mit einer Minderjährigen war. Sprach diese Haltung nicht umso mehr dafür, dass er ein Motiv für ihre Ermordung gehabt hatte?

»Merets Rückkehr hätte für Sie keine angenehmen Folgen gehabt. Vielleicht sogar Ihre Ehe bedroht. Sind Sie sicher, dass sie Ihnen nicht erzählt hat, dass sie vorhatte, wieder nach Sylt zu kommen?« Inge ließ ihre Worte wirken, verfolgte die zunehmende Nervosität ihres Gegenübers.

Er schüttelte den Kopf. »Ich sagte Ihnen bereits, dass das nicht der Fall war. Das alles ist lange her. Ich bin heute ein anderer. Ich würde nicht mehr –«

»… eine Affäre mit einer Minderjährigen haben?« Das hatte sie sich nicht verkneifen können.

Sönke wich einen Schritt zurück, dann straffte er sich und fauchte: »Wenn Meret ermordet wurde, dann gibt es sicher eine Menge Menschen, die ein Motiv dafür gehabt hätten. Sie hatte Spaß daran, sich mit anderen anzulegen, sie zu provozieren, Ärger zu machen. Bei unserem Treffen habe ich ihr klar gesagt, dass ich keinen weiteren Kontakt mit ihr haben kann. Sie hat mir nichts von ihren Plänen, zurückzukommen, erzählt. Die Sache mit ihr ist lange her, und ich bin nicht mehr der Mann, der ich früher gewesen bin. Ich habe für meine Fehler gebüßt und möchte nicht mehr mit Fragen dazu belästigt werden. Sie verstehen sicher, dass das für meine Frau sehr belastend ist.«

»Sicher.«

»Auf Wiedersehen, Frau Petersen«, sagte Sönke so laut, dass es auch Sinje an der Rezeption hören konnte.

Inge wandte sich ab. Während sie zum Ausgang ging, konnte sie spüren, wie sich Blicke direkt in ihren Rücken bohrten. An der Tür drehte sie sich noch einmal um. Sönke Wehrheim stand neben seiner Frau, den Arm um ihre Hüfte gelegt. Feindseligkeit stand in ihren Gesichtern geschrieben.

Inge schritt nach draußen und atmete die kalte klare Luft ein, die sie umfing. Nur wenige Wolken waren am Himmel zu sehen, die Sonne stand hoch und hell über der Insel, die Wellen rauschten ganz in der Nähe. Möwen kreischten, während sie die Dünen umkreisten. Inge schloss die Augen.

Eine Erinnerung schob sich in ihr Bewusstsein. Die Küche ihrer Großmutter, draußen blies der Frühlingswind über das

Schilf, und auf dem alten, mit Holz beheizten Herd köchelte etwas vor sich hin. Etwas früher an jenem Tag waren Männer gekommen, ganz in Schwarz. Sie hatten ihrer Großmutter mitgeteilt, dass man Frieder tot aufgefunden hatte, ihren jüngsten Sohn. Er war auf dem Festland gegen einen Baum gefahren, vermutlich mit zu hoher Geschwindigkeit, eine Flasche Hochprozentigen auf dem Beifahrersitz. Die Männer hatten mit leisen, höflichen Stimmen auf sie eingeredet, während sie nur auf der Küchenbank neben dem Fenster gesessen und ein Taschentuch bestickt hatte. Sie hatte genickt und keine Regung gezeigt. Irgendwann waren die Männer gegangen, und sie hatte noch immer dagesessen und die Nadel durch den Stoff geführt.

Nach einer Ewigkeit hatte sie aufgeblickt und Inge – damals erst acht Jahre alt – in die Augen gesehen. »Es gibt kein größeres Leid auf der Welt als das, was der Mensch sich selbst antut, Liebes. Wer nicht auf seine Seele achtet, den holt der Teufel, er baut sich ein Nest in deinem Inneren und wohnt dort, er wird größer und stärker und immer mächtiger, und irgendwann gehörst du ihm, und nichts von dir ist mehr übrig.«

Eine kalte Hand aus Angst hatte Inges Herz bei den unheilschwangeren Worten ihrer Großmutter umfasst. Die Vorstellung, den Teufel im Leib zu haben, hatte sie mit solchem Schrecken erfüllt, dass sie die Luft angehalten hatte. »War Onkel Frieder vom Teufel besessen?«, hatte sie gefragt.

Die Großmutter hatte langsam genickt, als sei ihr der eigene Kopf zu schwer geworden. »Einem von der schlimmsten Sorte«, hatte sie mit großen Augen gesagt.

Zu gern hätte Inge weitergefragt, doch dann war ihre Mutter hereingekommen, die die Männer draußen im Hof getroffen hatte. Sie hatte sich schluchzend auf die Großmutter gestürzt, die ihrer Tochter teilnahmslos über das Haar gestrichen hatte.

Als Kind hatte Inge die Bedeutung der Worte ihrer Großmutter nicht verstanden und auch nicht, warum diese keine Trauer um ihren Sohn empfand, der so jung verstorben war. Erst als ihre Mutter viele Jahre später gestorben war, hatte sie eine Ahnung davon bekommen, welche Bitterkeit und welcher

Schmerz in diesen Sätzen gelegen hatten. Frieder hatte schon mit vierzehn zu trinken begonnen und nie damit aufgehört, ganz gleich, wie viel seine Mutter für ihn gebetet und wie sehr ihn sein Vater in seiner Verzweiflung geschlagen hatte.

Stimmte das, was die Großmutter gesagt hatte? Dass die Menschen sich das Leid selbst zufügten? Was war mit dem Leid, das sie anderen antaten? Wie viel Verantwortung hatte man für den Einfluss, den man auf ein anderes Leben nahm? Als Polizistin hatte Inge die Verwüstung, die tiefen Wunden gesehen, die eine Gewalttat hinterließ, beim Opfer, bei seinen Angehörigen, bei allen, die keine Wahl hatten, ob sie mit diesem Ereignis konfrontiert werden wollten. Ihnen, den Opfern, galt Inges Solidarität.

Ein eiskalter Windhauch fuhr ihr durch das Haar, als sie die Treppe zum Deich hinaufstieg. Vor ihr lag die See, dunkel und unruhig, ein Widerspruch zur Heiterkeit des Februarhimmels. Der Teufel, der sich ein Nest im Inneren eines Menschen baute, noch heute war das eine ganz und gar gruselige Vorstellung – und dennoch konnte Inge nicht anders, als ihrer Großmutter recht zu geben. Bei den meisten Tätern gab es in der Rückschau Anzeichen, Warnhinweise, die aber von der Umwelt konsequent ignoriert wurden, weil sich eben niemand gern vorstellte, dass ein Mitglied der eigenen Familie zum Mörder werden könnte. Oder zum Selbstmörder.

Maltes Gesicht schob sich in den Strom ihres Bewusstseins, ein trauriges Lächeln. Auch in ihm hatte ein Teufel gewohnt, ihn von innen ausgehöhlt und nur noch eine Hülle zurückgelassen. Aber wann war dieser Teufel in Malte eingezogen? Wann wäre der Moment gewesen, Malte den Krallen des Bösen zu entziehen und seinem Leben eine andere Richtung zu geben? Diese Fragen hatte Inge sich so oft gestellt, dass sie auch jetzt reflexhaft die Arme um sich schlang und laut sagte: »Malte war krank.«

Depressionen. Auch seine Mutter hatte darunter gelitten, doch er hatte mit Inge nicht gern darüber gesprochen. Seine

Mutter hatte Monate im Bett verbracht, unfähig, aufzustehen oder sich um die Kinder zu kümmern; eine Erfahrung, die Malte tief geprägt hatte.

Vielleicht hatte er befürchtet, dass er sich genauso verhalten würde, vielleicht war er einfach feige gewesen. Doch vermutlich, und das schmerzte Inge am meisten, war er sehr einsam und verzweifelt gewesen, und sie, seine Frau, seine Partnerin, hatte es nicht bemerkt.

Sie ging ein paar Schritte, ohne darüber nachzudenken, wohin der Weg führte. Die Bewegung tat ihr gut, vertrieb die seltsam klebrige Müdigkeit in ihrem Kopf, und der Wind blies ihren Gedanken neue Kraft ein.

In den Selbsthilfegruppen sagten sie, man solle alle Wut, alle Trauer auf die Krankheit lenken. Wer sich umbringe, sei immer krank. Aber stimmte das? Malte war seine Unabhängigkeit immer wichtig gewesen. Wenn er befürchtet hatte, ähnlich hilflos wie seine Mutter zu werden, dann hätte das schon einen gewissen Leidensdruck bedeuten können.

Doch was hatte an jenem Abend dazu geführt, dass er in Hausschuhen in den Keller gegangen war, ein Seil genommen und sich am Balken neben seiner Bohrmaschine aufgehängt hatte? Hatte er nicht gewusst, dass sie ihn finden würde? Oder hatte er das sogar beabsichtigt?

In den ersten Jahren nach Maltes Tod war Inge besessen davon gewesen, alles über ihn zu erfahren, auch jene Dinge, die er vor ihr geheim gehalten hatte: frühere Beziehungen, Arbeitsstellen, Freundschaften, Veranstaltungen, die er besucht hatte, Magazine und Bücher, die er gelesen hatte, Orte, die er aufgesucht hatte. Überall hatte sie nach Spuren, nach Hinweisen gesucht, als habe Malte sie bewusst für sie platziert, damit sie das Rätsel seines Suizids lösen konnte.

Doch die Hinweise hatten sich alle entweder als Zufallsprodukte entpuppt oder in eine Sackgasse geführt. Von der Erkrankung der Mutter einmal abgesehen, hatte nichts in Maltes Leben darauf hingedeutet, dass er Selbstmord begehen würde. Er war Student gewesen und politisch eher links, aber nicht extrem. Dafür war er ein viel zu maßvoller Mensch gewesen, fleißig und diszipliniert. Konflikten war er stets aus dem Weg gegangen. Seine Ruhe hatte Inge vom ersten Moment an berührt und angezogen. Sie waren glücklich gewesen.

Tränen kitzelten sie warm in den Augenwinkeln. Sie beachtete sie nicht und schmeckte kurz darauf Salz auf ihrer Zunge. Sie weinte nur, wenn sie an Malte dachte. Oder weinte sie, weil alles eine Lüge gewesen war?

»Nein«, sagte sie laut und energisch. Das war der Teufel in ihrem Inneren, der ihr das einflüsterte. Was Malte und sie gehabt hatten, war gut gewesen.

»Zeit, die Vergangenheit ruhen zu lassen.« Der Wind trug ihre Worte mit sich davon, nahm sie mit, weit über das Meer, dorthin, wo nur die Wellen tanzten und alles im ewigen Auf und Ab verging.

Inge senkte den Kopf und schlug den Kragen ihrer Jacke hoch. Unschlüssig sah sie sich um. Sie verspürte wenig Lust, zu Jannis zurückzufahren. Sie hatte gehofft, dass sich ihre Beziehung durch ihre Rückkehr intensivieren würde, doch Jannis wirkte verschlossener und missmutiger denn je.

Entschlossen schlug sie den Weg in Richtung Watt ein und lief am Strand entlang nach Kampen. Bald schon hatte sie kein Gefühl mehr in ihrer Nasenspitze und in den Wangen, und auch ihre Fingerspitzen und Zehen froren ganz erbärmlich, doch das Gehen tat ihr wohl. Es besänftigte die unruhigen Geister in ihrem Inneren.

Wenn man es genau nahm, war auch sie ein Opfer. Ihr Mann hatte sie nicht gefragt, ob sie damit einverstanden sei, wenn er sich das Leben nehmen und ihr die Erinnerung an den Anblick seines erhängten Körpers mit der heraushängenden Zunge aufbürden würde.

Sie ging schneller. Gespenster, da waren sie wieder. Je älter sie wurde, umso zahlreicher wurden sie. Menschen, die gestorben oder längst aus ihrem Leben verschwunden waren und die sie intensiver beschäftigten als die Menschen, die noch bei ihr waren. Hieß das, dass sie bald selbst ins Reich der Toten eingehen würde? Immerhin konnte man ihre Rückkehr nach Sylt als eine Art letzte Station betrachten.

»Papperlapapp.« Grimmig reckte sie ihr Kinn in die eiskalte Februarluft. Ganz in der Nähe lag das Café »Kupferkanne«, wo Nele arbeitete, eine Sylter Institution mit frischem Kaffee und selbst gebackenem Butterkuchen, und genau danach war Inge nun.

Sie hatte das Gefühl, die Kälte und Feindseligkeit der Eheleute Wehrheim seien direkt in sie hineingekrochen. Die ständige Sorge um ihren Sohn hatte damals auch das Herz ihrer Großmutter erkalten lassen. Wo die Liebe fehlte, da wuchs das Gift in den Herzen, vor allem innerhalb der Familien.

Inge dachte darüber nach, ob der Mord an Meret eher aus Habgier oder aus Rache geschehen war. Sönke Wehrheim hatte sich seltsam verhalten, das stand außer Frage, doch damit war er nicht der Einzige. Auch Ole und Bo Knudsen hatten sich verdächtig gemacht, allerdings ohne dass es einen einzigen konkreten Beweis gegen sie gab. Und dann war da noch die seltsame Verbindung des Ganzen zu Anke Thießen.

Inge hatte das Café erreicht und öffnete die Tür. Warme Luft, erfüllt von Kaffeeduft und süßem Gebäck, schlug ihr entgegen. Sie streifte die Brille vom Gesicht und wischte über die Gläser, bevor sie sie wieder aufsetzte und sich umsah.

Im Café war es ruhig, nur wenige Gäste saßen an den kleinen, gemütlichen Tischen. Es war noch zu früh für den obligatorischen Nachmittagskaffee vieler Touristen, die nun irgendwo draußen unterwegs waren und sich vom Nordseewind durchpusten ließen. Inge steuerte auf einen freien Tisch zu und setzte sich.

»Guten Morgen, was darf ich Ihnen bringen?«, fragte eine Kellnerin.

Inge war enttäuscht, dass es nicht Nele war, sie schien heute freizuhaben.

Sie bestellte eine Kanne Kaffee und ein Stück Butterkuchen. Der Zucker und das Koffein würden die Kälte vertreiben, die der Wind draußen am Watt in ihre Knochen geblasen hatte. Ein sanftes Wohlgefühl breitete sich in ihr aus. Mit vollem Magen dachte es sich besser über die nächsten Schritte nach.

Sönke Wehrheim würde ihr keine weiteren Informationen liefern, doch vielleicht würde sich Sinje gesprächiger zeigen, wenn sie sie allein antraf. Eine gehörnte Ehefrau hatte immer Gesprächsbedarf, das hatte Inge wiederholt bei ihren Freundinnen erfahren. Ihr war dieses Schicksal irgendwo zwischen Midlife-Crisis und Rentenalter erspart geblieben, sie war gleich zur Witwe geworden, zu einer schamvollen Witwe, denn wenn ein Mann sich umbrachte, sprach das nicht gerade für die Qualitäten seiner Partnerin.

Bei diesen zynischen Gedanken lachte Inge so laut auf, dass das schwäbische Ehepaar am Nebentisch neugierig die Köpfe drehte.

Großartig, bald weiß jeder, dass ich nicht mehr bei Verstand bin, schalt sich Inge.

Sie beobachtete die junge Kellnerin. Sicher machte sie im Sommer gutes Trinkgeld, um diese Jahreszeit aber wohl eher weniger. Dafür gab es so gut wie keine Konkurrenz, da der größte Teil des Servicepersonals die Insel während des Winters verließ und erst im Frühjahr wieder zurückkehrte. Kaum war die Saison vorbei, zogen sie wie die Zugvögel nach Süden, die Kellner und Zimmermädchen, die Köche und Küchenhilfen und all die anderen fleißigen unsichtbaren, namenlosen Hände. Wer blieb, war entweder Einheimischer oder hatte sich in jemanden von der Insel verliebt. Sylt im Winterschlaf war nicht für jedermann, so viel stand fest.

Die Kellnerin kämpfte mit der Kaffeemaschine, die zwar eindrucksvoll heißen Dampf ausstieß, sich aber ansonsten widerspenstig zeigte.

Die Tür zur Backstube schwang auf, und eine Frau kam heraus, älter als die Kellnerin, größer und energischer, mit deutlichen grauen Strähnen im roten Haar. Mit wenigen Handgriffen entlockte sie der schnaubenden Maschine frischen Kaffee und wischte sich dann die Hände an ihrer Schürze ab.

Inge lächelte ihr zu, und sie erwiderte das Lächeln. Sicher

kannten sie sich irgendwoher, doch Inges Gedächtnis ließ sie erneut im Stich. Da war sie wieder, die Mahnung vor dem Alter. Sie nahm einen großen Bissen von ihrem Butterkuchen.

»Schmeckt er Ihnen?«, fragte die Frau mit der Schürze.

Inge lächelte noch eine Spur breiter und sagte: »Großartig.«

Die Frau kam näher und blieb vor dem Tisch stehen. »Sie kommen mir so bekannt vor, doch ich weiß nicht, woher.« Sie wirkte verwirrt und neugierig zugleich.

Inge winkte ab. »Inge Petersen«, sagte sie zwischen zwei weiteren Bissen. »Ich bin die Schwester von Jannis –«

»Das ›Blanke Hans‹! Aber natürlich!« Die Frau klatschte in die Hände. »Jetzt weiß ich es wieder. Ich bin Marika Köhler.« Sie griff nach einem Stuhl und setzte sich Inge gegenüber. Mit einem verschwörerischen Ausdruck beugte sie sich zu ihr. »Gibt es etwas Neues?«, fragte sie leise. »Über Meret? Nele hat mir alles erzählt. Ermittelt die Polizei wegen Mordes?«

Inge schüttelte den Kopf. Sie hatte nicht vor, den ohnehin sicher schon regen Inselklatsch mit neuen Mutmaßungen zu beflügeln. »Nein, bisher nicht.«

Marika wiegte ihren Kopf. »Eine böse Sache ist das, auch für Ihren Bruder. Eine Tote im Hotel, das kann wirklich niemand gebrauchen.«

Aus der Küche war ein Ruf zu hören, und Marika stand mit einer gemurmelten Entschuldigung auf.

Lebhaft erinnerte Inge sich an den Druck, den die Hoteliers der Insel auf die Ermittlungen zu Anke Thießen ausgeübt hatten. Langwierige Mordermittlungen konnten eine ganze Saison ruinieren, waren sie nicht müde geworden zu betonen.

Inge hätte sich davon nicht beirren lassen, doch ihr Vorgesetzter hatte sich quergestellt, und Piet hatte es für besser gehalten, seinen Anweisungen zu folgen. Schon damals hatte sein politischer Instinkt seinen Ermittlerdrang überstimmt. Ob die beiden auch hin und wieder an Anke dachten? An ihre Mutter im fernen Köln, die sich sicher noch heute fragte, wie ihre Tochter tot an jenen Strand gekommen war?

»Mitgefühl ist scheiße«, hatte Piet einmal während dieser

Wochen zu Inge gesagt. »Das trübt dein Urteilsvermögen.« Dabei hatte er hart geklungen, wie einer der Cops im fernen L.A. oder New York, die abendlich über die Bildschirme flackerten.

Inge fragte sich, was er damit gemeint hatte. Als Polizist auf Sylt hatte er es immerhin eher selten mit kaltblütigen Mördern zu tun gehabt, eher mit der champagnerseligen Schickeria, die gern mal mit ihren Kontakten nach Bonn gedroht hatte, wenn man sie bei einer Verkehrskontrolle angehalten hatte.

»Verbrechen sind nie gut für das Geschäft«, hatte Piet bemerkt. »Der Tourismus ist unser Lebenselixier. Recht und Ordnung sind natürlich wichtig, doch bitte vergiss nicht, dass die Menschen im Urlaub sind. Bedenke das bei allen Entscheidungen!«

So oder so ähnlich dachten viele, wenn es um die Aufgaben der Gesetzeshüter ging. Dazu gehörte allerdings auch, dass man sofort auf die Unfähigkeit der Sylter Polizei schimpfte, wenn wirklich etwas geschah.

Die Polizei sollte dafür sorgen, dass sich alle sicher fühlten, doch von ihrer Arbeit sollte möglichst niemand etwas mitbekommen, um das einträgliche Geschäft mit dem exklusiven Urlaub der Oberschicht nicht zu stören.

Wieder zuckte ein Bild von Anke Thießen draußen am Strand, grau und tot im Morgenlicht, durch Inges Kopf. Ob Sönke Wehrheim unter Einbußen gelitten hatte?

Inges Blick fiel auf einen Bildband, der in einem der liebevoll dekorierten Regale stand. Neugierig stand Inge auf und zog den Band aus dem Regal. Sie nahm ihn mit zum Tisch und schlug ihn auf. Er behandelte in vielen zeitgenössischen Fotografien die Geschichte des Tourismus auf Sylt. Noch im 19. Jahrhundert hatten die wenigen Besucher darüber geklagt, dass es nur Schilf und Meer gab, keine Musik und keinen Tanz. Doch der Zeitgeist hatte sich gewandelt. In einer Welt, in der die Hektik immer mehr zunahm, hatte man bald die Ruhe und die Frische der Nordseeinsel zu schätzen gewusst, immer mehr Urlauber waren gekommen. Ein Foto zeigte die feierliche Eröffnung des Seebads in Westerland 1855. Dampfboote brachten Touristen vom Festland herüber.

Mit der Jahrhundertwende war Sylt groß in Mode gekommen. Ein modernes Familienbad hatte für aufgeregte Zeitungsartikel gesorgt – immerhin hatte bis dahin die Schicklichkeit verlangt, dass Männer und Frauen getrennt voneinander badeten. Fotos in Schwarz-Weiß und Sepia zeigten Frauen mit möglichst unvorteilhaften Badeanzügen und Badekappen, Männer in Badehosen, sie lächelten schüchtern. Die erste Bahnverbindung war geschaffen worden, entlang des Strands waren die Hotelanlagen in die Höhe geschossen, und wer Land besessen hatte, auf dem seine Vorfahren nichts hatten anbauen können, war von heute auf morgen reich geworden.

Eins der Bilder zeigte eine lange Reihe riesiger Sandburgen, auf einigen wehten sogar selbst gebastelte Fahnen. Gäste, Kinder wie Erwachsene, lachten fröhlich.

Nach dem Ersten Weltkrieg hatten die Menschen auf Sylt darüber abstimmen dürfen, ob sie weiter zu Deutschland gehören oder lieber dem benachbarten Dänemark angeschlossen werden wollten, doch achtzig Prozent der Einwohner hatten für Deutschland gestimmt.

In den 1920er Jahren waren die Künstler und Intellektuellen gekommen, Thomas Mann und Peter Suhrkamp, Emil Nolde und Ernst Mollenhauer. Fotos zeigten sie im Sonntagsstaat, die Gesichter gelöst, die Körperhaltung angespannt, als wüssten sie bereits, dass diese langen Sommer auf Sylt nur eine Verschnaufpause vor der Verheerung des nächsten Weltkrieges darstellten.

1927 hatte der Hindenburgdamm dann die Insel mit dem Festland verbunden und die Besucherströme auf die Insel gelenkt. Das Postschiff hatte Urlauber von Tondern oder aus Hamburg gebracht, und die Übernachtungszahlen waren gestiegen. Das Reizklima auf Sylt, so hatte es geheißen, sei gut für die Lungenkranken, die unter der Luftverschmutzung der Städte litten. Nach Sylt fuhr man zur Kur, zumindest damals.

Inge blätterte in dem Buch nach vorn. Eine triste Aufnahme zeigte ein Hotel nach dem Ende des Zweiten Weltkriegs, als man Soldaten und Flüchtlinge in den leer stehenden Unterkünften einquartiert hatte. Die Insel war Sperrgebiet gewesen,

Urlauber hatte es nicht gegeben, erst ab 1950 war der Tourismus mit voller Kraft zurückgekehrt. Gehobene Restaurants hatten sich angesiedelt, nach Sylt zu fahren war schick geworden, und immer mehr Immobilien waren als Ferienwohnsitze entstanden.

Heute, so erklärte der Band abschließend, kämen im Sommer im Durchschnitt hundertfünfzigtausend Gäste auf die Insel, jeder von ihnen sei willkommen.

»Ein schönes Buch«, sagte Marika, als sie zu Inge zurückkehrte. »Manchmal macht es ein wenig wehmütig. Die alten Zeiten sind vorbei. Aber ohne Tourismus ist eben auch nicht viel los.«

»Heute weiß man ja manchmal nicht, was den Leuten so alles gefällt. Ich habe gelesen, dass es in den USA ein Hotel gibt, das wird von Besuchern nur so überrannt, weil irgendein berühmter Rockstar dort eine Prostituierte umgebracht hat und ein anderer Selbstmord begangen hat.«

Marika lächelte und ließ routiniert ihren Blick über die Tische wandern, um zu sehen, ob einer der Gäste noch einen Wunsch hatte. Die junge Kellnerin war in die Küche geflohen und ließ sich nicht blicken.

»Wenn Meret wirklich ermordet wurde, dann kann Ihr Bruder ja auch über so etwas nachdenken. ›Das Mordhotel von Sylt‹. Klingt fast wie ein Krimititel.«

Inge war sich nicht sicher, ob sie es ernst meinte oder eher zynisch. »Offiziell gibt es keine Hinweise auf ein Verbrechen. Aber es wirft Fragen auf, warum Meret ausgerechnet am ersten Abend ihrer Rückkehr aus dem Fenster stürzt.«

»Sie glauben nicht an einen Unfall, stimmt's?« Marikas Stimme überschlug sich fast vor Aufregung. »Sie waren dort, nicht wahr? In der Nacht? Wie furchtbar! Nele hat mir erzählt, dass sie sich am Abend zuvor auch noch mit Meret gestritten hatte, völlig fertig war sie, das arme Ding. Meret hatte aber auch nie Glück.«

»Wie meinen Sie das?«

»Na, mit den Männern. Erst diese Sache mit Sönke und dann mit diesem Arzt aus Hannover, der den ganzen Sommer wegen ihr hier verbracht hat. Aber glücklich war sie damit nicht. Meret hat ganz recht gehabt.«

Inge horchte auf. »Womit?«

»Damit, dass sie nicht wollte, dass das Land ihrer Eltern für irgendwelchen Blödsinn benutzt wurde. Unsere Insel braucht ihre Traditionen, Dinge, die die Seele Sylts bewahren.« Marikas Blick wanderte zum Fenster. »Ständig kommt jemand mit irgendeinem neuen Einfall, der vor allem für die Schickimickis gedacht ist. Ob wir nun auf Sylt oder in Monte Carlo sind, das soll keinen Unterschied machen, aber wir sind nun mal hier, und die Touristen kommen hierher, weil es nur hier das echte Sylt gibt. Aber wenn das so weitergeht, dann haben wir bald mehr Disneyland als Nordsee.« Sie verzog die Mundwinkel und rieb sich über die Oberarme, als sei ihr kalt.

»Sie haben sich mit Meret unterhalten? Wann?«

»Als sie zum letzten Mal vorbeigeschaut hat. Da wollte sie Nele besuchen, aber die war an dem Tag nicht da. Wir haben ein bisschen gequatscht. Hat es auch nicht leicht gehabt, die Arme. Weiß nicht, ob sie wirklich zurückkommen wollte.«

»Wieso das?«

»Na, sie wirkte nicht, als ob sie sich auf all das hier gefreut hätte, sondern als sei sie gezwungen gewesen, zurückzukommen, als hätte es hier noch eine offene Rechnung gegeben.«

»Haben Sie eine Idee, um was es bei dieser offenen Rechnung gegangen sein könnte?«

Marika schüttelte den Kopf. »Nein, das war nur ein Gefühl. Aber sie sah nicht aus wie jemand, der froh ist, wieder hier zu sein.«

Damit war Meret nicht allein, dachte Inge, schwieg aber und rührte in ihrem Kaffee.

»Ihr Bruder Bo, das ist ein richtiger Kotzbrocken. Und Ole, den kenne ich ja, von Nele.«

»Ich dachte, die beiden seien nie ein Paar gewesen, weil Meret es verhindert hatte.«

»Stimmt, aber Kontakt hatten sie, und wenn Sie mich fragen, auch noch ein bisschen mehr. Die jungen Dinger in dem

Alter sind alle so verletzlich. Suchen nach der großen Liebe und merken gar nicht, dass sie sich dabei im Zweifel auch auf den Teufel einlassen, nur weil er ihnen schöne Augen macht.«

»Würden Sie Ole Knudsen als Teufel bezeichnen?«

Marika hob die Schultern. »Alle sagen ja immer, Bo sei der Schlimme, aber ich habe mal mitbekommen, wie Ole und seine Schwester sich gestritten haben, und ich sage Ihnen, mit diesem aalglatten Kerl ist nicht gut Kirschen essen.«

»Worum ging es in dem Streit?«

»Um das Land der Knudsens. Ole hatte schon einen Investor, der wollte alles kaufen und gleich ein Wellnesshotel draufstellen, es ging um Millionen. Aber Meret wollte nicht.«

»Wie hat Ole reagiert?«

»Meret war gerade hier zu Besuch. Er hat sie angerufen. Ich habe nicht alles verstanden, aber er sagte, nein, er schrie, dass er sie fertigmachen werde, wenn sie sich ihm in den Weg stelle. Das sei seine Chance, endlich etwas aus seinem Leben zu machen. Das werde er sich nicht von ihr vermiesen lassen. Sie habe genug Unheil angerichtet.«

Einen solchen Ausbruch traute Inge Ole Knudsen durchaus zu, doch auch das machte ihn nicht zum Mörder. Was aber, wenn der Mord an Meret nicht die Aktion eines einzelnen Täters gewesen war, sondern die Knudsen-Geschwister die Tat sogar gemeinsam begangen hatten?

Inge grübelte über diese Möglichkeit nach. Bo, Jule und Ole waren so verschieden, dass es schwer vorstellbar war, wie sie einen gemeinsamen Plan zur Beseitigung ihrer unliebsamen Schwester ersonnen, doch ein Motiv hatten sie alle drei. Da mochten sich auch unwahrscheinliche Allianzen bilden. Aber wer hatte Meret dann gestoßen? Bo war eine solche Gewalttat am ehesten zuzutrauen, doch dieser Eindruck konnte täuschen.

Ihre Gedanken drehten sich im Kreis. Sie brauchte mehr Hinweise. Wenn sie ganz ehrlich zu sich selbst war, waren die einzigen Gründe für ihre Nachforschungen immer noch nur vage Erinnerungen an jene Nacht und ein Bauchgefühl. Doch konnte sie sich darauf noch verlassen, sie, die Frau, die von sich selbst dachte, dass sie die Gesellschaft der Toten der der Lebenden vorzog?

»Könnte Meret Selbstmord begangen haben?«, überlegte Inge laut.

»Auf keinen Fall. Meret war eine Kämpferin, stur und vor allem zäh. Niemals hätte sie sich etwas angetan, das ist ausgeschlossen.«

Inge hatte nichts anderes erwartet. Die Version mit dem Unfall wurde immer unwahrscheinlicher, doch ohne einen konkreten Verdächtigen konnte sie keine Ermittlungen vorantreiben.

Immer wieder kehrten ihre Gedanken zur toten Anke Thießen und zu Merets Beobachtungen zurück. Auch Ankes Mörder lief noch frei herum.

Sie stöhnte auf. Die Schatten der Vergangenheit legten sich mit bleierner Schwere auf ihre Schultern und nahmen ihr den Atem. Es war lange her, dass sie so intensiv auf die Erinnerung reagiert hatte. Sie wartete angespannt, bis die Erregung nachließ und der Erschöpfung Platz machte.

Unendliche Müdigkeit überkam sie. Sie wünschte sich in ihr Zimmer, unter den Schutz ihrer Bettdecke. Jetzt hätte sie schlafen können, auch ohne Tabletten. Nur mit Mühe unterdrückte sie ein Gähnen.

Marika sah sie mitfühlend an. »Ich sage Ihnen, Ole konnte doch nichts Besseres passieren, als dass Meret nicht mehr ist«, sagte sie unvermittelt. »Seinen Bruder wird er schon zum Verkauf überreden, dass Bo nicht der Hellste ist, weiß ja jeder, und Julchen, die wird schon einlenken, wenn der große Bruder es verlangt, immerhin wird er sie ja am Geld beteiligen.«

»Hat er Meret auch Geld angeboten?«

»Ja, er sagte ihr, sie könne ja ihren Bio-Kram auf einem anderen Stück Land ausleben, weiter draußen. Aber das wollte Meret nicht.«

»Wie kam Ole damit zurecht?«

»Na, gar nicht. Zu einem wie Ole sagt man nicht Nein.« Marika neigte sich ein Stück vor. »Vor drei Jahren hat in der Saison ein Mädchen bei mir gearbeitet, Katharina, eine Bildhübsche, irgendwo aus dem Rheinland«, sagte sie mit gesenkter Stimme. »Eine Fröhliche war das, die hatte immer gute Laune. Ole war ganz vernarrt in sie, jeden Tag ist er bei ihr aufgetaucht, und irgendwann ist sie mitgegangen mit ihm. Alles hat er ihr versprochen, ein Haus, die Ehe, den ganzen Himmel.«

»Was wurde daraus?«

»Nichts. Katharina wollte nicht, die hatte einen Studienplatz. Medizin, glaube ich. Oder Jura. Wie auch immer.« Marika legte die Stirn kraus und lachte dann laut auf.

»Und was hat Ole getan?«

»Mit Rosen ist er aufgekreuzt, bekniet hat er sie und es Katharina wirklich schwer gemacht, aber ihr Entschluss stand fest. Einen Abend vor ihrer Abreise hat er sie nachts aus dem Bett geklingelt, völlig betrunken, und hat sie beschimpft. Eine billige Schlampe sei sie, und einen wie ihn hätte sie nicht verdient. Katharina hat ihm seinen Ring vor die Füße geschleudert und kein Wort mehr mit ihm gesprochen.« Gedankenverloren strich Marika über das Tischtuch, als wolle sie eine nicht vorhandene Falte ausbügeln. »Aber Ole hat noch nie Glück mit den Frauen gehabt, ganz gleich, wie viel Geld er hat oder wie geschniegelt er daherkommt.«

»Kennen Sie noch mehr Frauen, die mit Ole Knudsen eine Beziehung hatten?« Inge klang auch im Ruhestand noch wie eine Ermittlerin, nüchtern und eindringlich, stellte sie selbst fest. Marika war für einen Moment irritiert, sodass Inge hastig hinzufügte: »Ich meine, er ist doch eine gute Partie.«

Marika hob die Schultern. »Ich habe Meret auch danach gefragt. Sie sagte irgendetwas von einer unglücklichen Liebe, über die Ole nie hinweggekommen sei, aber sind wir doch mal ehrlich: Jeder von uns hat so etwas erlebt, und wir werden auch nicht ausfällig, wenn wir einen sitzen haben.« Wieder strich sie über das Tischtuch. »Ole ist es egal, was aus der Insel wird. Er sieht nur das Geld. Luxustourismus, das soll es sein und bleiben. Immer teurer, immer exklusiver, immer abgehobener. Nur noch für die reiche Klientel, denn die bringt das meiste Geld. Aber was ist dann mit uns, den Einheimischen, die wir das ganze Jahr hier leben? Wo ist dann noch für uns Platz? Oder für ein Café wie dieses? Wenn jemand stirbt, dann ist Ole gleich zur Stelle und macht ein gutes Angebot. Die Unterschrift ist noch nicht trocken, da kommen die Abrissbagger, und ein paar Monate später steht da ein Bungalow oder gleich eine Villa, die er dann für viel Geld wieder verkauft. Die Liste der Menschen, die gern ein Ferienhaus hätten, ist lang. Das Land ist es, das knapp wird. Aber die Jungen, die wollen oft nicht bleiben. Im Sommer ist ja noch etwas los, aber eben auch nur der Touristenkram.«

Inge schmunzelte, während sie an ihrem Kaffee nippte. Nirgendwo war die Dichte an wohlhabenden Urlaubern und Prominenten so groß wie in Kampen, sodass auch Marika sicher von der reichen Klientel profitierte und es deshalb einfach hatte, sich über die Veränderungen zu beklagen. Doch Marika war mit ihrer Einstellung nicht allein. Auf die eine oder andere Weise profitierte jeder vom Tourismus, aber es gehörte auch dazu, sich um Sylts einzigartigen Charakter zu sorgen, der vielleicht bald zwischen all den hippen Cafés und schicken Restaurants verschwand.

Ein Mann tauchte an der Tür auf, eine Schirmmütze auf dem Kopf.

»Oh, da kommt mein Grünkohl«, sagte Marika, stand auf und verschwand in der Küche.

Inges Blick fiel auf ein Plakat, das neben der Theke hing. Dort wurde auf das Biikebrennen hingewiesen, das morgen wie jedes Jahr Ende Februar stattfinden sollte. Inge nahm sich vor, Jannis nach den Vorbereitungen zu fragen. In allen Restaurants und Cafés gab es an diesem Tag Grünkohl mit Mettwurst, während am Strand Feuer angezündet wurden, die Biiken. Früher hatte man so die Walfänger verabschiedet, die für den Sommer auf das Meer hinausgezogen waren, und auch gleich frühzeitig Abschied vom Winter genommen. Heute war das Biikebrennen vor allem ein Touristenspektakel, das mit viel Glühwein begossen wurde. Inge versuchte sich zu erinnern, wann sie zuletzt dabei gewesen war, doch es fiel ihr nicht ein.

Sie griff nach ihrer Tasche, zog ihr Portemonnaie hervor und legte einen Geldschein auf den Tisch. Keiner ihrer zahlreichen Gedankengänge mündete in eine annehmbare Theorie zu Merets Tod oder Ermordung, auch wenn ihr ihr Gefühl sagte, dass sie dem Geheimnis um jene Nacht im »Blanke Hans« ein Stück näher gekommen war.

Während Inge zum Auto zurückging, fragte sie sich, ob ihr Leben anders verlaufen wäre, wenn sie Sylt nicht verlassen hätte. Wäre sie dann heute eine glückliche Mutter und Großmutter?

So ein Blödsinn, schalt sie sich selbst. Jannis ist geblieben und hat auch keine Familie. Für manche ist es eben nicht vorgesehen.

Der Kreis der Menschen, die für ihr Leben von Bedeutung waren, war in den vergangenen Jahren immer kleiner geworden. Viele waren gestorben, zu anderen war der Kontakt abgebrochen. Nach Maltes Tod hatte sich Inge zurückgezogen, hatte die mitleidigen Blicke und das Getuschel nicht ertragen und diese selbst gewählte Isolation auch später nicht mehr verlassen.

Zu den Kollegen bei der Polizei hatte sie in ihrer aktiven Zeit ein gutes Verhältnis gehabt. Inzwischen hatte sie sich an das Alleinsein gewöhnt, so dachte sie zumindest. Niemand redete ihr rein, niemand störte ihre Pläne. Sie empfand das als angenehm und sagte das auch. Aber als Jannis ihr eines Tages bei einem ihrer eher seltenen Telefonate angeboten hatte, zu ihm zu kommen und ihm bei der Führung des Hotels zu helfen, hatte sie keine Sekunde gezögert.

Sie hatte den Kastenwagen erreicht und rieb sich die klammen Hände, bevor sie den Motor startete. Er heulte auf, weil ihre durchgefrorenen Zehen ihr den Gehorsam versagten, dann fuhr Inge zurück in Richtung Leuchtturm.

In ihrem Kopf versuchte sie, die beiden Fälle um Anke und Meret getrennt voneinander zu betrachten, doch seit sie in den Unterlagen zu Anke Thießen Merets Namen gelesen hatte, suchte sie fieberhaft nach weiteren Verbindungen.

Es war gerade früher Nachmittag, doch die Sonne sank im Westen bereits und tauchte die Insel in ein eigenartig wehmütiges Vorabendlicht. Als Inge in der Ferne den hoch aufragenden

Leuchtturm ausmachte, regte sich in ihr ein überraschendes Gefühl der Freude über diesen vertrauten Anblick.

Sylt war ein besonderer Ort. Niemand, der hierherkam, konnte sich seinem Zauber entziehen, der Landschaft, dem Licht, der anregenden Luft. Doch das war nicht alles, was an dieser Insel liebenswert war, nicht nur für die Touristen. Die Freundlichkeit der Menschen zum Beispiel hatte Inge in Düsseldorf vermisst. Dort war es nicht selbstverständlich, überall mit einem Lächeln begrüßt zu werden. Die Hektik der Großstädte fehlte Sylt ebenso wie die Tristesse der Vorstädte, dafür gab es das Meer und die Schilffelder, die sich im Wind neigten, begleitet vom Geschrei der Möwen.

Inge dachte an ihre Mutter, der es wie ihrer Großmutter nie in den Sinn gekommen wäre, Sylt zu verlassen. Dazu hatte es keinen Grund gegeben. Man heiratete einen Einheimischen, und dann richtete man sich eben ein. Aus den Bauern, Fischern und Walfängern wurden Inhaber von Pensionen und Restaurants, sie verliehen Surfbretter oder vermittelten Kutschfahrten, andere boten Ferienwohnungen oder Massagen an. Kunst und Mode kamen auch immer gut.

Nur einen Mord, den darf es nicht geben, dachte Inge.

Müde massierte sie sich die Schläfen. Jannis würde sich sicher schon fragen, wo sie steckte. Vermutlich würde er ihr bald Vorwürfe machen, weil sie sich lieber mit den Ermittlungen zu Merets Tod befasste als mit ihren Aufgaben im Hotel, doch das konnte sie nicht ändern. Immerhin kam es auch ihm zugute, wenn die Sache endlich aufgeklärt wurde, bevor sich die Gerüchte überschlugen.

Wenn sie doch nur wenigstens eine Spur hätte. Sönke Wehrheim und die Knudsen-Geschwister, das waren ihre Favoriten. Warum hatte sie die Chance nicht genutzt und Marika oder Nele gefragt, ob Meret einen Freund gehabt hatte? Schließlich war es möglich, dass der Täter gar nicht von der Insel stammte. Doch dann musste er sich in einem Hotel oder in einer Ferienwohnung aufhalten.

Inges Erschöpfung schlug in Niedergeschlagenheit um. Sie

beschloss, sich bis zum Abend noch etwas hinzulegen, auch auf die Gefahr hin, dass sie in der Nacht nicht schlafen können würde.

Vielleicht ist es die Seeluft, überlegte sie und drehte das quäkende Radio ab. Schwerfällig lenkte sie den Wagen auf den Parkplatz vor dem »Blanke Hans«, stieg aus, ging hinein und legte den Schlüssel auf den Schreibtisch an der Rezeption. Ihr Blick fiel auf einen Zettel mit ihrem Namen. Eine Nummer war mit krakeliger Schrift darauf notiert, darunter ein weiterer Name.

»Sinje Wehrheim«, las Inge. »Bitte zurückrufen.«

Sofort war sie elektrisiert. Darauf hatte sie gehofft. Sie nahm den Zettel, schlich zum Büro und tippte mit zitternden Fingern die Nummer ins Telefon ein.

Niemand nahm ab. Hatte Sinje Wehrheim der Mut verlassen? Inge war sich sicher, dass sie das eine oder andere Detail beizusteuern hätte, immerhin hatte Sinje seit Jahren geschwiegen, doch nun war Meret tot. Wer konnte ihr da verdenken, dass sie reden wollte?

Nachdenklich drehte Inge den Zettel in den Händen. Ihr blieb nichts anderes übrig, als abzuwarten. Sie ließ sich in Jannis' Stuhl zurücksinken und dachte nach. Sie versuchte sich vorzustellen, wie das mit Sönke und Meret abgelaufen war. Hatte er sie verführt, das junge Mädchen mit vorsichtigen Annäherungsversuchen gefügig gemacht? Oder war es von Meret ausgegangen? Was hatte sie sich von der Liaison mit ihm erhofft?

Merets Notizbücher kamen ihr in den Sinn, jene, die Bo am Morgen so eilig mit ihren übrigen Sachen verbrannt hatte. Waren darin Bilder oder Aufzeichnungen gewesen, die niemand hatte sehen sollen?

Inges Lider wurden schwer, und sie bekam Kopfschmerzen vom Nachdenken. Zu gern hätte sie mit jemandem gesprochen, ihre Erkenntnisse ausgebreitet, nach einer Lösung gesucht. Fast dachte sie daran, Piet anzurufen, ließ es dann aber doch. Sie hatte nicht genug, um ihn von einem möglichen Verbrechen zu überzeugen, und das konnte leicht zum Bumerang werden.

Ihr Blick wanderte über den Schreibtisch, auf dem sich Rechnungen, Belege und andere Unterlagen stapelten. Alles wirkte reichlich chaotisch. Gab es denn niemanden, der ihrem Bruder bei der Buchhaltung half?

Diese Aufgabe wird dann vermutlich mir zufallen, sagte sie sich und hob wahllos einen der Papierstapel an. Ein Umschlag mit dem unverwechselbar strengen Druckbild des Husumer Finanzamts flatterte heraus.

Sie las den Betreff: »Letzte Erinnerung vor der Verhängung von Zwangsgeld«.

Verwundert faltete Inge den Brief auf. Das Finanzamt hatte Jannis Anfang Januar eine Frist von vier Wochen gesetzt, um säumige Steuern aus den Vorjahren zu zahlen. Seit wann ließ er diese Dinge schleifen? Das passte nicht zu ihm.

Inge steckte den Brief wieder unter den Stapel und beschloss, ihren Bruder bei Gelegenheit danach zu fragen.

Sie schob den Stuhl zurück und stieß sich das Knie an einer offen stehenden Schublade. Sie hatte sich in der Schiene verhakt, sodass Inge sich bücken musste, um sie zu schließen. Sie war vollgestopft mit Fotos. Inge ging in die Hocke und nahm eine Handvoll Bilder heraus. Sie stammten aus unterschiedlichen Zeiten.

Das erste zeigte sie mit Jannis und ihrer Mutter am Strand. Ihre Mutter lächelte schüchtern, während Jannis und sie strahlend danebenstanden. Inge wusste nichts mehr von diesem Tag, doch die Aufnahme erzählte von einer glücklichen Begebenheit.

Bei Fragen nach ihrer Kindheit stellte Inge immer wieder fest, dass sie sich an sehr wenig erinnerte. Nur vereinzelte Ereignisse standen ihr noch im Gedächtnis, etwa wie sie mit dem Fahrrad gegen den Zaun gefahren war und sich das Knie aufgeschlagen hatte. Ihrer Mutter war die Wunde ganz egal gewesen. Sie hatte sich mehr für die zerrissene Strumpfhose interessiert, die nur sehr teuer zu bekommen gewesen war. Seither hegte Inge eine tiefe Abscheu gegen Nylonstrümpfe.

Woher mochte Jannis dieses Foto haben? Stammte es aus

dem Nachlass ihrer Mutter? Inge wühlte oberflächlich in der Schublade herum.

Mit sechzehn hatte Jannis eine Leica bekommen und sich aufs Fotografieren verlegt. Unzählige Aufnahmen vom Watt, von den Dünen, dem Leuchtturm und dem Meer in allen Stimmungen und Farben. Beinahe wirkte es, als habe er versucht, die Seele der Insel, ihr innerstes Wesen, einzufangen, und doch immer nur einen Zipfel erwischt. Die Belichtung der Kamera war charakteristisch und unverwechselbar.

Andere Bilder zeigten Männer am Hafen, die Touristenboote, den Zug und Friesenhöfe.

Neugierig nahm Inge einige zur Hand und betrachtete sie. Sie hatte nicht gewusst, dass Jannis auch später noch so eifrig fotografiert hatte. Manche Gesichter kannte sie, Einheimische und Nachbarn. Sie alterten oder wurden jünger, je nachdem in welcher Reihenfolge die Fotos in dem Stapel lagen.

Auch von Jannis waren Aufnahmen dabei, vermutlich aufgenommen von Freunden. Sie zeigten ihn als jungen Erwachsenen beim Zelten zwischen den Dünen und als Rettungsschwimmer sowie das »Blanke Hans« vor dem Umbau, Aufnahmen von Westerland und von List.

In ihrer Abwesenheit hatte ihr Bruder ein ganzes Leben gelebt, kein großes, aber ein Leben – und jetzt gab es nur noch sie beide. Aber warum weihte er sie dann nicht in seine Probleme ein?

In den vergangenen Jahrzehnten hatten sie kaum Kontakt gehabt. Vermutlich brauchte es Zeit, um einander wieder anzunähern. Und diese Zeit hatten sie, viel Zeit. Mehr Zeit, als sie mit Hoffnung füllen konnte. Ob es Jannis genauso ging? Er war ein Fremder für sie.

Bei einem der Fotos durchfuhr es Inge wie ein Stromschlag. Es zeigte Jugendliche am Strand. Es war in der Abenddämmerung aufgenommen, die Flammen eines Lagerfeuers erhellten die Szene. Das Blitzlicht beleuchtete die Gesichter zweier junger Frauen. Inge kannte beide. Es handelte sich um Nele und Meret im Alter von etwa vierzehn oder fünfzehn Jahren. Die beiden hatten die Köpfe aneinandergelegt, in Neles Mund glänzte das Metall einer Zahnspange.

Merets Gesicht war von einer herabfallenden Haarsträhne halb verdeckt. In ihrem zu einem spöttischen Lächeln verzogenen Mundwinkel steckte etwas, das auf den ersten Blick wie eine Zigarette aussah.

Täuschte Inge sich, oder rauchte Meret einen Joint? Wie gut mussten Jannis und sie sich gekannt haben, dass sie sich dabei von ihm hatte fotografieren lassen?

Inge wühlte sich durch die übrigen Bilder, um zu sehen, ob es noch mehr von jenem Abend am Strand gab, doch es war das einzige. Wieso hatte Jannis es all die Jahre aufgehoben?

Inge ließ es in ihrer Jackentasche verschwinden. Sie konnte Jannis nicht darauf ansprechen, ohne dass er glauben würde, sie hätte in seinen Sachen herumgewühlt. Er hielt sie ohnehin schon für verrückt. Sie musste einen anderen Weg finden, um herauszufinden, wie es zu diesem Foto gekommen war.

Erneut betrachtete sie die Bilder in ihrer Hand. Alle wiesen im oberen rechten Drittel einen Fleck auf, vermutlich von einer Verschmutzung der Linse oder einer Beschädigung. Sie durchsuchte die anderen aus Jannis' Fundus, um ganz sicherzugehen. Alle Aufnahmen mit diesem Fleck stammten von seiner alten Leica.

Inge packte die restlichen Fotos wieder in die Schublade und schloss sie. Der Kopfschmerz meldete sich pünktlich zurück. Vor dem Fenster schwand das Licht des kurzen Februartages. Erschöpft ging sie auf ihr Zimmer, wo sie innerhalb von Minuten tief einschlief, obwohl draußen erst die Dämmerung von den Dünen aus über die Insel kroch und den frühen Winterabend einläutete.

Abschiedsfeuer

Als Inge aufwachte, war es draußen noch dunkel und still. Sie starrte zur Decke und wartete auf den Lichtkegel des Leuchtturms. Da ist es, das Alter, dachte sie. Früh zu Bett und früh aus den Federn. Bis zum Frühstück war es sicher noch eine Weile hin, doch sie wusste, dass sie nicht mehr schlafen können würde.

Ein Geräusch ließ sie zusammenfahren. Es kam von der Hofseite, ein Scharren und Schaben, als verrücke jemand Möbel. Inges Blick wanderte zum Fenster. Fast glaubte sie, in eine Zeitschleife geraten zu sein. In jenem seltsamen Zustand zwischen Schlafen und Wachen bemerkte sie, dass in dem Fenster auf der anderen Seite des Hofes Licht brannte. Jemand ging in Merets Zimmer auf und ab, gestikulierte wild, doch ohne Brille hatte sie keine Chance zu erkennen, um wen es sich handelte. Blind tastete sie danach und fluchte leise, als sie sie nicht gleich fand.

Als sie endlich das Gestell auf der Nase trug, war es in Merets Zimmer wieder dunkel geworden. Wer auch immer sich dort aufgehalten hatte, war verschwunden.

War die Person überhaupt da gewesen? Inge war sich nicht sicher, immerhin war sie gerade erst aufgewacht, und sie konnte sich auch geirrt haben. Traum und Realität hatten sich noch eine Weile überlagert. Aber konnte das solche Täuschungen hervorrufen?

Inge starrte zu dem schwarzen Fenster auf der anderen Hofseite. Sie wusste, dass ihr die Zeit davonlief.

Zerschlagen rieb sie sich die Augen, zog sich an und ging nach unten. Es roch bereits nach Kaffee und Rührei. Rieke hantierte in der Küche, und ihr Bruder saß mit der Sylter Rundschau am Tisch.

»Guten Morgen«, begrüßte Inge ihn. Jannis brummte etwas Unverständliches.

»Ich brauche den Grünkohl vor zehn, sonst wird das nichts

mehr mit dem Eintopf. Ich mache Kasseler, das muss man nicht braten!«, rief Rieke aus der Küche.

»Was kann ich vorbereiten?«, fragte Inge, der das heutige Biikebrennen wieder in das Gedächtnis kam.

Jannis hob eine Augenbraue, las aber weiter seine Zeitung.

Einen Moment wartete Inge, dann sagte sie: »Hör mal, ich weiß, dass ich in den letzten Tagen viel unterwegs war und dir im Hotel nicht geholfen habe. Aber noch ist ja keine Saison, und du verstehst doch sicher, dass mich die Sache mit Meret beschäftigt.«

Nun hob Jannis beide Augenbrauen und löste sich aus seiner Lektüre. »Dich beschäftigt immer irgendetwas. Nur nicht das, was anderen Menschen um dich herum wichtig ist.«

»Es tut mir leid, Jannis, aber warum muss auch ausgerechnet an meinem ersten Abend ein Mord –«

Ein lauter Knall ließ sie zusammenfahren. Jannis hatte mit der flachen Hand auf den Tisch geschlagen, sein Gesicht war wutverzerrt.

»Schluss mit diesem Unsinn, Inge! Wenn du nicht aufhörst, überall zu erzählen, jemand hätte Meret umgebracht, dann werden wir die nächste Saison gar nicht erst erleben! Möchtest du mich ruinieren? Wer will schon in einem Hotel übernachten, in dem jemand ermordet wurde – von einem Unbekannten, vermutlich einem Einheimischen?«

»Du glaubst, es war jemand von hier?«

Jannis' Teint wechselte von Rot zu blassem Weiß. Gepresst stieß er hervor: »Ich glaube, was die Polizei gesagt hat. Es war ein Unfall, ein beschissener Unfall, ausgerechnet im ›Blanke Hans‹. Sogar nach ihrem Tod muss Meret noch für Ärger sorgen.«

Inge musterte ihn. »Welchen Ärger hat sie denn vorher gemacht? Sie war ja gerade mal einen halben Tag lang da, und du hast sie doch eingestellt.«

Jannis schnaubte und schob ihr die Rundschau hin. »Morgen ist die Beerdigung. Ich hoffe, dass dann auch mit deinen überspannten Phantasien Schluss ist. Was ist los mit dir? Hast du zu viele Inselkrimis gelesen? Warum muss bei dir immer gleich alles ein Mord sein? Bei dieser Thießen hast du so getan, als liefe ein Serienkiller herum. Das stand sogar in der Zeitung. Solltest du dich als Polizistin nicht auf Beweise verlassen anstatt auf Mutmaßungen?«

Inge funkelte ihn an. »Willst du mir jetzt erklären, wie man einen Mord aufklärt?«

»Du kannst nichts aufklären, wo nichts ist, du jagst einem Gespenst nach. Bist du hierhergekommen, um alles durcheinanderzubringen? Wer sollte Meret denn ermorden – und dann auch noch hier? Das ist doch völlig absurd. Jeder weiß, dass sie ein bisschen verrückt war, getrunken hatte sie auch an dem Abend, das hat ihre Freundin Nele doch bestätigt. Warum lässt du die Sache nicht einfach gut sein? Immerhin will man aus Flensburg niemanden hierherschicken, die Leiche haben sie freigegeben, und Piet mischt sich auch schon wieder ein. Wann hörst du damit auf?« Er ballte die Fäuste, löste sie dann wieder und zwang sich ganz offensichtlich zu einem Lächeln. »Hör zu, Inge. Es tut mir leid, dass ich dich angeschrien habe.«

Er sah so zerknirscht aus, dass Inge beinahe geneigt war, ihm zu glauben. Sie dachte an die Briefe vom Finanzamt, die sie in seinem Büro gefunden hatte. Wann hatte Jannis vor, sie in seine finanziellen Probleme einzuweihen? Ihn darauf anzusprechen wäre zwecklos gewesen. Er würde ihr übel nehmen, dass sie in seinen Sachen gestöbert hatte, und sich noch mehr in sich selbst zurückziehen. So gut kannte Inge ihren Bruder.

»Ich habe einfach gehofft, du hilfst mir mit dem Hotel, so wie es vereinbart war, und spielst nicht Inselkommissarin. Die Leute reden schon. Sie sagen, du steckst deine Nase in lauter Dinge, die dich nichts angehen. Du weißt doch, wie das ist. Lass ihnen Zeit, sich wieder an dich zu gewöhnen, bevor du ihnen Verbrechen anhängst. Dann ist es später nicht so schwer, sich zu entschuldigen, wenn du falschlagst.«

»Ich liege aber nicht falsch«, fauchte Inge.

Jannis blieb einen Moment lang stumm. Dann griff er nach der Zeitung und tippte auf eine Todesanzeige. Sie war für Meret, vermutlich in Auftrag gegeben von ihrer Familie. Die Anzeige war groß.

»›In der Welt habt ihr Angst, aber seid getrost, ich habe die Welt überwunden‹«, las Inge laut. Darunter fanden sich die Namen der Geschwister und der Kinder von Bo Knudsen. »Mmh. ›Die Welt überwunden‹? Ein seltsamer Nachruf.«

Jannis verdrehte die Augen. »Schon wieder ein Hinweis, hm? Die Knudsens waren es, alle drei. Das denkst du doch, nicht wahr? Bo Knudsen hat mir erzählt, dass du auf seinem Hof herumschnüffelst und seiner Frau lauter Flöhe ins Ohr setzt. Du weißt schon, dass er mein Lieferant ist, oder?«

Wie elektrisiert fuhr Inge in die Höhe. »Bo Knudsen geht bei dir regelmäßig ein und aus, und das sagst du mir erst jetzt?«

»Ja, weil ich genau diese Reaktion vermeiden wollte. Du konstruierst Zusammenhänge, wo es gar keine gibt. Ich verstehe ja, dass man das nie so ganz ablegt, aber Inge, du bist jetzt im Ruhestand. Genieße das friedliche Inselleben, bei uns gibt es keine Bandenkriminalität, kein Rotlicht und all die anderen Themen, mit denen du in Düsseldorf konfrontiert warst. Kannst du denn nicht einfach loslassen und dich mit Dingen beschäftigen, die Frauen in deinem Alter eben so tun?«

»Du meinst stricken? Kuchen backen? Kaffeeklatsch? Nein danke!«

Jannis lachte. »Was genau ist so schlimm daran? Kannst du nicht akzeptieren, dass du älter wirst?«

Inge senkte den Blick. Sie kämpfte mit den Tränen. Warum musste Jannis genau in dieser Wunde rühren? Ahnte er etwa, wie sehr ihr das Altern zu schaffen machte?

»Die Beerdigung ist morgen«, sagte Jannis beim Rausgehen.

Inge las noch einmal die Anzeige. Dort stand es: Eine kleine Feier sollte es geben, von Beileidskarten bat die Familie abzusehen.

»Natürlich«, flüsterte Inge. »Wäre sonst zu schwer, euer Schmierentheater aufrechtzuerhalten, nicht wahr? Aber ich komme euch schon noch auf die Schliche, wartet nur ab!«

Der Tag verging in hektischer Betriebsamkeit. Die Vorbereitungen für das Biikebrennen nahmen jede Hand in Anspruch. Bis zum Abend mussten draußen Tische für den Glühwein und das Essen aufgestellt werden, Feuerholz musste am Strand aufgeschichtet und von der Feuerwehr abgenommen werden. Inge war so beschäftigt, dass sie kaum Zeit hatte, über Merets Tod nachzudenken. Gemeinsam mit Rieke und Jannis putzte sie sorgfältig und dekorierte im Anschluss den Außenbereich mit Lichtern und Fackeln.

Als die Dunkelheit hereinbrach, war der Strand mit unzähligen Fackeln erhellt, und der Haufen für das Biikefeuer ragte hoch in den Himmel. Es versprach, eine klare und kalte Winternacht zu werden.

Inge spürte ein Gefühl in sich, das sie schon lange nicht mehr empfunden hatte: eine Mischung aus Vorfreude und Heimatliebe. Sie erinnerte sich daran, wie sie und Jannis als Kinder um das Feuer herumgesprungen waren, um den Winter zu vertreiben, viel zu früh, doch man konnte eben nicht früh genug damit anfangen.

Damals war das Biikebrennen eine rein einheimische Tradition gewesen, heute aber füllte sich der Strand bald mit Inselgästen. Sie trugen wetterfeste Kleidung und hielten Fackeln in der Hand. In großen Gruppen kamen sie über den Deich. Die Kinder liefen aufgeregt umher, die Erwachsenen taten sich an den alkoholischen Getränken gütlich. Besonders der Glühwein erfreute sich aufgrund der kalten Temperaturen großer Beliebtheit. Inge und Rieke hatten alle Hände voll zu tun.

»Hier«, sagte Inge lächelnd zu einem kleinen Jungen mit blau gefrorener Nase. »Eine Fackel für dich. Wenn du sie in das Feuer wirfst und sie nicht ausgeht, darfst du dir etwas wünschen. Aber niemandem den Wunsch verraten, sonst geht er nicht in Erfüllung.«

Der Junge starrte sie mit großen Augen an und rannte zurück zu seiner Mutter.

Rieke, die neben Inge stand und mit geröteten Wangen den Grünkohl umrührte, der doch noch rechtzeitig fertig geworden war, schien zu spüren, was in ihr vorging. »Weißt du, was meine Mutter immer über das Biikefeuer gesagt hat?«

»Nein, was denn?«

»Sie hat gesagt, mit den Feuern hätten die Frauen auf den Inseln den dänischen Männern gezeigt, dass sie jetzt allein sind und Besuch empfangen können.« Rieke lachte schallend, und auch Inge fiel ein.

Geschichten wie diese gab es zu Hunderten. Wenn die Männer zur See gefahren waren, waren die Frauen oft monatelang allein zurückgeblieben, häufig lange Zeit abgeschnitten vom Festland. Wenn dann ein Fremder auf die Insel gekommen war, konnte es schon sein, dass ihm Avancen gemacht wurden. Immerhin waren auch die Männer in der Fremde vermutlich eher keine Kinder von Traurigkeit gewesen.

»So viel Sehnsucht.« Inge ließ ihren Blick über den erleuchteten Strand wandern, auf dem Einheimische und Touristen dicht gedrängt standen. Auch die benachbarten Restaurants und Hotels hatten Stände aufgebaut, an denen sie Alkohol verkauften und Grünkohl vorbereiteten.

Rieke stemmte die Hände in die Hüften. »Guck nur, die haben Mettwürste«, sagte sie und wies mit dem Kinn zum benachbarten Stand. »Ich habe Jannis schon hundertmal gesagt, dass die besser gehen als das olle Kassler.«

»Ich bin sicher, wir werden nichts übrig haben bei diesen Menschenmassen. Ich hätte nie gedacht, dass so viele zum Biikebrennen kommen würden«, erwiderte Inge.

»Ja, das ist in den letzten Jahren immer mehr geworden. Für die von der Insel, die woanders wohnen, ist dieser Tag fast wichtiger als Weihnachten. Sie kommen alle, um die Feuer anzuzünden, und die Touristen lieben es. Für uns bedeutet es, dass wir auch außerhalb der Saison ein gutes Geschäft machen.«

Inge beobachtete ihren Bruder, der mit einer Kamera vor dem »Blanke Hans« stand und fotografierte. Sie dachte an die Fotos in seiner Schublade und nahm sich vor, mehr Zeit mit ihm zu verbringen. Vielleicht hatte Jannis recht. Sie sollte sich freuen, zurückgekommen zu sein, und nicht gleich wieder einen Mörder jagen. Doch da war auch noch Meret. Wer würde ihr Gerechtigkeit verschaffen? Ihre Geschwister ganz sicher nicht, so viel stand fest.

»Moin moin«, tönte es neben ihr.

Piet stand grinsend da. Am liebsten hätte Inge ihm sofort eine Menge Fragen gestellt, zu Meret und auch zu Anke, doch sie ließ es. Wenn sie wollte, dass Piet auf ihrer Seite war, musste sie Geduld haben und ihn mit Beweisen überzeugen. Andernfalls würde er sich gegen sie stellen und sie nicht unterstützen.

»Ihr wart aber fleißig.« Piet schnupperte genießerisch in Richtung des riesigen Grünkohltopfs. »Nirgendwo riecht es so gut wie bei euch.«

Rieke schien zufrieden. »Das will ich auch hoffen. Immerhin waren wir eines der ersten Hotels mit diesem Angebot für die Touristen. Die anderen haben es doch nur nachgemacht.«

Bevor jemand darauf antworten konnte, ertönte eine tiefe, dröhnende Stimme vom Strand her. Ein Mann, der im Getümmel nicht auszumachen war, hielt eine Ansprache. Zwar gab es ein Mikrofon, doch die Übertragung war schlecht, sodass Inge kaum ein Wort verstand. Stattdessen betrachtete sie die Gesichter um sich herum. Sie wirkten gelöst, hoffnungsvoll. Jetzt, in der Dunkelheit, in der Kälte, im Angesicht der eisigen See und der finsteren Nacht, kamen sie zusammen – Fremde, Freunde und Familien – und taten etwas, das der Menschheit vermutlich seit Jahrtausenden eigen und überlebenswichtig war: Sie wärmten sich am Feuer.

Die friesische Nationalhymne »De âlde Friezen« wurde angestimmt, laut und klar hallten die Töne des Akkordeons über den Strand, begleitet vom Chor der Einheimischen. Nur sie beherrschten die Strophen, die Gäste hörten mit glänzenden Augen zu. Dann flog die erste Fackel ins Feuer, und alle klatschten.

Bald brannte der riesige Haufen aus Reisig, Holz- und Gartenabfällen lichterloh. Die Leute standen dicht an dicht und übergaben mit den Fackeln auch all ihre Hoffnungen und

Ängste an das Feuer, an seine reinigende und wärmende Kraft. Ein Gefühl des Miteinanders lag in der Luft, das Inges Herz erwärmte.

Die Menschen sind nicht alle schlecht, dachte sie. Fremde kommen hier zusammen und begehen ein so altes Ritual. Eigentlich wollen wir doch miteinander auskommen.

Doch ihr Instinkt ließ sich nicht ausschalten. Im nächsten Moment sah sie sich um und überlegte, wie viele Mörder, Frauenschläger, Vergewaltiger und Diebe wohl hier waren und wie viele von ihnen niemals gefasst werden würden. Vielleicht waren Ankes und Merets Mörder ebenfalls unter ihnen, jetzt, in dieser Sekunde. Vielleicht sah sie ihnen sogar direkt in die Augen und erkannte sie doch nicht.

Das wärmende Gefühl in ihr erstarb, zurück blieb die kalte Bitterkeit der ehemaligen Polizistin. Menschen waren schlecht und schwach und taten einander die schrecklichsten Dinge an, nur um am nächsten Tag zur Arbeit zu gehen, als sei nichts gewesen. Gewalt, das war es, was ihnen eingeschrieben war, der ewige Kampf um den eigenen Vorteil, auch wenn es schon längst nicht mehr um ein Stück Jagdwild und den Platz am Feuer ging, sondern um Immobilien, Liebhaber oder andere Dinge, um die es sich zu streiten lohnte.

»Mord mag verboten sein, doch er wird nie verschwinden. Die Menschen werden immer Gründe finden, einander umzubringen, auch wenn in naher Zukunft niemand mehr Hunger leidet oder von Krankheit bedroht ist«, hatte jüngst ein Professor für Strafrecht im Fernsehen gesagt.

Inge kam nicht umhin, ihm recht zu geben. Warum glaubte man also ausgerechnet auf Sylt, hier geschähen keine Verbrechen?

Sie wickelte sich ihren Schal fester um. »Ich drehe mal eine kurze Runde, ich bin zurück, bevor der große Ansturm kommt«, sagte sie zu Rieke, wandte sich ab und folgte dem Strand in Richtung Norden. Das Gedränge wurde weniger. Bald war sie bis auf vereinzelt vorbeigehende Gruppen die Einzige am Strand.

Der Mond hing bleich über ihr am Himmel, beinahe rund war er und wunderschön. Inges Blick strich über den Deich, und fast glaubte sie, ihn hören zu können, den Schimmelreiter, wie er auf dem Deich entlangpreschte und die Menschen antrieb, schneller zu arbeiten.

Hieß es nicht auch bei ihm, er habe ein Kind in den Deich einmauern lassen?

Inge schauderte. Zu allen Zeiten hatte Gewalt das Verhältnis der Menschen geprägt, doch heute gab es immerhin bessere Methoden, ein Verbrechen aufzuklären.

»Sofern es Hinweise gibt«, brummte sie und schritt schneller aus.

Als sie das nächste Biikefeuer erreichte, wurde auch dort gerade die friesische Hymne gesungen. Inge blieb stehen und sang die Strophen, die sie noch beherrschte, leise mit.

Der viele Kaffee am Nachmittag machte sich bemerkbar. Sie suchte eine Toilette auf. An diesem Strandabschnitt gab es zahlreiche Hotels, einige von ihnen nobel und anspruchsvoll, doch heute standen sie allen offen.

Inge entschied sich für das nächstgelegene, einen Neubau. Sie ging durch die lässig gestaltete Eingangshalle, der man wohl einen Hauch von Surfparadies hatte verleihen wollen. Sand war aufgeschichtet, Surfbretter standen herum, und alles wirkte bemüht jugendlich. Neugierig sah sich Inge um. Die Toiletten waren ebenfalls bestens ausgestattet, aber auch sehr schlicht. Zu gern hätte sie gewusst, was eine Nacht in so einem Hotel kostete.

Nachdem sie sich die Hände gewaschen hatte, überlegte sie, ob sie zurückgehen oder sich noch weiter umschauen sollte. Vom Ende des Ganges waren laute Gespräche zu hören. Dort lag gewiss die Küche, dachte Inge und wandte sich den Stimmen zu.

Ein Koch und seine Küchenhilfen wirbelten in dem vor Edelstahl glänzenden Raum umher. Der Koch stammte offenbar nicht aus der Gegend und sprach ein Deutsch, wie Inge durch die angelehnte Tür feststellen konnte, das eher nach Süddeutschland, vielleicht Bayern, klang. Er rührte stetig in einem Topf Grünkohl herum, streute Salz und Pfeffer hinein, kostete einen Löffel voll und verzog das Gesicht.

»Schmeckt nicht«, urteilte er und raufte sich das Haar. »Ich hasse Kohl!«, schrie er. »Warum müssen wir Kohl kochen? Jeder kocht Kohl. Bei uns zu Hause gibt es Kraut und Weißwurscht, und wir machen ein riesiges Geschäft.«

Inge musste lachen und machte sich so bemerkbar. »Entschuldigung«, sagte sie. »Ich kann helfen. Ich komme von drüben, vom ›Blanke Hans‹.«

Die Augen des Kochs wurden schmal. Feindseligkeit und Abwehr lagen in ihnen. »Wir brauchen keine Hilfe«, sagte er hart und drückte gegen die Tür, um sie wieder zu schließen. Dahinter tobte er weiter.

Inge war so verdutzt, dass ihr darauf nichts einfiel. »Na, aus dieser Küche kommt heute wohl kein Grünkohlessen«, sagte sie und kicherte in sich hinein.

Sie ging wieder in Richtung Ausgang. Der Himmel über dem Strand leuchtete inzwischen rosarot von den vielen Biikefeuern. Unentschlossen schob sie sich zwischen den Leuten hindurch. Der Alkohol floss in Strömen, die Menschen waren ausgelassen. Aus der Ferne bemerkte Inge Claasen, die junge Polizistin, mit einem Kollegen Streife gehen. An Abenden wie diesen konnte man nur hoffen, dass die Stimmung entspannt blieb und es zu keinen Schlägereien kam.

Plötzlich war Inge das Gedränge zu viel, und sie verließ die Menge. Als sie Bo Knudsen etwas abseits mit einem Bier in der Hand stehen sah, erstarrte sie. Sie hatte nicht damit gerechnet, an diesem Strandabschnitt auf einen der Knudsens zu treffen, immerhin brannten die Biikefeuer überall.

Bo wirkte entspannt, die Augen leicht glasig, der Mund leicht offen. Von seiner Frau und den Kindern fehlte jede Spur.

Während Inge noch überlegte, ob sie bleiben und ihn weiter beobachten sollte, kam Ole Knudsen heran. Er wirkte aufgebracht, lief mit weit ausholenden Schritten auf seinen Bruder zu. Als er ihn erreicht hatte, verpasste er ihm einen unsanften

Schubs. Bo fuhr erschrocken zusammen und brachte es gerade noch fertig, sein Gleichgewicht zu halten.

»Hey!«, rief er. Sein Bier schwappte über. »Was soll das?«

»Du verdammter Idiot!«, hörte Inge Ole schimpfen, dann senkte er seine Stimme, und sie verstand die nächsten Sätze nicht mehr. Nur noch Wortfetzen drangen zu ihr herüber.

Rasch versuchte sie, näher heranzukommen, doch das war aufgrund der vielen Besucher leichter gesagt als getan. Angestrengt beobachtete sie die beiden Brüder. Ihre Körpersprache verriet eindeutig, dass es einen heftigen Konflikt gab. Inge hätte zu gern gewusst, worum es sich dabei handelte. Endlich war sie nahe genug, um das Gespräch zu verfolgen.

»Du erzählst rum, ich hätte Meret bedroht? Hast du sie noch alle?« Inge konnte die Wut in Oles Worten schwingen hören, drohend, herausfordernd.

Bo nippte an seinem übergeschäumten Bier. »Gar nichts habe ich«, sagte er nach einer Weile und zündete sich eine Zigarette an. Er trug noch immer die Latzhose und Gummistiefel, als käme er gerade von der Arbeit.

»Jule war bei mir. Sie denkt, ich hätte etwas mit Merets Tod zu tun.«

Inge war inzwischen so nah an die beiden Brüder herangekommen, dass sie befürchten musste, bemerkt zu werden. Mit klopfendem Herzen wandte sie ihnen den Rücken zu, als sei sie nur irgendeine Touristin, die sich die Feuer anschaute, und spitzte die Ohren.

»Und? Hast du?« Bos Frage hing schwer in der Luft.

Inge hielt unwillkürlich den Atem an, so gespannt war sie auf Oles Antwort. Würde sie heute etwa Merets Mörder auf einem Silbertablett geliefert bekommen? Warum war Piet nicht hier, um genau das mitzukriegen? Sie überlegte kurz, ihn anzurufen, doch vermutlich würde er sein Telefon im Gedränge ohnehin nicht hören, also ließ sie es bleiben.

»Sag mal, bist du jetzt völlig bekloppt geworden?«, schrie Ole so laut, dass sich die Umstehenden zu ihm umdrehten. Sofort senkte er seine Stimme wieder und packte seinen Bruder am Arm. »Wir dürfen jetzt nicht durchdrehen. Bald gehört das Land uns, die Unterlagen sind schon alle beim Notar. Die Polizei hat ihre Leiche freigegeben, das bedeutet, dass es keine weiteren Untersuchungen geben wird. In wenigen Wochen sind all unsere Sorgen vorbei, und wir sind reich.«

Der triumphierende Klang in seiner Stimme verursachte Inge Übelkeit. Ein bitterer Geschmack stieg ihre Speiseröhre empor und erfüllte ihren Mund. Ole Knudsen war eiskalt. Er sprach über seine Schwester, als sei sie nur ein lästiges Hindernis auf dem Weg zum großen Geld gewesen. Ein Hindernis, das er beiseitegeschafft hatte?

»Ich scheiße auf dein Geld«, sagte Bo zu Inges Überraschung. »Ich meine, vielleicht hatte Meret recht. Es ist immerhin der Hof unserer Eltern. *Mein Hof.*« Die letzten Worte hatte er mit Nachdruck gesagt. Inge unterdrückte den heftigen Impuls, sich zu den Männern umzudrehen.

»Was soll das heißen? Hast du es dir anders überlegt?« Der Triumph war aus Oles Stimme verschwunden, jetzt vibrierte Panik darin.

Inges Mundwinkel zuckten. Das hat der arrogante Immobilienmakler verdient, dachte sie.

»Tine und ich überlegen noch.«

»Aber Bo, wir haben doch schon tausendmal darüber gesprochen. Ich kümmere mich um alles, und du und Tine, ihr müsst nur das Geld zählen, das euch dieser Verkauf einbringen wird. Keine Sorgen mehr, Bo, kein Aufstehen mitten in der Nacht, um sich um die Tiere zu kümmern. Wenn du deine komischen argentinischen Rinder hierherholst, dann werden sie in einem neuen, modernen Stall stehen, und für die Drecksarbeit holst du dir einen Stallburschen.«

»Es ist unser Zuhause«, gab Bo zu bedenken. »Wir sind auf dem Hof aufgewachsen, und vor uns ist Papa dort aufgewachsen. Sie werden ihn abreißen, und nichts wird mehr übrig sein. Ich weiß nicht, ob Mama und Papa das gewollt hätten.«

»Ganz sicher nicht«, entfuhr es Inge halblaut. Rasch schlug sie sich die Hand vor den Mund.

Das Gespräch hinter ihr war verstummt. Hatten die beiden sie etwa bemerkt? Wenn sie sich jetzt umdrehte, könnte sie nicht länger so tun, als sei sie nur zufällig hier, also stand sie noch einige zähe Augenblicke lang einfach nur da und beobachtete wie alle anderen die Flammen, die sich inzwischen meterhoch in den Himmel streckten, wo die leuchtenden Sterne sie begrüßten. Funken stoben auf, und im Inneren des riesigen Holzhaufens glühte es rötlich weiß. Auch jetzt noch konnte Inge die tröstende Kraft des Feuers spüren.

Als sie sich kurz darauf umsah, waren Bo und Ole verschwunden. Zu gern hätte sie gewusst, wohin, doch Jannis und Rieke warteten bereits auf sie. Schließlich wandte sie sich schnellen Schrittes in Richtung »Blanke Hans«.

Eine unzuverlässige Zeugin

Die Zeugin gibt zu Protokoll, am Abend des 14. April 1998 nach dreiundzwanzig Uhr mit dem Fahrrad am Strand bei Munkmarsch gewesen zu sein. Dort habe sie Anke Thießen mit einem ihr unbekannten Mann gesehen. Der Mann trug eine Jacke und eine Schirmmütze, die er tief in das Gesicht gezogen hatte. Nach Schätzung der Zeugin war er etwa einen Meter fünfundachtzig groß und trug eine braune Cordhose. Aufgrund der Dunkelheit und seiner Schirmmütze konnte sie sein Gesicht nicht erkennen, ist sich aber auf Nachfrage sehr sicher, dass es sich bei seiner Begleitung um die tot aufgefundene Anke Thießen handelte.

Inge runzelte die Stirn. Sie ließ die Akte sinken und massierte sich die Schläfen. Das Lesen im schwachen Licht der Nachttischlampe strengte sie an.

Unzählige Male war sie Merets Aussage zur Nacht, in der Anke Thießen gestorben war, durchgegangen und hatte versucht, aus dem nüchternen Protokoll herauszulesen, was sich aus Merets Sicht abgespielt hatte. Wieso hatte Inge zugelassen, dass Piet Merets Aussage aufgenommen hatte, ohne dieser später genauer nachzugehen?

Der pochende Schmerz hinter ihrer Stirn meldete sich wieder. Er wurde mit jeder Sekunde stärker. Meret war die einzige Zeugin gewesen, die Anke Thießen am Strand gesehen hatte. Wie hatte man ihren Schilderungen keine Bedeutung zumessen können?

Sie erinnerte sich daran, dass es im Ermittlerteam Zweifel an Merets Glaubwürdigkeit gegeben hatte, eine Fünfzehnjährige, die bekannt dafür gewesen war, Probleme zu machen, und sich um diese Uhrzeit gar nicht draußen hätte aufhalten dürfen. Doch konnte man sich davon beeinflussen lassen, wenn es um einen Mord ging?

Inge wusste, dass Ermittlungsarbeit im Idealfall frei von solchen Vorurteilen sein sollte, doch die Realität stellte sich anders dar, vor allem vor so vielen Jahren. Polizisten waren Menschen, und Menschen hatten Vorurteile.

Sie rieb sich die Augen. In gewisser Weise galt das auch für sie. Immerhin hatte auch sie damals Scheuklappen aufgehabt – und das als leitende Ermittlerin. Sie war fest davon überzeugt gewesen, dass sie Ankes Mörder nur in deren direktem Umfeld finden würde; Männer, mit denen sie geflirtet oder näher zu tun gehabt hatte. Der Tatort hatte deutliche Hinweise enthalten, dass Anke den Täter gekannt hatte und freiwillig mit ihm an den Strand gegangen war. Dass sie ihn dort zufällig mitten in der Nacht getroffen haben könnte, hatte keiner der Ermittler je ernsthaft in Erwägung gezogen, einfach weil es dafür keine Indizien gegeben hatte.

War das vielleicht ein Fehler gewesen? Immerhin hatte es nur die dürftige Zeugenaussage von Meret Knudsen gegeben. Wieso war niemand der Frage nachgegangen, ob Meret vielleicht nur behauptet hatte, Ankes Begleiter nicht erkannt zu haben? Was, wenn sie gelogen hatte? Wenn Meret sehr wohl gewusst hatte, wer Ankes Mörder gewesen war, und es all die Jahre für sich behalten hatte?

Inge spürte, wie sich in ihrer Brust etwas zusammenzog. Unter diesen Umständen hätte Merets Rückkehr den Täter von damals unter Druck gesetzt. Konnte es da ein Zufall sein, dass sie in ihrer ersten Nacht auf Sylt zu Tode gekommen war?

Eine Welle aus Schuldgefühlen durchflutete Inge. Ein kurzer Schwindel überkam sie. Aus der dumpfen Ahnung, nicht alles für die Aufklärung von Ankes Fall getan zu haben, wurde jetzt schmerzhafte Gewissheit. Sie fragte sich, was sie daran gehindert hatte, die Möglichkeit, dass Meret mehr gewusst haben könnte, in Betracht zu ziehen, fand aber keine befriedigende Antwort.

Sie kramte in ihrem Gedächtnis, um sich alle Ereignisse im Zusammenhang mit den Mordermittlungen wieder vor Augen zu führen. Das war schwieriger als gedacht. Erinnerungen waren oft trügerisch, auch bei Polizisten. Inge beschlich erneut das ungute Gefühl, ihrem eigenen Gedächtnis nicht unbedingt vertrauen zu können, obwohl sie all die Jahre fest geglaubt hatte, sich an alles zu erinnern. Wenn sie ganz sichergehen wollte, musste sie sich an die Fakten halten.

Piet hatte seine Beziehungen spielen lassen und ihr die Ermittlungsakte zukommen lassen. Sie griff nach den Tatortfotos, die sie auf ihrem Bett verteilt hatte. Noch immer lief ihr ein Schauer über den Rücken, wenn sie die tote Anke im frühen Tageslicht am Strand liegen sah. Dieses Bild hatte sie niemals losgelassen, hatte sie bis in ihre Träume verfolgt und sich wie ein Schatten über ihren Alltag gelegt.

Warum ausgerechnet dieser Fall? Lag es an Anke selbst? Eine junge Frau, aus dem Leben gerissen, feige und mit Gewalt, aus Gründen, die nur der Täter kannte. Machte das dieses Verbrechen für sie so anders? Ging es ihr etwa um Gerechtigkeit und nicht nur um ihren Job?

Inge wusste, dass sie als Ermittlerin eigentlich keinen Unterschied bei Opfern machen durfte, doch Ankes Tod war ihr immer besonders sinnlos und grausam erschienen. Galt das auch für Merets Fall? Auch sie war eine junge Frau gewesen, die noch so viele Jahre vor sich gehabt hätte.

Inge schaute zum Fenster. Dann wanderte ihr Blick erneut über die ausgebreiteten Unterlagen aus der Mordakte Anke Thießen. An einem Foto blieb sie hängen. Sie hatte ihm bisher nur wenig Beachtung geschenkt, da es nicht die Leiche selbst zeigte, sondern einen Randabschnitt des Tatorts.

Auf der Aufnahme wimmelte es im Sand von zahlreichen Fußabdrücken. Es hatte viele Fremdspuren von Spaziergängern gegeben. Nun aber bemerkte Inge einen kleinen weißen Gegenstand, kaum so groß wie ein Fingerglied, der aus dem Sand herausragte. Sie griff nach dem Foto und hielt es sich nah vors Gesicht. Vielleicht ein Zigarettenstummel? So weit nichts Außergewöhnliches, immerhin war es ein öffentlicher Strand. Doch erst jetzt fiel ihr auf, dass der Filter nicht die charakteristische gelbe Farbe hatte, wie man sie von Zigaretten üblicherweise kannte. Stattdessen war dort ein graues Stück Pappe, das in einem durchsichtigen Papier steckte, zu sehen.

»Ein Joint«, flüsterte sie und spürte, wie sich ihr Herzschlag beschleunigte. Wie hatten die Beamten das übersehen können? Hastig wühlte sie nach dem toxikologischen Bericht der Obduktion des Mordopfers und überflog die Angaben. Man hatte Anke auf die üblichen Substanzen getestet und außer einem verschwindend geringen Blutalkohol nichts gefunden.

Inge sprang so heftig auf, dass einige Blätter aus der Akte von ihrem Bett auf den Boden rutschten. Fieberhaft begann sie, im Zimmer auf und ab zu gehen und mit sich selbst zu sprechen.

»Anke hat nicht gekifft. Wäre der Joint vom Tag zuvor gewesen, hätte die Flut ihn weggespült oder er hätte sich durch die Feuchtigkeit in seine Einzelteile aufgelöst, also kann er nur in den Morgenstunden dort hingekommen sein. Wer auch immer ihn geraucht hat, wusste über Ankes Tod Bescheid.«

Wie angewurzelt blieb sie stehen.

»Ein Zeuge«, flüsterte sie. »Ein Zeuge, der sich nie gemeldet hat.«

Sie sah wieder zu dem dunklen Fenster auf der anderen Seite des Hofes hinüber. Mit zitternden Händen griff sie nach ihrer Jacke, die über der Lehne des Stuhls hing, und zog das Bild von Meret und Nele heraus. Die Aufnahme war zu schlecht, um es mit Gewissheit sagen zu können, doch für Inge war eindeutig eine Ähnlichkeit zwischen dem Stummel am Tatort und dem Joint in Merets Mund zu erkennen. Inge ließ die Fotos sinken.

»Oder eine Zeugin, die nicht ganz die Wahrheit gesagt hat«, wisperte sie, während ihr abwechselnd heiß und kalt wurde.

Es war zu spät oder besser zu früh, um Piet anzurufen. In wenigen Stunden würde die Sonne aufgehen. Und was sollte sie ihm dann sagen? Meret war sicher nicht die einzige Person gewesen, die gewusst hatte, wie man einen Joint dreht. Genau das würde er ihr sagen. Niemand hatte zu dem Zeitpunkt daran gedacht, das verkohlte Stück Pappe als Beweismittel zu sichern, weil es zu weit weg vom direkten Fundort der Leiche gelegen und man es vermutlich für die Hinterlassenschaft von Spaziergängern gehalten hatte. Inge vermutete keine Absicht: Einen Mordtatort gab es auf Sylt nicht sonderlich häufig, es fehlte an entsprechenden Erfahrungen. Auch ihr war der Jointstummel nicht ins Auge gefallen.

Übermüdet versuchte sie ihre Gedanken zu ordnen. Das Foto aus Jannis' Schublade bewies deutlich, dass zumindest Meret damals Cannabis geraucht hatte. Cannabiskonsum passte in ihren Augen nicht zu Anke Thießen. Sehr wohl aber zu einer aufsässigen Jugendlichen wie Meret – und er würde auch erklären, weshalb Merets Angaben zum Grund ihres nächtlichen Ausflugs auf den Deich so unterschiedlich ausgefallen waren.

Aber hätte sie einen Mörder gedeckt aus Angst, dass ihre Eltern erfahren könnten, dass sie kiffte? Das konnte Inge sich nicht vorstellen. Etwas anderes musste sie dazu gebracht haben, Lügengeschichten zu erfinden.

»Was hast du in jener Nacht auf dem Deich wirklich gesehen?«, fragte Inge das Foto der fünfzehnjährigen Meret.

***

»Wann hast du zuletzt geschlafen?« Piet klang schläfrig, als sei er gerade aufgewacht, dabei war es bereits nach acht.

»Das spielt jetzt keine Rolle«, entgegnete Inge ungeduldig. Während der Frühstücksvorbereitungen hatte sie unablässig darüber nachgedacht, was Meret über den Mord an Anke gewusst haben mochte. Es ließ ihr keine Ruhe, dass sie selbst so nachlässig mit den Hinweisen umgegangen war. »Ich muss wissen, ob Meret Knudsen Haschisch geraucht hat.«

Piet holte tief Luft. »Warum? Was würde das beweisen? Sie war betrunken, reicht das nicht?«

»Es geht nicht um die Nacht, in der Meret starb«, sagte Inge.

»Worum geht es dann?«

»Es geht um damals. Es geht um Anke Thießen.«

»Meinst du, Meret war an dem Abend zu bekifft, um sich

zu erinnern?« Piet versuchte scherzhaft zu klingen, doch es misslang.

»Ich glaube, dass Meret gesehen hat, wie Anke ermordet wurde und von wem, und dass sie es aus Angst nie jemandem erzählt hat. Und ich glaube, dass sie deswegen sterben musste.«

Piet musste diese Informationen erst verarbeiten. »Wie kommst du denn jetzt darauf? Hast du nicht gestern noch gedacht, es seien ihre Geschwister gewesen?«

»Ich habe noch nicht alle Puzzleteile zusammen«, räumte sie widerwillig ein.

»Vielleicht weil es gar kein Puzzle gibt?«

Piets hörbare Bemühung, sanft zu klingen, machte Inge wütend. »Ich weiß es einfach, Piet, und du hast doch auch dieses Gefühl.«

»Ein Gefühl reicht aber nicht, Inge, wie oft muss ich dir das noch sagen? Du tust niemandem einem Gefallen, wenn du so weitermachst. Es gibt keine tatkräftigen Beweise für einen Mord an Meret, ganz gleich, was du dir da zusammenreimst.«

»Ich reime mir nichts zusammen.«

»Aber Beweise hast du auch keine. Nur eine wilde Theorie nach der anderen. Jetzt siehst du schon ein ganzes Mordkomplott, das seit Jahren unbemerkt im Gange ist, bis ausgerechnet du zurückkommst und es aufklärst.«

Der Spott in seiner Stimme schmerzte Inge. Unbeirrt erwiderte sie: »Ich weiß einfach, dass da was faul ist.«

Ihr war selbst klar, dass das eine ziemlich dürftige Antwort war, vor allem für eine ehemalige Polizistin.

»Meret wird heute beerdigt«, sagte Piet. »Kannst du mir zumindest versprechen, dass du nichts unternehmen wirst, was die Zeremonie stört?«

Inge stöhnte leise. Die Beerdigung hatte sie beinahe vergessen. Ihr blieb nur noch eine Stunde. »Was kannst du mir zur Vernehmung von Meret im Zusammenhang mit dem Mord an Anke sagen?«

»Du denkst also wirklich, da gibt es eine Verbindung?«

Inge ignorierte seine Frage. Dafür hatte sie jetzt keine Zeit.

»Die Akte, ich bin sie durchgegangen. Du hattest Meret als Zeugin vernommen. Dir waren Widersprüche in ihren Aussagen aufgefallen, aber du bist ihnen nie nachgegangen. Wieso?«

Piet hüstelte überrascht. »Ist das dein Ernst? Hast du vergessen, wie die Tatortsicherung ablief? Das ganze Chaos, bis die Mordkommission endlich eintraf? Wir hatten doch gar keine Ahnung, wie man mit so etwas umgeht. Meret war ein Kind, total verunsichert, ihre Mutter saß daneben, und man hatte ständig das Gefühl, dass sie sie gleich übers Knie legt. Sie war trotzig, renitent, sie nahm das alles nicht sehr ernst. Ich sage nicht, dass sie gelogen hat, doch jeder von uns wusste, dass sie keine zuverlässige Zeugin war. Ihr eigener Vater hat uns am Telefon davor gewarnt, ihr zu glauben.«

»Er hat dich angerufen?« Inge hörte selbst, wie aufgeregt sie klang.

»Das habe ich dir doch alles schon erzählt. Merkst du nicht, dass du dich schon wieder im Kreis drehst?« In Piets Stimme lag Verärgerung. »Hör mal, Inge. Die Sache mit Anke, die hat uns alle nicht kaltgelassen. Und dann kommst du zurück, und es stirbt wieder jemand. Dass man da auf die verrücktesten Ideen kommt, ist doch klar, vor allem, wenn man das Ermittlerding im Blut hat. Ich weiß, dass du einmal eine verdammt gute Polizistin warst, und deshalb habe ich immer zu dir gehalten. Aber was du da jetzt erfindest, hat nichts mehr mit Polizeiarbeit zu tun, das sind einfach Hirngespinste.«

Inge schnaubte. »Und du bist so von dir überzeugt, dass du noch nicht einmal in Betracht ziehst, dass beide Fälle miteinander in Verbindung stehen könnten. Ein guter Polizist, Piet, beruft sich auf Beweise und nicht auf die Höhe seiner Dienstjahre.« Der letzte Satz hatte bissiger geklungen als beabsichtigt, doch nun war es zu spät.

Piet klang jetzt eiskalt. »Weißt du, Inge, vielleicht solltest du lieber bei dir selbst anfangen, wenn du so versessen auf die Wahrheit bist. Es könnte sein, dass du dann auf ein paar Dinge stößt, die dir nicht gefallen.« Er legte auf. Die Leitung war tot.

Wutentbrannt starrte Inge das Display an, dessen Licht langsam verlosch. Piet hatte offenbar eine Entscheidung getroffen. Von nun an war sie endgültig auf sich allein gestellt.

Sie versuchte noch einmal, Sinje Wehrheim zurückzurufen, doch auch diesmal blieb sie erfolglos.

***

Die überschaubare Trauergemeinde hatte sich unter strahlend blauem Himmel versammelt. Klirrende Kälte erfüllte die Luft und ließ den Atem der Anwesenden in kleinen Wolken vor den Gesichtern schweben.

Nicht viele waren gekommen, die meisten wohl aus Sensationslust oder einem unbestimmten Anstandsgefühl. Nele Mungard tröstete die weinende Jule Knudsen. Bo Knudsen stand mit seiner Familie zusammen und zeigte keine Regung, seine Frau war noch blasser als sonst.

Der Pfarrer gab Allgemeinplätze von sich, die ahnen ließen, dass er von Meret sehr wenig wusste, dann nahm Ole Knudsen die Beileidsbekundungen am Grab entgegen.

Inge trug eine Sonnenbrille, weil das helle Sonnenlicht ihre übermüdeten Augen reizte und ihre Kopfschmerzen noch verstärkte. Sie stand abseits und beobachtete aufmerksam, was am Grab geschah. Die Trauergemeinde hatte bereits nach kurzer Zeit Gruppen gebildet, Gesprächsfetzen drangen von den Vorübergehenden zu ihr.

»Das arme Ding, wie gut, dass ihre Mutter das nicht mehr erlebt«, sagte Rieke, bevor sie laut in ihr Taschentuch schnäuzte. Sie war allein gekommen, von Jannis fehlte jede Spur. Vermutlich hatte er keine Vertretung gefunden.

»Wenn ihre Mutter noch am Leben wäre, wäre das nicht passiert«, zischte Marika Köhler, die Wirtin der »Kupferkanne«, die neben Rieke ging.

Nele, die ein Stück hinter den Frauen folgte, schloss bei ihren Worten hastig zu Marika auf und packte sie am Arm. »Scht! Willst du, dass er dich hört?« Ihr nervöser Blick flog zu Ole, der in ein Gespräch mit dem Pfarrer vertieft war. Die Bestatter waren bereits dabei, den Sarg in der Erde zu versenken.

Ungehalten machte sich Marika los. »Ich sage nur, was jeder denkt. Von ihren Geschwistern wollte doch keiner, dass sie wiederkommt. Besonders Ole nicht, dem geht es doch sowieso nur um das Geld«, sagte sie so laut, dass auch Ole aufmerksam wurde.

Inge sah, wie er sein Gespräch unterbrach und zu den Frauen hinübersah. Sein Gesichtsausdruck verriet nicht, ob er verstanden hatte, was Marika gesagt hatte.

»Sie war seine Schwester«, zischte Nele, die rot angelaufen war und einen weiteren erfolglosen Versuch startete, Marika zum Weitergehen zu bewegen.

Doch diese dachte gar nicht daran, sich zum Schweigen bringen zu lassen. Empört stemmte sie die Hände in die wuchtigen Hüften. »Es ist ja wohl kein Geheimnis, dass Meret alles andere als willkommen war. Da helfen auch die Krokodilstränen am Grab nicht.«

Plötzlich baute sich Jule Knudsen vor Marika auf. Ihr Gesicht war vom Weinen gerötet, ihre Stimme versagte fast, doch ihr Zorn war unverkennbar. »Was glaubst du eigentlich, wer du bist, Marika?«, fauchte sie und ließ dann ihren Blick über die anderen Trauergäste wandern, die neugierig stehen geblieben waren, um den sich anbahnenden Streit zu verfolgen. »Ihr denkt alle, ihr könntet euch einmischen, weil sich sowieso immer alle einmischen, aber dazu habt ihr kein Recht!«

Mit wenigen Schritten war Ole bei ihr und zog sie sanft an sich. Sofort brach Jule in lautes Schluchzen aus. Erst schien es, als könnte er sie beruhigen, doch plötzlich stieß sie ihn von sich weg.

»Fass mich nicht an! Du bist doch schuld daran, dass alle reden! Wenn du nicht so scheiße zu Meret gewesen wärst, dann hätte sie nicht im Hotel wohnen müssen und wäre nie aus dem Fenster gefallen. Du wolltest nicht, dass sie bei einem von uns wohnt, du hast behauptet, ihr ginge es nur um das Geld. Und jetzt ist sie tot!« Jules Stimme war in ein Kreischen übergegangen. Sie war völlig außer sich, wie Inge verwundert feststellte. Bei ihrem letzten Besuch hatte sie nicht den Eindruck gemacht, mit Merets Tod nicht fertigzuwerden. Was war in der Zwischenzeit geschehen?

Nun zog Nele Jule am Ellbogen von Ole weg und führte sie zum Ausgang. Inge löste sich gerade von ihrem Beobachterposten, um den beiden nachzugehen, als sich Piet in ihr Blickfeld schob.

»Denk nicht mal dran«, sagte er warnend.

Inge schob ihre Sonnenbrille nach unten und funkelte ihn an. »Wenn du dich nicht darum kümmern willst, dann muss ich das eben tun«, stieß sie hervor und wollte an ihm vorbeigehen, doch Piet hinderte sie daran.

»Inge, du siehst doch, dass die Gerüchteküche schon brodelt. Findest du nicht, die Familie hat eine Verschnaufpause verdient, bevor du sie weiter mit deinen haltlosen Anschuldigungen behelligst?«

Inge unterdrückte den Impuls, seine Hand auf ihrem Arm wegzuschieben. »Du weißt so gut wie ich, dass sie nicht haltlos sind«, zischte sie. Dann wandte sie sich ruckartig ab und ging zum Parkplatz.

Piet versuchte nicht, sie einzuholen. Sie hatte Jannis' Lieferwagen fast erreicht, als sie plötzlich jemand ansprach. Erst auf den zweiten Blick erkannte sie Sinje Wehrheim, die ihr Gesicht hinter einer Sonnenbrille und einem dicken Schal verbarg.

»Frau Wehrheim?«

»Es gibt etwas, das ich Ihnen sagen muss«, erklärte Sinje mit gedämpfter Stimme. »Nach Ihrem Besuch habe ich noch lange nachgedacht. Sie müssen das verstehen, es war eine schwere Zeit für mich. Mein Mann hatte eine Affäre, und das mit einer Minderjährigen, damit muss man erst einmal umgehen.« Sie lächelte schmerzverzerrt.

»Das kann ich mir vorstellen.«

»Aber darum geht es nicht«, erklärte Sinje schnell. »Es geht um Anke Thießen, nach ihr haben Sie ja gefragt. Es gibt da ein Detail, das zu der Zeit niemand weiter beachtet hat.« Sie verstummte und sah sich unsicher um. Erst als sie sicher war, dass niemand sie hören konnte, sprach sie weiter. »Die Polizei hat immer geglaubt, dass Anke Thießen mit mehreren Männern geflirtet hat, aber mit keinem wirklich zusammen war.«

Inges Herzschlag wurde schneller. Am liebsten hätte sie die Information aus Sinje herausgeschüttelt. »Aber so war es nicht?«, fragte sie.

»Es gab jemanden. Ich weiß nicht, weshalb ich das irgendwann vergessen habe, aber gerade ist es mir wieder eingefallen, als ich ihn da stehen sah.«

Inge schluckte trocken. »Wen, wen meinen Sie?«

»Ole, es war Ole Knudsen. Er kam ein paarmal zur Ferienanlage, um Anke abzuholen.«

»Auch am Abend vor ihrem Tod?« Inge konnte ihre Aufregung kaum verbergen.

Sinje zögerte. »Ich weiß es nicht. Ich kann mich einfach nicht erinnern. Aber ich erinnere mich jetzt, dass ich Anke öfter mit ihm gesehen habe.«

»Warum haben Sie das nie der Polizei gesagt?«

Sinje rang die Hände. »Sie dürfen mir keine Vorwürfe machen. Ich war in einer Ausnahmesituation. Meine Ehe stand auf dem Spiel. Das war alles, woran ich denken konnte. Was werden Sie jetzt tun?«

***

»Hallo? Spreche ich mit Linda Marquard?« Inge hielt den Bleistift in ihrer rechten Hand senkrecht über ihrem Notizblock, während sie am Hörer des Telefons lauschte.

»Ja, das bin ich. Wer spricht da?«

»Inge Petersen. Ich untersuche die Umstände von Meret Knudsens Tod.« Das ist nicht einmal gelogen, dachte sie.

»Oh, okay. Und was kann ich tun?«

»Meret und Sie haben in Köln zusammengewohnt. Ich würde mir gern ein besseres Bild von Merets Leben vor ihrem Umzug nach Sylt machen.«

»Ich wüsste nicht, wie ich Ihnen helfen könnte, aber ich kann es natürlich versuchen. Wir konnten es alle nicht glauben, als wir hörten, dass sie gestorben ist. Ich habe es leider nicht zur Beerdigung geschafft.« Der typische Singsang des Rheinlands färbte Linda Marquards Worte.

»Erzählen Sie mir doch einfach etwas über Ihre Freundschaft zu Meret«, forderte Inge sie auf.

»Lassen Sie mich mal überlegen. Die Meret und ich, wir waren Freundinnen, schon lange. Ich habe selbst nicht verstanden, warum sie auf die Insel zurück ist, es hat ihr dort doch gar nicht gefallen.«

»Sie sagen, sie wollte nicht nach Sylt zurückkommen?«

»Meret? Auf gar keinen Fall! ›Das sind alles engstirnige Fischköppe bei euch da im Norden‹, hat sie immer gesagt. Die war froh, dass sie da weg war.«

»Wann hat Meret ihre Meinung geändert?«

»Das war kurz nachdem ihre Mutter gestorben ist. Der Vater war da ja schon tot. Da ging es plötzlich los, die Schreiben von dem Notar und so, weil es was zu erben gab.«

»Also wollte Meret deshalb zurück?«

»Nee, das kam erst, als sie danach noch einmal hochgefahren war. Vorher hat sie ständig behauptet, es sei ihr egal, was mit dem Hof und allem passiert, aber dann war es das nicht mehr. Sie hat sich aufgeregt, weil ihre Brüder mit dem Land schon was vorhatten, irgendwelche Pferde oder so wollten die züchten.«

»Rinder«, unterbrach Inge sie reflexartig, während sie angestrengt in ihr Notizbuch kritzelte.

»Was?« Linda Marquard wirkte irritiert.

»Rinder, es geht um … Ach, das spielt keine Rolle. Was hat Ihnen Meret über das Verhältnis zu ihren Geschwistern erzählt?«

»Die sind sich nicht grün gewesen. Da ging es immer um Geld. Vor allem mit ihrem Bruder hatte sie Probleme.«

»Mit Bo oder mit Ole?«

»Mit dem Ole, dem ältesten. Den hat sie richtig gehasst, das glaubt man gar nicht. Ich vermute, die waren einfach zu verschieden.«

»Was wissen Sie sonst noch über Merets Verhältnis zu ihrer Familie?«

»Nicht viel. Meret hat nicht gern darüber gesprochen, wie es bei ihr zu Hause war. Nur, dass es nicht einfach für sie gewesen ist, das hat sie oft gesagt. Sie war wohl so etwas wie das schwarze Schaf der Familie.«

»Hat sie mit Ihnen auch darüber gesprochen, woran das lag?«

Linda Marquard schwieg kurz. »Ich glaube, die Meret war für die einfach zu viel. Sie wollte ja immer die Welt verbessern, Gerechtigkeit, das war es, wofür die sich starkgemacht hat. Menschenrechte, Umwelt, solche Sachen. Da konnte sie stundenlang drüber reden. Sie hat sich eben nie von jemandem etwas sagen lassen, so war die Meret. Wenn es nicht nach ihrem Kopf ging, dann hat sie dichtgemacht. Was glauben Sie, wie oft sie ihren Job gewechselt hat? Und immer war es das Gleiche: Irgendwer hat was gemacht, was ihr nicht gepasst hat. Beim letzten Job war es der Kalender.«

»Der Kalender?«

»Ja, das war in so einem Lager für Autoteile. Da hatten die Jungs so einen Kalender, Sie wissen schon, mit nackigen Dingern, was Männer halt so gut finden. Die Meret konnte es nicht dabei belassen, dass der Kalender da hing. Die hat so lange gemacht, bis man sie rausgeschmissen hat. Und wissen Sie was? Das war ihr egal.«

»Was hat sie an dem Kalender so gestört?«

»Es sei nicht okay, wenn Männer Frauen wie Sachen sähen, hat sie gesagt. Das dürfe man nicht hinnehmen.«

»Wie ›Sachen‹?«

»Ja, das war so eines ihrer Themen. Dass Männer Frauen umbringen und so ein Zeug.«

»Sie interessierte sich für Kriminalfälle?«

»Nicht direkt. Nur wenn der Täter der Ehemann war oder der Freund oder so. Sie hatte so einen Ordner, in dem hat sie die Zeitungsartikel dazu gesammelt. Es waren ganz schön viele, mehr, als man denkt.«

»Existiert dieser Ordner noch?«

»Ich bin mir nicht sicher. Im Keller sind noch Sachen von ihr.« Linda Marquard räusperte sich und fuhr dann in verändertem Tonfall fort. »Hören Sie, ich wollte zu ihrer Beerdigung kommen. Aber von Köln nach Sylt, das ist kein Katzensprung, das verstehen Sie sicher. Es war ein Fehler, dass Meret da hoch ist, das habe ich immer gesagt. Doch sie wollte nicht auf mich hören. Sie müsse das tun, das hat sie mir gesagt. Und jetzt ist sie tot, wie ist das möglich?«

Inge war sich unsicher, ob Linda Marquard tatsächlich eine Antwort erwartete. »Sie haben mir schon sehr geholfen. Können Sie mir noch eine letzte Frage beantworten?«

»Ich will es versuchen.«

»Hat Meret hin und wieder Cannabis geraucht?«

Linda Marquard stieß einen leisen Pfiff aus. »Sie sind doch von der Polizei, oder?«

»Nicht direkt«, beeilte sich Inge, ihre Bedenken zu zerstreuen. »Sie können mir gegenüber aufrichtig sein. Sie haben nichts zu befürchten.«

»Na dann ist ja gut. Ja, die Meret hat geraucht, das war für sie wie Medizin. Da hat sie auch nie ein Geheimnis draus gemacht. Aber wissen Sie, was komisch war? Als klar war, dass sie wieder zurückgeht, da hat sie schlagartig damit aufgehört.«

»Hat sie gern Alkohol getrunken?«

»Nein, die hat noch nicht mal am Kölsch genippt. Das war nichts für sie. Ihr Vater hat wohl früher gern getrunken, deshalb hat sie selbst damit nie angefangen.«

Inge runzelte die Stirn. »Können Sie sich erklären, warum sie in der Nacht ihres Unfalls so viel getrunken hatte?«

»Das kann ich mir nicht erklären, beim besten Willen nicht. Vielleicht war das alles so aufregend für sie, dass sie das gebraucht hat.«

Inge verabschiedete sich von Linda Marquard. Nachdenklich betrachtete sie ihre Notizen. Das Gespräch hatte mehr Fragen aufgeworfen, als es beantwortet hatte. Warum nur hatte sie das intensive Gefühl, irgendein entscheidendes Puzzlestück zu übersehen, obwohl es direkt vor ihr lag?

Der pochende Schmerz hinter ihrer Schläfe meldete sich wieder. Inge ließ den Bleistift sinken und sah auf die Uhr. Sie hatte Jannis versprochen, an diesem Abend an der Theke zu helfen, und draußen dämmerte es bereits. Für heute mussten alle Hinweise warten.

Der fremde Bruder

Das Wasser im Eimer warf schaumige Blasen, als Inge den Mopp hineintauchte und kräftig drehte, um danach den schmalen Streifen zwischen Theke und Büro zu wischen. Grauer Linoleumboden verband diesen Teil des Eingangsbereichs, der für die Gäste nicht zugänglich war.

Ihre Finger schmerzten, weil sie bereits seit dem frühen Morgen das Erdgeschoss putzte und die ungewohnten Handgriffe sie anstrengten.

»Wir sollten dringend mal über eine Gehaltserhöhung reden«, knurrte sie, als sie den Eimer mit einem sanften Tritt ins Büro beförderte. Das Wasser, inzwischen leicht gräulich verfärbt, schwappte über.

»So ein Mist«, fluchte Inge, begann hastig, die Pfütze aufzuwischen, und stieß dabei an einen Papierstapel, der auf dem Fensterbrett vor dem Schreibtisch lag. Der Stapel setzte sich langsam, aber unaufhaltsam in Bewegung. Mit einem leisen Rascheln segelten unzählige Blätter auf den feuchten Boden, wo sie sich sofort mit Flüssigkeit vollsaugten.

»Verdammte Scheiße!« Inge ging in die Hocke und beeilte sich, die Papiere aufzuheben, bevor sie ganz und gar vom Putzwasser durchweicht waren. Jannis würde sicherlich ziemlich aufgebracht sein, wenn er das mitbekam, doch bei der Unordnung, die in seinem Büro herrschte, war es nicht sehr wahrscheinlich, dass es ihm bald auffallen würde.

Mit einem Seufzen schichtete Inge die Unterlagen wieder aufeinander. »Das ist wirklich ein Saustall hier, Jannis«, stellte sie fest. »Statt einer Putzhilfe bräuchtest du jemanden, der dir bei diesem Chaos hilft.«

Vor ihr auf dem Schreibtisch lagen viele gelbe Briefe, darunter auch vom Finanzamt. Inge fragte sich, wie es dazu hatte kommen können, dass sich Jannis derart verschuldet hatte. Schließlich war das Hotel sogar jetzt im Februar gut besucht. Obwohl sie wusste, dass sie nicht herumschnüffeln sollte, konnte sie sich gegen ihren alten Ermittlerinstinkt nicht wehren. Ordner standen in langen Reihen in den Regalen, Kisten stapelten sich und dazwischen überall Briefe, Rechnungen, Flyer und andere Unterlagen. Visitenkarten flogen herum, ebenso wie Kleingeld. Bei ihrem letzten Besuch war ihr dieses Durcheinander nicht aufgefallen, vielleicht hatte es sich aber seither auch verschlimmert.

Wer soll denn da noch durchblicken?, dachte sie und strich mit der Hand über die Ordnerrücken. Die meisten trugen ordentliche Etiketten und standen in Reih und Glied, doch andere fehlten oder waren falsch wieder zurückgeschoben worden. Anscheinend hatte Jannis vor Kurzem nach etwas gesucht. Aber was mochte das gewesen sein? Inge drängte den Gedanken beiseite. Die Angelegenheiten ihres Bruders gingen sie nichts an, sie war schon viel zu tief in seine Privatsphäre vorgedrungen.

Schnell wischte sie zu Ende und zog sich dann die Schürze aus. Sie leerte den Wassereimer hinter dem Haus und stellte ihn samt Mopp zurück in den Arbeitsraum. Dort wusch sie sich die Hände und gab eine dicke Schicht Creme darauf. Sie erschrak, als sie die vielen Risse sah, die ihre Finger zierten. Sie war das viele Putzen nicht gewohnt, und anscheinend musste sie sich tatsächlich angewöhnen, mit Handschuhen zu arbeiten, auch wenn sie das nicht mochte.

Inge seufzte. Als Jannis und sie vereinbart hatten, dass sie zurückkommen und ihm helfen würde, hatte er ihr gesagt, dass er bereits jemanden als Reinigungskraft eingestellt habe. Dieser Jemand war Meret gewesen, doch da sie nun tot war und es um seine Finanzen mehr als miserabel bestellt war, würde sie vermutlich noch eine ganze Weile für den Boden im »Blanke Hans« zuständig sein.

»Das hättest du dir auch nicht träumen lassen, hm, dass du mal als Putzfrau enden würdest?«, sagte Inge grimmig zu ihrem Spiegelbild.

Ihr gefiel überhaupt nicht, was sie dort sah. Sie fühlte sich alt und ungepflegt, und für einen kurzen Moment spürte sie einen Schmerz.

Sie dachte an die schöne junge Frau, die sie am Tag ihrer Hochzeit gewesen war, voller Hoffnung und Vertrauen in die Zukunft. Ja, am Tag ihrer Hochzeit war sie in die Zukunft verliebt gewesen, so viel stand fest. Doch diese Liebe hatte sich nicht erfüllt, im Gegenteil, sie hatte sich in ihren schlimmsten Alptraum verwandelt.

Inge betrachtete sich noch eine Weile missmutig, dann wandte sie sich ab und schob die unerfreulichen Gedanken beiseite. Keiner davon würde ihr heute weiterhelfen.

Jannis stand hinter dem Tresen am Eingang und war mit Buchungen beschäftigt. Unauffällig betrachtete Inge ihn von der Seite. Ihr eigener Bruder kam ihr plötzlich fremd vor. Hatte er schon immer diesen strengen Gesichtsausdruck und die steile Falte zwischen den Augen gehabt? Und woher kam dieser wütende Zug um sein Kinn? Hatte sie das tatsächlich übersehen, weil sie so sehr auf Merets Tod fokussiert gewesen war?

Wieder spürte Inge eine Welle aus schlechtem Gewissen durch ihr Bewusstsein fluten. Sie trat neben Jannis und berührte seinen Arm. Jannis zuckte zusammen, als habe er einen Stromschlag erhalten.

»Was ist?«, raunzte er sie unfreundlich an.

»Ich habe nachgedacht. Vielleicht sollten wir zur neuen Saison ein paar zusätzliche Attraktionen anbieten«, schlug sie wie beiläufig vor.

Jannis zeigte zunächst keine Reaktion. »Wie kommst du denn darauf?«, fragte er schließlich, ohne aufzusehen. Seine Stimme verriet, dass er ihrer Idee wenig abgewinnen konnte.

»Ich denke, die Touristen werden immer anspruchsvoller. Immerhin ist Sylt schon eines der teureren Urlaubsziele, und da wollen die Besucher auch etwas geboten bekommen.«

»Und was soll das bringen?«

»Na ja.« Inge druckste verunsichert herum. »Mehr Gäste und damit mehr Umsatz.«

Jannis starrte weiter auf die Papiere. »Und wozu?«

»Ich dachte, du könntest das Geld gut gebrauchen«, fügte Inge zaghaft hinzu.

Jannis' Gesicht gefror. Sein Blick wanderte zur angelehnten Tür des Büros, dann wieder zu Inge. Er schien zu ahnen, was der Hintergrund ihres Vorschlags war. Seine Lippen waren nur noch ein schmaler, blutleerer Strich. Sofort bereute sie, das Thema angesprochen zu haben.

»Ich meine, man könnte doch Ausflüge anbieten oder ein spezielles Programm. Etwas, das dein Hotel besonders macht.«

Er hob den Blick und fragte misstrauisch: »Was genau meinst du damit? Sollen wir vielleicht Kutschfahrten über das Watt anbieten? Entenjagden?«

»Ja, irgendetwas in der Art. Etwas, womit das Haus sich von den anderen abhebt.« Während sie sprach, wurde sie immer leiser, denn Jannis' Ausdruck verfinsterte sich.

»Etwas Besonderes? Du bist kaum eine Woche da, und schon denkst du, du könntest mir meinen Job erklären?«

»Aber nein, Jannis, ich habe nur durch Zufall mitbekommen, dass du offenbar Probleme hast, also finanzieller Natur.«

Auf Jannis' Gesicht zeigte sich jäher Zorn. Inge wusste, dass sie zu weit gegangen war, doch nun war es zu spät.

»Du hast herumgeschnüffelt?«, stieß er hervor.

»Aber nein, Jannis, bitte beruhige dich. Ich habe beim Putzen Unterlagen gefunden, vom Finanzamt, unbezahlte Rechnungen und solche Dinge, das war keine Absicht, sie sind heruntergefallen.« Sie trat dicht an ihn heran und legte ihm die Hand auf die Schulter. »Jannis, ich bin deine Schwester, ich möchte dir doch nur helfen.«

Doch Jannis war zornig. Heftig schüttelte er ihre Hand ab und machte einen Schritt zurück. »Helfen? Komisch, bis vorhin dachte ich noch, ich würde *dir* helfen, damit du nicht allein in deinem Haus versauerst und an deinen toten Ehemann denkst, der das Leben mit dir so unerträglich fand, dass er sich erhängt hat, ohne mit dir zu reden.« Seine Stimme war kalt wie Stahl, und seine Worte trafen Inge mitten ins Herz. »Es wäre schon toll, wenn du nicht überall herumlaufen und behaupten würdest, hier sei ein Mord geschehen, nur weil du Gespenster siehst. Das ist nämlich in der Tat geschäftsschädigend.«

Inge schluckte. Tränen schossen ihr in die Augen. Seit wann war Jannis so verletzend? So kannte sie ihn nicht.

Mit brennenden Wangen stürmte sie nach draußen und blieb vor der Tür stehen, während sie aufgebracht nach Luft schnappte. Was war mit Jannis geschehen? Auch wenn er schon früher eher verschlossen gewesen war, hatte er bisher doch immer irgendwann den Mut gefasst, mit ihr über seine Probleme zu sprechen. Sein Misstrauen schmerzte sie. Immerhin war sie seine Schwester. Und woher kam dieser kalte Hass, der aus seinen Worten gesprochen hatte? Waren seine Probleme vielleicht viel ernsthafter, als sie annahm? Und jetzt auch noch die Sache mit Meret, das war sicher nicht hilfreich.

Inge wischte sich die Tränen weg und beschloss, den Rest des Tages mit etwas zu verbringen, das ihr guttat. Mochte Jannis beleidigt sein oder schmollen, sie brauchte ein bisschen Abstand, nicht nur vom »Blanke Hans«, sondern auch von Meret, von den Ermittlungen und von ihren Erinnerungen.

Sie ging ins Haus zurück und holte Jacke und Tasche aus ihrem Zimmer. Sie begegnete niemandem. Der Empfang war verlassen, sodass sie sich den Schlüssel des Lieferwagens ungefragt nehmen konnte.

Aus der Küche drang lautes Stimmengewirr, es war inzwischen kurz vor elf Uhr, und bald würde der Mittagsbetrieb losgehen. Sicherlich würde sie dann vermisst werden, doch es war ihr gleich. Für heute hatte sie genug von alldem. Sie verließ das Hotel, ohne sich bei irgendwem abzumelden.

Auf die Touristenmagnete hatte sie wenig Lust. So entschied sie sich stattdessen, dem Sylter Heimatmuseum in Keitum einen Besuch abzustatten.

Die meisten Urlauber wussten nicht, dass Keitum einst das Zentrum der Insel gewesen war. Hier standen zwischen Alleen viele alte Friesenhäuser. Eines von ihnen hatte man als »Altfriesisches Haus« in ein Museum verwandelt.

Auf dem Weg dorthin kam Inge an der Megalithanlage Harhoog vorbei, die 1925 beim Bau des Hindenburgdamms freigelegt worden war. Sylt war bereits seit der Vorzeit besiedelt gewesen, wie zahlreiche Hünengräber belegten. Inge erinnerte sich daran, dass ihr Großvater als junger Mann beim Bau des Hindenburgdamms mitgeholfen und später immer wieder davon erzählt hatte, wie sie auf dieses Grab und noch viele andere gestoßen waren.

»Niemand weiß, wie viele von diesen Gräbern existieren, es könnten Hunderte sein«, hatte er stets gesagt und dabei so verwundert geschaut, als könne er sich nicht erklären, wie es so etwas auf der Insel, auf der er sein ganzes Leben verbracht hatte, geben konnte.

Inge parkte den Wagen und betrat das Museum. Außer ihr waren nicht viele Besucher da, es war keine Saison, also lag das kleine Haus wie verlassen. Eintritt kostete es keinen, dennoch steckte sie einige Münzen in die Spendendose und ging dann durch die Räume. Manches erkannte sie wieder, anderes war neu für sie.

Aus der Steinzeit stammten die Megalithgräber, aus der Bronze- und Eisenzeit die Hügelgräber und die Tinnumburg, eine Ringwallanlage. Schautafeln erläuterten, dass diese vermutlich für religiöse Zwecke genutzt worden war. Germanen hatten sie in der frührömischen Zeit errichtet und vermutlich bis ins 10. Jahrhundert genutzt.

»Eigenartig, nicht?«

Inge fuhr zusammen. Neben ihr stand ein Mann mit einer auffälligen Hornbrille – er mochte Ende dreißig oder Anfang vierzig sein – und mit dunklem Haar, das ihm in einem Seitenscheitel tief ins Gesicht fiel. Er trug ein beiges Sakko, Jeans und Schuhe, die ebenso teuer wie unauffällig aussahen.

»Was meinen Sie?« Sie blinzelte den Fremden irritiert an.

»Dass man so wenig über die Vorgeschichte Sylts weiß. Ich staune immer wieder darüber.« Der Mann lächelte freundlich und strich sich mit einer etwas zu beiläufigen Geste eine Strähne zurück. Er war nicht von hier, so viel stand fest, doch ein Tourist war er auch nicht.

»Darf ich mich vorstellen? Ich bin Timo Kersten, Heimatforscher.«

Inge hob eine Augenbraue. »Heimatforscher? Sie wirken auf mich nicht wie ein Einheimischer.«

Timo Kersten lachte. »Ertappt. Bin ich auch nicht. Ich habe als Kind meine Ferien hier verbracht, und, was soll ich sagen, die Insel hat mich nie losgelassen.«

»Aha.« Inge war sich nicht sicher, was sie darauf antworten sollte. Sie fand Timo Kersten nicht sonderlich sympathisch, und Lust auf Gesellschaft hatte sie auch keine.

»Verzeihen Sie, dass ich Sie einfach anspreche. Es ist nicht gerade viel Betrieb, und deshalb freue ich mich über jeden, der sich in diesen Tagen ins Museum verirrt.«

Inge sah demonstrativ in eine andere Richtung. Sie war hierhergekommen, um in Ruhe nachdenken zu können, nicht um Small Talk zu führen.

»Ich möchte mich Ihnen wirklich nicht aufdrängen«, fuhr Timo Kersten freundlich fort.

Inge schluckte eine bissige Erwiderung hinunter.

»Sind Sie von hier?«

Inge nickte. Kersten schien einer von der hartnäckigen Sorte zu sein.

»Ich bin Historiker, müssen Sie wissen. Ich habe meine Doktorarbeit über die Kontinuitäten und Brüche in der Sylter Geschichtsschreibung verfasst.«

»Mmh.« Inge ging weiter zum nächsten Schaukasten. Er war der Erzählung um Pidder Lüng gewidmet. Verschiedene Zeitungsberichte, Bücher und Zeichnungen zeigten den widerspenstigen Fischer, der sich geweigert hatte, die dänische Steuer auf den Fischfang zu entrichten, und dafür am Ende hingerichtet worden war. Der Dichter Detlev von Liliencron hatte seinen Widerstandsgeist besungen und in zahlreichen Versen festgehalten, die auf Sylt jedermann kannte.

Tonlos sprach Inge die Zeilen nach, die sie bereits in ihrer Kindheit gelernt hatte.

Einen einzigen Sprung hat Pidder gethan,
Er schleppt an den Napf den Amtmann heran
Und taucht ihm den Kopf ein und läßt ihn nicht frei,
Bis der Ritter erstickt ist im glühheißen Brei.
Die Fäuste dann lassend vom furchtbaren Gittern,
Brüllt er, die Thüren und Wände zittern,
Das stolzeste Wort:
Lewwer duad üs Slaav!

Sie lächelte. In ihrem Kopf hörte sie die Stimme ihres Großvaters, der das ganze Gedicht mit stolzgeschwellter Brust vorgetragen hatte. Die Geschichte von Pidder Lüng war ganz nach seinem Geschmack gewesen. Warum fiel ihr das gerade jetzt ein, nachdem sie seit Jahren nicht daran gedacht hatte?

»Die Friesen waren schon immer das stolzeste und freieste Volk überhaupt. Als alle anderen längst ihr Haupt gebeugt hatten, unter Obrigkeiten, Kaisern, Königen, da waren wir auf den Inseln noch immer frei wie der Wind. Vom Fischfang und von dem, was uns die Inseln gaben, lebten wir, mit dem Meer und auf dem Meer, und fürchteten uns weder vor dem Sturm noch vor der Flut. Karl der Große höchstpersönlich hat den Friesen ihre Freiheit zugesichert, und dabei blieb es, sogar als die Dänen ihre gierigen Finger nach den Nordfriesischen Inseln ausstreckten und sich an ihnen bereichern wollten. Wir sind frei, und wir bleiben es, und wir beugen vor niemandem unser Haupt«, hatte ihr Großvater einmal gesagt.

Vor ihrem inneren Auge sah Inge seinen zugleich verschmitzten und unverhohlen stolzen Gesichtsausdruck, wenn er mit ihr über die Geschichte Nordfrieslands gesprochen hatte.

»Das war lange bevor sie gekommen sind, die Künstler und die Promis und das ganze reiche Pack, das diese Insel in eine Geisterlandschaft für Geldsäcke verwandelt hat. Was kein Kaiser, keine Armee, keine Sturmflut und kein Wikingerschiff geschafft hat, das haben wir uns selbst angetan, weil wir nicht genug bekommen konnten. Mit dem verfluchten Damm hat alles angefangen. Glaube mir, mein Kind, wenn ich damals gewusst hätte, was es damit auf sich hat, ich hätte keinen Finger gerührt, um dieses Monster zu bauen«, hörte sie ihn in ihrer Erinnerung sagen.

Als ihr Großvater gestorben war, hatte es im ganzen Umkreis kaum noch einen Supermarkt oder Gemüseladen gegeben, in dem die normale Sylter Bevölkerung einkaufen konnte. Dafür gab es alles, was die Schickeria brauchte: teure Restaurants, Boutiquen, Bars und anderen Schnickschnack. Pidder Lüng hatte zwar tatsächlich gelebt, war aber nur noch ein Stück Folklore, für das sich die wenigsten der Touristen interessierten.

Kersten zeigte auf ein Schaubild, auf dem geschrieben stand:

Frii es de Feskfang, frii es de Jaght, frii es de Strönthgang, frii es de Naght, frii es de See, de wilde See en de Hornemmer Rhee.

»›Frei ist der Fischfang, frei ist die Jagd, frei ist der Strandgang, frei ist die Nacht, frei ist die See, die wilde See an der Hörnumer Reede‹«, übersetzte er aus dem Friesischen. »Wie poetisch, oder? Kaum zu glauben, dass ausgerechnet ein Fischer ein so wortgewaltiges Vermächtnis hinterlassen hat. Doch zu der Zeit war das durchaus überzeugend.« Er deutete auf das Foto eines jungen Mannes mit ernstem Gesichtsausdruck. »Er hat sich das alles ausgedacht. Christian Peter Hansen, Inselchronist, schrieb die Geschichte von Pidder Lüng 1846 auf. Er war ein glühender Nationalist, der es nicht länger hinnehmen wollte, dass die deutschen Herzogtümer Schleswig und Holstein vom dänischen König regiert wurden.«

Inge betrachtete das Foto des begabten Geschichtenerzählers.

»Er war so etwas wie die Sylter Version der Brüder Grimm«, fuhr Kersten fort. »Wenn Sie so wollen, legte er den Grundstein für den heutigen Erfolg von Sylt als noblem Ferienort. Er schrieb 1859 den ersten Reiseführer, zu einer Zeit, als Urlaub nur für sehr wenige überhaupt ein Begriff war.«

Kerstens Finger wanderte weiter zu einem reichlich zerfledderten Büchlein in einem Glaskasten, das den Titel »Der Fremdenführer auf der Insel Sylt« trug. Die Tafel daneben enthielt einen Auszug daraus:

Wir Insulaner bieten den Fremden ein offenes, ehrliches Antlitz, eine treue Hand, einen gastlichen Tisch und reinliche Wohnungen.

Kersten lachte, und auch Inge musste lächeln.

»Damals hätte sich wohl niemand träumen lassen, dass hundert Jahre später Prominente über die Insel herfallen würden wie Heuschrecken«, bemerkte Kersten.

Sie waren am nächsten Schaukasten angelangt. Er zeigte Aufnahmen aus den 1920er Jahren. Hermann Hesse war darauf zu sehen, Marlene Dietrich und Stefan Zweig. Thomas Mann saß in einem Liegestuhl vor der Pension »Kliffende« in Kampen und wirkte so gelöst und entspannt, dass Inge zweimal hinsehen musste, um sicher zu sein, dass es sich auch tatsächlich um den berühmten Schriftsteller handelte. Unter dem Foto war ein Zitat zu lesen, das dieser in dem Gästebuch der besonders bei Künstlern beliebten Pension notiert hatte.

An diesem erschütternden Meere habe ich tief gelebt.

Kersten zwinkerte ihr zu. »Man muss nicht viel Phantasie haben, um zu wissen, dass Thomas Mann hier wohl mehr als eine intensive Romanze mit einem jungen Mann gehabt haben muss. Vielleicht hielt er sogar ganze Orgien ab, wer weiß das schon?« Er wies mit dem Kinn in Richtung eines Fotos, das in Schwarz-Weiß eine nackte Tänzerin zeigte. »Gret Palucca, die berühmte Tänzerin, nur eine von vielen. In den 1950er Jahren kam dann Valeska Gert und eröffnete den ›Ziegenstall‹, eines der berühmtesten Etablissements auf Sylt überhaupt.« Kerstens Augen leuchteten.

Inge spürte, wie ihre Ablehnung ihm gegenüber abnahm. Er mochte jemand sein, der sich selbst gern reden hörte, doch zumindest erzählte er Geschichten, die sich um interessantere Menschen als ihn selbst drehten.

»In der Weimarer Republik wurde Sylt über Nacht zu einem Magneten für Künstler und Intellektuelle. Partys, Ausschweifungen, kreatives Schaffen, Freundschaften und Liebeleien. Wie gern wäre ich dabei gewesen – und wenn auch nur als Kellner! Stellen Sie sich vor, wie aufregend da jedes noch so belanglose Gespräch gewesen sein muss.«

Inge legte den Kopf schief. »Dass wirklich jede Unterhaltung so spannend gewesen ist, wage ich zu bezweifeln.« Sie dachte darüber nach, was sie von ihren Großeltern über jene Jahre erfahren hatte. Beiden waren die extrovertierten und zum Teil exzentrischen Künstler mehr als suspekt gewesen, die sich mit den Einheimischen ohnehin nicht eingelassen hatten.

Ein Schatten flog über Timo Kerstens Gesicht. »Meine Eltern wollten sich ein Häuschen hier kaufen oder zumindest eine kleine Wohnung, aber dafür hat es leider nie gereicht. Wir sind trotzdem immer wiedergekommen, jedes Jahr. Aber die Preise sind eben nur etwas für die ganz Reichen. Die Fernsehstars und die Politiker.«

Inge hörte Bitterkeit in seiner Stimme, und der letzte Rest ihrer Antipathie verschwand. Er hatte sich in die Insel selbst verliebt, nicht in das, was sie darstellte, und das war eher selten.

»Immerhin darf ich jetzt hauptberuflich hier Urlaub machen. Ein kleines Forschungsprojekt, das sich mit der hiesigen Geschichtsschreibung befasst, finanziert natürlich von den großzügigen Spenden der gut betuchten Sylt-Fans.« Er wirkte nun wieder sehr vergnügt. »Mit dem da fing alles an.«

Auf dem Bild war Gunter Sachs zu sehen, mit breitem Lachen, roten Wangen und einer Zigarre in den Händen, neben ihm seine damalige Ehefrau Brigitte Bardot.

»Er verliebte sich in Sylt und brachte sie alle hierher. Da ging die Party erst richtig los, das kann man so sagen. Tag und Nacht wurde nackt am Strand getanzt, es gab Alkohol, Drogen, Sex und jede Menge kleine und große Skandale, über die die Inselbevölkerung gnädig Schweigen und Vergessen breitete.«

Inge hielt sich nicht lange mit den Partyfotos aus den siebziger Jahren auf, sie kannte sie alle.

Ein Zeitungsartikel berichtete über den 1970 vereitelten Bau des Hotels »Atlantis« in Westerland. Heftige Proteste der Einheimischen hatten zu jener Zeit verhindert, dass der gigantische Komplex entstehen konnte. Heute befand sich dort ein Freizeitbad.

»Das war das erste Mal, dass die Einheimischen sich gegen die Invasion auf ihrer Insel wehrten, doch das ist nur die halbe Wahrheit«, bemerkte Kersten. »In Wirklichkeit waren es nämlich die Promis, die fürchteten, auf Sylt könnte der Massentourismus losgehen, so wie auf Mallorca oder in Italien. Sie wollten sich ihre Idylle nicht durch zu viel Geldgier kaputt machen lassen. Und eine Idylle war es.«

Inge räusperte sich. »Das kommt darauf an, wie man es betrachtet. Immerhin gab es 1972 den ersten großen Mordfall.«

Kersten schaute sie überrascht an. »Ich sehe, Sie kennen sich aus. Ja, das stimmt! Die ermordete Kellnerin, das war so etwas wie der Sündenfall, auch wenn es vorher schon Gewalt und den einen oder anderen Mord gegeben haben muss, nur wurde das immer schön unter den Teppich gekehrt. Passt nicht so gut zum Paradies mit den Dünen! Auf Basis meiner Recherchen kann ich Ihnen sagen, dass die häufigsten Verbrechen hier auf der Insel vermutlich Steuerhinterziehung und Bestechung sind, aber wen interessiert das schon? Die Polizei in Westerland jedenfalls nicht, wenn schon, dann eher die bundesweiten Steuerbehörden, aber deren oberste Chefs haben eben auch nichts gegen eine Einladung nach Sylt. Wer will sich da schon mit so hässlichen Dingen wie einem Mord oder anderen Verbrechen befassen? Das ist doch alles schlecht für das Geschäft. Sylt, das ist Dünen, Leuchttürme und die Whiskeymeile, nicht wahr? Man kommt hierher, um die böse Welt dort draußen zu vergessen, die der Normalsterblichen. Tote Mädchen machen sich da nicht so gut, die gibt es nur in Berlin, Hamburg und Frankfurt. Aber sagen Sie, wieso sind Sie mit dem Mordfall von 1972 vertraut? Die wenigsten wissen darüber Bescheid, und noch weniger erinnern sich daran.«

»Ich war bei der Polizei von Westerland, vor vielen Jahren.«

Kersten stieß einen leisen Pfiff aus. »Da schau mal einer an! Sie sind ja ein echter Glücksfall! Mit jemandem von der Polizei habe ich hier noch nie gesprochen, dabei habe ich bis vor Kurzem eine ganze Weile zur Geschichte der ›Mörderkuhle‹ hinter Keitum recherchiert und wie sie zu ihrem Namen kam.«

Inge lachte auf, als sie das Wort hörte, das sonst nur die Einheimischen verwendeten. »Na, ganz sicher nicht, weil dort jemand umgekommen ist«, gab sie augenzwinkernd zurück.

Kerstens Grinsen wurde noch eine Spur breiter.

Inge dachte an ihren Großvater, der für den Reichsarbeitsdienst in dem Areal, das gemeinhin »Mörderkuhle« genannt wurde, unweit von hier Kies ausgehoben hatte, um damit den Hindenburgdamm aufzuschütten. »Eine verfluchte Plackerei ist das gewesen im Sommer bei der Hitze, deshalb nannten wir sie ›Mörderkuhle‹«, hatte er stets gesagt, wenn die Rede auf die Gegend zwischen Keitum und Tinnum gekommen war, wo inzwischen dank intensiver Aufforstung ein kleines Wäldchen stand und die Straße am Tierheim von Sylt vorbeiführte.

»Mich würde es nicht wundern, wenn dort dennoch die eine oder andere Leiche vergraben liegt«, sagte Kersten, nun wieder ernst. »Die Wehrmacht hat das Gelände für Übungen und eine Flakstellung genutzt. Die Baracken des Reichsarbeitsdiensts existierten zu jener Zeit noch. Nach dem Krieg wurde das Gebiet dann für alles Mögliche als Müllhalde genutzt. Im Boden liegt da bestimmt noch vieles, das sich zu entdecken lohnt. Für mich als Historiker eine wahre Fundgrube, doch müsste ich dann wohl zum Archäologen werden.« Er rieb sich die Hände, als erfülle ihn allein der Gedanke mit Vorfreude.

»Wenn Sie nach Leichen suchen, müssen Sie nicht erst auf der Müllhalde suchen.« Inge bereute die Bemerkung sofort, als sie begriff, dass sie einen Fehler gemacht hatte.

Kersten musterte sie mit unverhohlener Neugier so durchdringend, dass sie seinem Blick auswich. »Wenn mir das eine ehemalige Kommissarin sagt, dann weckt das selbstverständlich mein Interesse. Sie möchten mir nicht erklären, was Sie damit meinen?«

Inge schüttelte den Kopf, doch es war längst zu spät.

Kersten starrte sie an, als dächte er angestrengt über etwas nach oder versuchte, sich an etwas zu erinnern. Dann riss er plötzlich die Augen auf und schlug sich gegen die Stirn. »Aber ja, ich weiß, wer Sie sind! Sie haben die Ermittlungen geleitet, als die junge Studentin umkam und am Strand gefunden wurde, eine riesige Sache.«

Inge lief rot an. Warum nur hatte sie sich überhaupt auf diese Unterhaltung eingelassen? Wieso stolperte sie in der letzten Zeit von einer unangenehmen Situation in die nächste und fühlte sich nicht in der Lage, ihre Interaktionen mit anderen Menschen so zu steuern, dass sie nicht zwangsläufig in ein Desaster mündeten? Sie musste dieses Gespräch beenden, und zwar sofort, bevor sie noch mehr Unsinn redete. »Also, ich danke Ihnen für die Zeit, die Sie sich genommen haben, das war wirklich ein sehr anregendes Gespräch«, sagte sie höflich und wandte sich in Richtung Ausgang, an der Treppe vorbei, die in den ersten Stock führte.

Timo Kersten ließ sich nicht beirren und folgte ihr. »Sie wollen jetzt wirklich gehen? Das ist aber schade.«

»Ja, das ist es, in der Tat, aber es wird sich sicher eine andere Gelegenheit –« Inge kam nicht dazu, den Satz zu beenden. Kersten hatte sie überholt und sich direkt vor ihr aufgebaut.

»Erlauben Sie, dass ich Sie zum Mittagessen einlade?«, fragte er fast flehend. »Ich komme sonst um vor Langeweile. Jemandem wie Ihnen bin ich hier noch nie begegnet. Bitte tun Sie einem, der der Insel mit Leib und Seele verfallen ist, den Gefallen.«

Inge zögerte. Sie hatte keine Lust, aus Nachlässigkeit als wandelnde Informationsquelle herhalten zu müssen. Kersten mochte zwar ganz in Ordnung sein, anstrengend blieb er trotzdem, auch wenn es erstaunlicherweise gutgetan hatte, sich über etwas anderes als Meret und Anke Thießen zu unterhalten. Doch was sollte sie ihm erzählen, ohne sich selbst in Schwierigkeiten zu bringen? Ihm war es zuzutrauen, dass er daraus gleich eine große Sache machen und eine Serie von Artikeln verfassen würde. Das war das Letzte, das sie gebrauchen konnte – und ganz sicher das Falsche, um ihr Verhältnis mit Jannis zu verbessern.

»Das geht leider nicht«, sagte sie unfreundlicher als beabsichtigt.

Heftige Enttäuschung zeigte sich auf Kerstens Gesicht. Sofort bereute sie ihre Worte. Was war heute nur los mit ihr, dass sie ständig anderen Menschen auf die Füße trat? Erst Jannis und nun diesem Mann, der sich lediglich freundlich um sie bemüht hatte.

Plötzlich hatte sie eine Idee. Warum nicht das Beste daraus machen? Jannis konnte etwas gute PR gebrauchen. »Aber wenn Sie möchten, können Sie heute Abend ins ›Blanke Hans‹ kommen, dort arbeite ich. Es gehört meinem Bruder, und man kann dort ganz hervorragend essen. Außerdem ist es ein mehr als geschichtsträchtiger Ort.«

Augenblicklich hellte sich Kerstens Gesicht wieder auf. »Das werde ich tun«, versprach er begeistert.

Inge sah nervös auf ihre Uhr. »Tja, also, ich muss jetzt auch wieder weiter.«

Kersten schien noch etwas sagen zu wollen, doch sie drehte sich um und verließ beinahe fluchtartig das Museum.

Ungebetene Gäste

»Wo warst du den ganzen Tag?«, fragte Jannis hörbar verärgert, als Inge im »Blanke Hans« ankam. »Ich dachte, du bist hier, um mich zu entlasten, stattdessen bist du jeden Tag unterwegs, ganz zufällig auch noch mit meinem Auto. Sieht so die Hilfe aus, über die wir gesprochen haben? Ich dachte, ich kann mich auf dich verlassen!«

Jannis' Augen funkelten, doch Inge spürte, dass nicht ihr Wegbleiben der Grund seines Zorns war. Er war wütend über etwas anderes. Darüber, dass sie nun Bescheid wusste über seine finanziellen Probleme?

»Ich bin nicht deine Leibeigene, Jannis«, erwiderte sie ungewollt scharf. Die Begegnung mit Kersten hatte sie aufgewühlt und verstimmt, auch wenn sie gar nicht genau wusste, weshalb. Die Verstimmung schlug ihr auf den Magen, der sich in immer schmerzhafteren Krämpfen zusammenzog.

Sie verschwand in die Küche, streifte sich eine Schürze über und ging dann hinter die Theke, um sich um die Getränke zu kümmern. Es war noch früh, doch die ersten Gäste trafen bereits zum Abendessen ein. Eine Weile arbeitete sie ruhig, routiniert und tief in Gedanken versunken. Erinnerungen strömten durch ihren Kopf, an ihre Eltern, an Malte, an Dinge, die vor langer Zeit gewesen waren und die sie vergessen hatte. Es lag an der Insel. Zurück zu sein holte all das wieder nach oben, unsortiert und ungefiltert, und überflutete sie. Sie ertappte sich bei der Frage, ob es die richtige Entscheidung gewesen war, hierherzukommen.

An diesem Abend half Ditte Marschen im Restaurant aus, eine rundliche Frau in den Vierzigern, die in der Nähe wohnte. Ihre fröhliche, typisch friesische Art riss Inge aus ihren trüben Gedanken.

Als ein hagerer, hochgewachsener Mann mit auffällig rotem Gesicht in teurem Zwirn und in Begleitung zweier weiterer

Männer das Restaurant betrat, stutzte Inge kurz. Er kam ihr bekannt vor, doch sie konnte keinen Namen dazu finden.

»Das ist Tamme Nikken. Er möchte der neue Bürgermeister von Sylt werden. Macht eine ordentliche Welle von wegen, dass die Mietpreise auch für die Einheimischen wieder erschwinglich sein müssen«, erklärte ihr Ditte, als sie die Bestellung der neuen Gäste an sie weitergab.

Nikken hatte eindeutig Charisma, und bei näherem Hinsehen wirkte er wie ein typischer Politiker. Aalglatt und zugleich ein wenig wie ein Raubtier. Die Art und Weise, wie er sich bewegte, gestikulierte, die Lautstärke seines Lachens, all das zeigte, dass er sich seiner Wirkung bewusst war und gern im Zentrum der Aufmerksamkeit stand. Jetzt fiel Inge auch ein, wo sie ihn zuvor gesehen hatte: auf den Wahlplakaten entlang der Straßen. »Sylt muss Sylt bleiben« hieß es dort. Mit gerunzelter Stirn beobachtete Inge ihn, während sie drei Bier zapfte.

Ditte schob die Gläser auf ihrem Tablett hin und her und richtete dann die Tasche an ihrer Hüfte, in der sich ihr Portemonnaie befand. »Ist ein echtes Thema. Immer mehr Leute ziehen weg, raus aufs Festland, weil sie es hier nicht mehr bezahlen können«, sagte sie grimmig. »Wenn es so weitergeht, steht das mir und meinen Jungs auch bevor. Bald gibt es nicht eine einheimische Seele mehr, nur noch die Touristen.« Sie schnitt eine Grimasse. »Gibt eine Menge Leute, die das nicht mehr hinnehmen wollen. Tourismus hat ja seine Vorteile, aber zu viel ist auch schlecht. Zumal längst nicht alle gut davon leben können.«

Sie machte ein vielsagendes Gesicht, auch wenn Inge nicht klar war, worauf sie damit anspielte. Wusste Ditte etwa von Jannis' finanziellen Problemen? War sie selbst etwa die Einzige gewesen, die davon nichts mitbekommen hatte?

»Wenn man vom Teufel spricht«, sagte Ditte und verdrehte die Augen.

Die Tür schwang auf. Zu Inges Erstaunen betraten Ole und Bo Knudsen das Restaurant. Die beiden Brüder warfen ihr einen missmutigen Blick zu, grüßten nur mit einem Nicken und verzogen sich dann in eine hintere Ecke.

Inge war nicht entgangen, dass sich Ole und Nikken vertraut zugenickt hatten. Sie schienen sich näher zu kennen, was seltsam war, wenn doch Nikkens Politik darauf abzielte, jemandem wie Ole das Geschäft zu vermiesen.

»Inselpolitik«, murmelte sie.

Ditte lud das dritte Bier auf ihr Tablett und zwinkerte Inge zu, bevor sie sich zum Tisch des Bürgermeisteranwärters umdrehte. *»Hi sopt üüs en elk«*, sagte sie in tiefstem Friesisch.

Inge musste grinsen. Mit dieser Redensart beschrieb man jemanden, der Unmengen an Alkohol trinken konnte und das auch regelmäßig unter Beweis stellte. Wie sich das mit den Pflichten eines zukünftigen Bürgermeisters vertrug, war ihr schleierhaft, aber sie hatte seit jeher eine tiefe Aversion gegen Politiker. Als Polizistin hatte man mit ihnen nur Scherereien.

Im Weggehen fügte Ditte hinzu: »Und der da ist ein echter *Taarepshole*.« Mit einem Kopfnicken wies sie zu Ole Knudsen.

Dieser Hinweis wunderte Inge nicht. Ein *Taarepshole*, ein Dorfbulle, war jemand, den man anderswo einen Schürzenjäger nannte. Das passte zu Ole.

Sie warf dem schneidigen Immobilienmakler einen unfreundlichen Blick zu und entschied, ihn noch unsympathischer zu finden als bisher.

Die Gaststube füllte sich allmählich und war bald gut besucht. Nicht zum ersten Mal fragte sich Inge, weshalb Jannis in solche finanziellen Schwierigkeiten geraten war, wenn sowohl das Restaurant als auch das Hotel sogar zu dieser Jahreszeit so gut liefen. An zu niedrigen Preisen konnte es nicht liegen, so viel stand fest. Jannis' Preise lagen auf dem mittleren Inselniveau, galten also als durchaus gehoben. Eigentlich müsste es ihm ein Leichtes sein, seine Ausgaben mit den Einkünften zu decken und dabei noch ein hübsches Sümmchen beiseitezulegen.

Was machte Jannis mit seinem Geld? Hatte er sich verschuldet? Aber womit? Weder hatte er umfangreiche Renovierungsarbeiten vorgenommen, noch pflegte er einen Lebensstil, der über seine Verhältnisse ging. Inge verstand es einfach nicht.

»Sind die beiden öfter zusammen hier?«, fragte sie Ditte, als diese mit einer neuen Bestellung von Ole und Bo an die Theke zurückkam.

»Die zwei? Nee, eigentlich nicht. Die sind sich auch nicht grün.«

Inge entging nicht, dass sowohl Ole als auch Bo sie immer wieder mit finsteren Blicken maßen. Sie reckte angriffslustig das Kinn, dann trocknete sie sich die Hände an einem Handtuch ab und ging in die Küche, wo es köstlich duftete.

Ihr Magen knurrte laut. Sie nahm sich einen eingelegten Hering aus einem der Töpfe und verschlang ihn mit wenigen Bissen. Nirgendwo schmeckte der Fisch so gut wie hier, frisch aus dem Meer und voller Aromen, ganz anders als das, was man auf dem Festland bekam, sogar auf den Fischmärkten.

Sie trat vor das »Blanke Hans«, um frische Luft zu schnappen. Das grelle Licht des Leuchtturms zog vorüber. Plötzlich fühlte sich Inge erschöpft. Sie hatte sich all das sehr viel einfacher vorgestellt, ihre Rückkehr, die Arbeit bei Jannis. Bevor sie hierhergekommen war, hatte sie sich alles viel romantischer ausgemalt, ihre Pensionszeit auf der beliebten Urlaubsinsel, zu Hause zwischen den Dünen, beim ewigen Rauschen des Meeres. Doch nun war alles ganz anders.

»Na, viel zu tun?«

Inge schrak auf. In der Dämmerung erkannte sie Timo Kersten, der vom Parkplatz aus auf sie zukam.

»Sie sind hier«, stellte sie nicht gerade freundlich fest.

»Sie haben mich eingeladen. Eine solche Einladung schlägt man nicht aus.«

Inge verspürte Lust auf eine Zigarette, obwohl sie das Rauchen schon vor Jahrzehnten aufgegeben hatte. Das Inselklima bekam ihr nicht, so viel stand fest.

Sie folgte Kersten nach drinnen, der an der Theke Platz nahm und sie mit freundlichen Blicken beobachtete.

»Wenn Sie gekommen sind, um ein bisschen Inselschnack

mitzubekommen, muss ich Sie enttäuschen«, sagte sie. »Ich war zu lange weg. Ich kann Ihnen nichts erzählen.«

Kersten folgte ihrem Blick zu Nikken, dann zuckte er gleichgültig mit den Schultern. »Ich bin Historiker. Die Gegenwart interessiert mich höchstens peripher.« Er schmunzelte sie an.

Gegen ihren Willen stellte Inge fest, dass sie begann, ihn zu mögen. Hier, an dem Ort, der einmal ihre Heimat gewesen war, schien er ihr einziger Verbündeter zu sein. Sie stellte ein Bier vor ihm ab und setzte eine Markierung auf seinen Bierdeckel.

»Und dann haben Sie sich ausgerechnet Sylt als Forschungsfeld ausgesucht?«, fragte sie zweifelnd.

»Aber ja! Die Geschichte dieser Insel ist so vielfältig und als Forschungsgebiet nahezu unerschöpflich. Es gibt so viel, das wir bis heute nicht wissen. Das fängt schon mit dem Namen an. Niemand weiß genau, wo er herkommt und was er bedeutet.«

Inge hatte wenig Lust auf eine weitere Geschichtsstunde. Viel lieber wollte sie verfolgen, worüber Bo und Ole sprachen. Die Brüder hatten die Köpfe eng zusammengesteckt. Die meiste Zeit redete Ole, während Bo von Zeit zu Zeit nickte. Aus der Entfernung konnte Inge nicht heraushören, worum es bei dem Gespräch ging, doch sie hätte alles darauf verwettet, dass auch Meret ein Thema war.

»Hey, Nikken, wie willst du das eigentlich durchsetzen mit den niedrigeren Mietpreisen?«, rief unvermittelt jemand vom anderen Ende der Theke. Die Stimme gehörte Klaes Hof, einem untersetzten Mann im Rentenalter, der lange Jahre zur See gefahren war und nun angeblich mehr schlecht als recht von seiner Rente lebte. Seine glasigen Augen verrieten, dass der Kurze vor ihm nicht sein erster an diesem Abend war.

Nikken setzte ein Lächeln auf, das ebenso professionell wie falsch wirkte. »Die Instrumente stehen detailliert in meinem Wahlprogramm. Wenn ich Bürgermeister werde, tritt zunächst eine verschärfte Zweitwohnsitzsteuer in Kraft, außerdem werde ich ein Gesetz nach Berliner Vorlage erlassen, das verhindert, dass die Wohnungen und Häuser über Plattformen weitervermietet werden dürfen. Darüber hinaus wird eine Quote festlegen, wie viele Wohnungen bei Neubauten an Leute von außerhalb verkauft werden dürfen. Das wird den Immobilienmarkt regulieren.«

Klaes Hof stieß ein Grunzen aus, das Zustimmung oder auch Missbilligung bedeuten konnte. Offenbar konnte ihn das Konzept des Bürgermeisterkandidaten nicht recht überzeugen, doch er enthielt sich weiterer Kommentare.

Ole Knudsens Gesicht war bei Nikkens Ausführungen zunehmend erstarrt, wie Inge interessiert verfolgte. Er schien ganz und gar nicht einverstanden mit Nikkens Plänen.

Das schadet diesem eitlen Fatzke nichts, dachte sie und spürte, wie sich ihre Laune besserte. Der Abend gestaltete sich unterhaltsamer, als sie erwartet hatte.

Kersten schmunzelte. »Die Inselpolitik der Gegenwart wird die Historiker der Zukunft ganz sicher eines Tages beschäftigen. Ich denke, dass wir uns am Anfangspunkt einer Wende befinden, wenn Sie meine Einschätzung hören wollen.«

»Wie meinen Sie das?«

»Nun ja, vermutlich wissen Sie das als Einheimische, doch der Tourismus hat diese Insel einst gerettet. Bevor Westerland zum Seebad wurde und all die Künstler und Promis hierherkamen, war es um Sylt und seine Einwohner nicht gut bestellt. Vom Walfang, von der Seefahrt und der Austernzucht konnte man Ende des 19. Jahrhunderts immer schlechter leben.«

»›Heut bin ich über Rungholt gefahren, die Stadt ging unter vor sechshundert Jahren‹«, rezitierte Klaes Hof mit dröhnender Stimme die ersten Zeilen des Gedichts des bekannten Dichters Detlev von Liliencron.

Kersten nickte erfreut und prostete ihm zu, ehe er fortfuhr. »Rungholt, das Atlantis der Nordsee. Eine ganze Insel und ihre Bewohner, versunken bei einer Sturmflut in einer eisigen Januarnacht. Die Legende besagt, dass Rungholt durch die Salzgewinnung aus dem Meer so reich geworden war, dass die Menschen dort sündigten und Frevel begingen. Der Pfarrer sollte ein Schwein taufen und weigerte sich, und so schickte

Gott die Flut, um die Rungholter zu bestrafen. Wenn man so will, kann man das durchaus als ein Menetekel für Sylt betrachten, immerhin ist keine der Nordseeinseln so reich wie diese.«

»Soll das heißen, dass uns eine Sturmflut bevorsteht? Die Deiche sind hoch genug. Sie könnte Sylt nichts anhaben.«

»Aber ja, das stimmt. Es geht auch mehr um den symbolischen Charakter. Über die Rungholter heißt es auch, sie seien zu gierig gewesen, hätten das Meer seiner Schätze beraubt, anstatt bescheiden und im Einklang mit ihm zu leben. Das kann man durchaus auf das Sylt der Gegenwart übertragen.«

Inge lachte zweifelnd. »Also ging Rungholt unter, weil es zu habgierig war?«

»Wie gesagt, es gibt Parallelen. Nach Rungholt kamen Händler von weit her, sogar vom Mittelmeer und aus dem Orient. Funde belegen das. Das ist durchaus vergleichbar mit dem Tourismus. Aber die Rungholt-Forschung steht erst ganz am Anfang, doch das ist ein anderes Thema. Sylt und Rungholt verbindet eine gemeinsame Geschichte.«

Inge nickte zerstreut, während sie zu Ole Knudsen hinüberschaute, der sich wieder seinem Bruder zugewandt hatte. Worüber sprachen die beiden so geheimnistuerisch? Und weshalb trafen sie sich ausgerechnet an dem Ort, an dem erst vor wenigen Tagen ihre Schwester gestorben war? Was hatte das zu bedeuten? Das konnte doch kein Zufall sein. Oder waren sie wegen ihr und ihrer Nachforschungen hierhergekommen, um sie einzuschüchtern?

Doch bis auf die wenig wohlwollenden Blicke schenkte weder Ole noch Bo ihr Beachtung. Irgendwann erhob sich Bo und verschwand nach draußen, vermutlich, um zu telefonieren. Ole blieb zurück und starrte gedankenverloren zu Nikken hinüber.

Inge fragte sich, ob er darüber nachdachte, was wohl aus seinen Immobiliengeschäften werden würde, wenn Nikken die Wahl gewann. Wahrscheinlich überlegte er, wie er Nikken beeinflussen konnte.

Ole hatte sich inzwischen auf Temperatur getrunken und

lachte immer lauter und dröhnender, damit auch ja alle es mitbekamen. Wollte er ein Zeichen setzen? War das eine Drohung?

Wo war eigentlich Jannis? Sie hatte ihn seit Stunden nicht gesehen. Kersten schien nicht aufzufallen, dass sie mit ihren Gedanken ganz woanders war, denn er setzte seinen Vortrag unbeeindruckt fort.

»Die Sylter sind ein stures und eigensinniges Volk, und sie halten trotz aller Einflüsse von außen an ihrer Identität fest. Das kann man an vielen Kleinigkeiten erkennen. Das Biikebrennen ist ein gutes Beispiel, auch wenn es Jahr für Jahr mehr Touristen anzieht. Es bleibt eine einheimische Veranstaltung, ein im wörtlichen Sinne leuchtendes Signal kultureller Selbstbehauptung. Es war nur eine Frage der Zeit, bis jemand wie Nikken auftauchen und das Thema politisch ausschlachten würde. Tatsächlich gibt es diese Stimmen schon seit den 1950er Jahren. Sie warnen vor dem Ausverkauf von Sylt als Heimat, als den Ort, an dem friesische Traditionen gepflegt werden, und zwar nicht nur als bloße Touristenattraktionen.« Er nahm einen tiefen Schluck aus seinem Bierglas.

Inge zwang sich zu einem höflichen Lächeln. Der Historiker begann ihr auf die Nerven zu gehen, doch sie war ohnehin mit ihren Gedanken ganz woanders. Bo war vor wenigen Minuten mit einem seltsam zufriedenen Ausdruck in das Lokal zurückgekehrt und saß nun in einträchtigem Schweigen neben seinem Bruder, der kurz darauf die Rechnung bestellte, mit einem großzügigen Trinkgeld bezahlte und nach einem beiläufigen Abschiedsgruß in Nikkens Richtung, gefolgt von Bo, in die Nacht hinaus verschwand. Inge sah ihnen sorgenvoll nach.

Kurz darauf bezahlte auch Kersten und verließ das »Blanke Hans«. Er schien geknickt zu sein, weil Inge nicht mehr Interesse an seinen Ausführungen gezeigt hatte, doch ihr war heute wirklich nicht nach Geschichtsunterricht zumute. Nur Nikken und seine Begleiter tranken noch bis nach Mitternacht.

Müde und zerstreut, stieg Inge gegen halb eins die Treppe zu ihrem Zimmer hinauf. Vom langen Stehen schmerzten ihr Rücken und Beine. Sie war definitiv zu alt, um sich die Nächte um die Ohren zu schlagen. Zwar konnte sie verstehen, dass Jannis aufgebracht war, wenn sie tagsüber nicht im »Blanke Hans« half, doch das war kein Grund, sie den ganzen Abend allein im Lokal zu lassen. Sie beschloss, ihn morgen zur Rede zu stellen und ihn nach dem Grund für sein mehr als seltsames Verhalten zu fragen.

Gähnend wollte Inge ihr Zimmer aufschließen, als sie bemerkte, dass das Schloss aufgebrochen worden war. Sofort war sie hellwach. Eine eisige Kälte breitete sich in ihrem Kopf aus. Sie erstarrte mitten in der Bewegung und griff sich reflexartig an die Hüfte, wo schon seit vielen Jahren keine Dienstwaffe mehr in einem Halfter saß. Mit angehaltenem Atem stieß sie vorsichtig die Tür auf. Das Zimmer war leer, das konnte sie mit einem Blick erkennen, doch jemand hatte all ihre Sachen durcheinandergeworfen. Schubladen, Taschen und Koffer waren aufgerissen und ihr Inhalt überall im Zimmer verstreut. Jemand hatte ganze Arbeit geleistet. Inges Gedanken rasten. Was hatte der Einbrecher gesucht? Sie ging zu der Kommode, in der sie Merets Notizbuch aufbewahrt hatte. Es war verschwunden.

»So ein verfluchter Mist«, stöhnte sie und ließ sich auf ihr Bett sinken.

Wer wusste überhaupt, dass dies ihre Unterkunft war? Und was wollte dieser Jemand mit Merets Notizbuch anfangen? Ein Name drängte sich ihr auf, verbunden mit einem Gesicht, rot und mit Glatze.

»Bo Knudsen«, zischte sie aufgebracht. Natürlich, das war der Grund, weshalb die beiden Brüder heute im »Blanke Hans« aufgetaucht waren. Sie hatten sie abgelenkt. Ole hatte sie beobachtet, während Bo in ihr Zimmer gegangen war und ihre Sachen durchwühlt hatte. Hatte er von dem Notizbuch gewusst? Der Schock verwandelte sich in Zorn.

Inge zog ihr Handy heraus und wählte mit zitternden Fingern Piets Nummer. Es läutete lange in der Leitung, bis ihr ehemaliger Kollege mit verschlafener Stimme abhob.

»Ja bitte?«

»Bo Knudsen ist bei mir eingebrochen. Ich bin sicher, dass er es war. Er hat meine Sachen durchsucht«, erklärte Inge mechanisch, während sie das Chaos im Raum überflog, um herauszufinden, ob Bo sonst noch etwas hatte mitgehen lassen. Auf den ersten Blick fehlte nichts.

»Inge?«

»Sie sind extra hierhergekommen, während ich gearbeitet habe. Bo und Ole Knudsen. Sie führen etwas im Schilde. Sie wollen nicht, dass Merets Tod aufgeklärt wird.«

Piet hustete. Eine Weile war es still am anderen Ende der Leitung, als müsse er erst seine Gedanken sortieren.

»Du musst die Polizei dazu bringen, dass die Ermittlungen wiederaufgenommen werden. Das ist ein eindeutiger Hinweis.«

»Inge, jeder könnte das gewesen sein. Nichts deutet darauf hin, dass es einen Zusammenhang mit Meret –«

»Was muss noch alles passieren, damit du endlich anfängst, dich darum zu kümmern? Man könnte fast den Eindruck bekommen, du willst Merets Mörder gar nicht finden. Was ist nur mit dir los? Du warst doch mal ein guter Polizist. Du wolltest etwas ändern, für Gerechtigkeit sorgen. Hat dich etwa jemand gekauft?«

»Nun mal langsam«, beschwichtigte Piet sie. »Ich versuche nur, dich auf den Boden der Tatsachen zurückzuholen. Du warst lange weg, und kaum bist du zurück, verbeißt du dich in diese Sache mit Meret und lässt dich durch nichts wieder in die Realität zurückholen.«

»Das könnte daran liegen, dass ich dabei war, als man sie aus einem Fenster stieß«, erwiderte Inge kalt. »Außerdem passieren in der letzten Zeit lauter seltsame Dinge. Jemand läuft mir beinahe vors Auto oder kommt in mein Zimmer, während ich schlafe, und jetzt das. Und du willst behaupten, ich bilde mir das nur ein? Wer, wenn nicht Merets Mörder, sollte es denn auf mich abgesehen haben?«

»Ich verstehe dich ja. Aber ich habe dir schon einmal gesagt, dass es vielen Leuten nicht gefällt, dass du überall herumschnüffelst. Die Polizei erhält ständig Anrufe. Niemand will, dass die

Sache mit Meret durch die Presse geht so kurz vor Beginn der neuen Saison. Das ist nicht gut für das Urlaubsgeschäft.«

»Das Geschäft?« Inges Stimme wurde schrill. »Wovon zur Hölle redest du da eigentlich? Ein Mensch ist gestorben, vermutlich kaltblütig umgebracht von den eigenen Geschwistern, und du findest, ich soll nicht so eine Welle machen? Bist du inzwischen senil geworden? Du kannst nicht länger wegsehen. Die Umstände von Merets Tod sind mehr als verdächtig, und ich habe eine Menge Hinweise, dass –«

»Hinweise sind keine Beweise. Und du bist keine Polizistin mehr. Ich verstehe ja, dass diese Sache ganz viel in dir auslöst, aber du vermischst die Vergangenheit mit der Gegenwart. Du kannst das, was mit Anke Thießen geschehen ist, nicht dadurch wettmachen, dass du ein Phantom jagst. Merets Sturz wurde als Unfall –«

»Ich will davon nichts hören«, zischte Inge. »Ich war dabei, und auch wenn ich keine Polizistin mehr bin, rieche ich einen Mord zehn Meter gegen den Wind, vor allem, wenn er direkt vor meiner Nase geschieht.«

Stille breitete sich aus. Sie konnte hören, wie Piet schluckte. »Du warst lange weg, Inge«, sagte er schließlich unerwartet sanft. »Es gibt eine Menge Dinge, die du nicht weißt. Und die Dinge, die dir passiert sind, könntest du dir ebenso gut nur eingebildet haben. Deine Schlaftabletten …«

Inge horchte auf. »Was meinst du damit, dass es Dinge gibt, die ich nicht weiß?«

»Dass du Ole Knudsen verdächtigst, hat eine Menge Wellen geschlagen. Er hat viele Freunde. Es wird nicht gern gesehen, dass du Jagd auf ihn machst.«

»Niemand sieht es gern, wenn man ihn verdächtigt. Aber ich halte sämtliche der Knudsen-Geschwister für verdächtig. Sie alle haben von Merets Tod profitiert.«

»Das heißt aber noch lange nicht, dass sie sie umgebracht haben, und das weißt du auch. Vielleicht solltest du einfach mal eine Pause machen. Fahr doch mal für ein paar Tage aufs Festland oder –«

Inge drückte auf den roten Hörer, ohne Piet bis zum Ende zugehört zu haben. Sie hatte genug von seinen Ausflüchten und guten Ratschlägen. Die Sache stank zum Himmel, und sie würde nicht eher aufgeben, bis sie wusste, aus welcher Richtung der Gestank kam.

Ein Sturm zieht auf

Obwohl sie spät ins Bett gekommen war, wachte Inge schon sehr früh auf. Draußen war es noch dunkel. Alles war still. Vielleicht lag es daran, dass sie keine Schlaftabletten genommen hatte, vielleicht auch an der Aufregung, aber sobald sie die Augen aufschlug, war sie hellwach. Der Wecker zeigte kurz vor fünf Uhr an.

Heute war Sonntag, weshalb der Betrieb im »Blanke Hans« später losging. Ihr blieb also noch Zeit. Noch im Bett entschied sie, zu Ole Knudsen zu fahren und ihn zur Rede zu stellen. Zwar war es vermutlich Bo gewesen, der ihr Zimmer durchwühlt hatte, doch es lag auf der Hand, dass Ole ihn dazu angestiftet hatte. Sie hatte genug von den Spielchen der Knudsen-Brüder. Das würde sie sich unter keinen Umständen gefallen lassen, und wenn Piet nicht bereit war, ihr zu helfen, dann würde sie sich eben selbst darum kümmern. Schwungvoll stieg Inge aus dem Bett, zog sich nach einer Katzenwäsche am Waschbecken an und verließ ihr Zimmer, das sie noch in der Nacht leidlich wieder in Ordnung gebracht hatte.

Sie verließ das »Blanke Hans« durch den Hinterausgang und ging in Richtung Parkplatz, wo Jannis seinen Lieferwagen abgestellt hatte. Zwischen den Autos kam plötzlich eine Gestalt auf sie zu.

»Nele?«, rief Inge erstaunt. Die Angesprochene zuckte zusammen, als hätte sie sie bei etwas erwischt. »Was machen Sie denn hier?«

Aufgeregt fuhr sich Nele durch das Haar. Ihr Gesicht wirkte schmal, und im schwachen Licht der Parkplatzbeleuchtung waren tiefe Ränder unter ihren Augen zu erkennen. »Ich, ähm, ich wollte etwas abgeben.«

In ihrer Hand entdeckte Inge einen Umschlag. »Abgeben? Für wen? Was ist das?«

Nele trat von einem Fuß auf den anderen. »Also, das ist für

Sie.« Sie lachte nervös. »Eigentlich sollten Sie nicht mitbekommen, dass es von mir stammt, aber das ist jetzt auch egal.«

Sie hielt Inge den Briefumschlag hin, den diese entgegennahm. Mit klammen Fingern riss sie das Papier auf. Im Inneren befand sich nur ein Foto. Als Inge erfasste, was darauf zu sehen war, schien es ihr, als greife eine kalte Hand nach ihrem Herzen.

Das Foto zeigte Anke Thießen mit Ole Knudsen. Es musste vor mehr als zwanzig Jahren aufgenommen worden sein, im Sommer vor ihrem Tod. Anke trug ein weites weißes Sommerkleid, das Haar offen und ein Bündel Strandflieder in der Hand. Sie stand am Strand, der Wind zerrte an ihren Haaren, und sie wirkte glücklich. Ole hatte seinen Arm um sie gelegt, lässig und selbstbewusst. Er war braun gebrannt, sein Oberkörper unbekleidet. Ankes Kopf lag an seiner Schulter, sie lächelte. Es war eindeutig, dass die beiden verliebt waren, vielleicht sogar eine feste Beziehung miteinander hatten.

»Wo haben Sie das her?«, fragte Inge, ohne den Blick von dem Foto zu heben.

Nele schluchzte auf. Eine Träne schimmerte in ihrem Augenwinkel, und sie wandte sich ab, um sie abzuwischen. »Meret hat es mir zukommen lassen.«

»Meret? Wann?«

»Nach unserem Streit. In der Nacht, in der sie starb.«

»Ich verstehe nicht …«

»Sie muss es in meinen Briefkasten geworfen haben, doch ich habe es erst Tage später gefunden.«

Inges Gedanken rasten. Sie versuchte sie zu ordnen, doch es gelang ihr noch nicht. »Weiß die Polizei davon?«

Nele schüttelte den Kopf. »Nein, ich hielt es nicht für wichtig, nachdem sie ihren Tod als Unfall eingestuft hatten.«

Inge unterdrückte eine wütende Erwiderung. Ihr Zorn traf nicht Nele, sondern die Polizei und vor allem Piet.

»Ich weiß, wer das auf dem Bild ist«, stieß Nele schließlich hervor. »Das ist die tote Studentin, die damals zwischen den Dünen gefunden wurde. Ich erinnere mich daran. Meret und ich waren noch jung, Teenager.«

»Anke Thießen«, bestätigte Inge leise und betrachtete wieder die Aufnahme. Etwas kam ihr bekannt vor, als hätte sie es schon einmal irgendwo gesehen, doch das war unmöglich.

»Denken Sie, dass Ole vielleicht …?« Nele beendete ihre Frage nicht.

»Ich habe keine Ahnung. Aber ich werde es herausfinden.«

Im Auto widerstand sie der Versuchung, Piet anzurufen und ihn über das Foto zu informieren. Er würde ihr nicht glauben, egal, welche Indizien sie ihm brachte. Er hatte seinen Instinkt verloren, war ein zahnloser Ermittler. Sie war in dieser Sache auf sich allein gestellt. Ihre Hände umklammerten das Lenkrad. Vor Neles Auftauchen war sie fest entschlossen gewesen, Ole Knudsen zur Rede zu stellen, doch nun war sie sich nicht mehr so sicher, ob das das richtige Vorgehen war.

Wenn Ole nicht nur Merets Mörder war, sondern auch etwas mit dem Tod von Anke Thießen zu tun hatte, dann galt es, vorsichtig vorzugehen und nach mehr Hinweisen zu suchen.

Sie trommelte mit den Fingern aufs Lenkrad. Immerhin gab es da noch Sönke Wehrheim, der ebenfalls zu beiden Kontakt gehabt hatte. Was Meret anging, hätte er in jedem Fall auch ein Motiv gehabt, nachdem sie wiederaufgetaucht war.

Inge ballte die Fäuste und öffnete die Autotür.

Wenige Minuten später saß sie mit einer dampfenden Tasse Kaffee vor dem Computer an der Rezeption und durchforstete das Internet nach der Telefonnummer von Anke Thießens Familie.

»Hallo?« Die Stimme am anderen Ende der Leitung klang müde. Es war noch früh, erst kurz nach acht, doch Inge hatte es nicht mehr länger ausgehalten zu warten.

»Ja, entschuldigen Sie bitte, mein Name ist Inge Petersen. Ich habe im Mordfall Ihrer Tochter ermittelt.«

Es folgte Stille, dann ein Räuspern. »Ich erinnere mich an Sie«, sagte Frau Thießen.

Inge holte tief Luft. Sie war sich nicht sicher, ob es ein gutes

Zeichen war, dass die Mutter des Opfers sich noch an sie erinnerte, doch nun gab es ohnehin keinen Weg mehr zurück.

»Rollen Sie den Fall meiner Tochter neu auf?« Hoffnung schwang in ihren Worten.

Inge schloss die Augen. »Nein«, antwortete sie ehrlich.

Frau Thießen keuchte, als fühlte sie einen körperlichen Schmerz.

»Ich bin nicht mehr bei der Polizei. Aber ich bin zurück auf Sylt, und der Mord an Ihrer Tochter beschäftigt mich noch immer. Sind Sie einverstanden, dass ich Ihnen einige Fragen stelle?«

Frau Thießen räusperte sich erneut, als müsste sie Kraft sammeln. »Ich rede gern über sie. Sie müssen wissen, dass mich nur noch selten jemand nach Anke fragt. Sie ist einfach schon zu lange tot, nehme ich an. Die Menschen vergessen sie, sogar ihre Freunde von früher. Das Leben geht weiter, neue Menschen kommen, Dinge geschehen, und Anke verblasst dabei immer mehr. Aber eine Mutter kann niemals vergessen. Ich denke jeden Tag an sie«, sagte sie brüchig.

Inge umfasste das Telefon fester. Sie wusste genau, wovon Rita Thießen sprach. Es verging kein Tag, an dem sie nicht an Malte dachte – und er war ihr Ehemann gewesen, nicht ihr Kind.

»Haben Sie neue Hinweise gefunden?« Wieder diese Hoffnung in der Stimme.

»Keine konkreten, aber ich gehe aktuell die alten Akten noch einmal durch, und ich kann Ihnen versichern, wenn ich auf etwas stoße, dann wird die Polizei neu ermitteln, auch wenn die Chancen nach so vielen Jahren …« Sie beendete den Satz nicht.

»Ja, das verstehe ich. Es ist einfach zu lange her. Wissen Sie, ich hatte damals den Eindruck, dass man reichlich überfordert mit der ganzen Sache war. Das ist kein Vorwurf, nur eine Feststellung. Bei Ihnen geht es in den meisten Fällen ja doch eher um gestohlene Koffer oder einen betrunkenen Fahrer.«

Inge konnte dem nicht widersprechen.

»Sie waren selbst noch so jung«, sagte Rita Thießen. »Sicherlich hatten Sie es nicht leicht in so einem Männerjob.«

Inge war nicht wohl dabei, so viel Verständnis von der Mutter eines Opfers zu erfahren. Schließlich hatte Frau Thießen nie die Genugtuung erhalten, zu wissen, wer ihre Tochter getötet hatte, und das lag daran, dass sie und Piet ihre Arbeit nicht gemacht hatten.

»Wenn man einen Mordfall nicht aufklärt, vor allem einen, bei dem das Opfer so jung ist, wie Anke zu der Zeit war, dann verfolgt einen das ein Leben lang. Es ist nicht richtig, dass es keine Gerechtigkeit gab«, erklärte Inge. Plötzlich hatte sie das Gefühl, sich rechtfertigen zu müssen, obwohl sie aus einem ganz anderen Grund angerufen hatte. »Gibt es etwas, an das Sie sich erinnern? Etwas, das Sie der Polizei nicht gesagt haben, vielleicht weil Sie es nicht für wichtig genug hielten?«, fuhr sie in verändertem Tonfall fort.

Rita Thießen dachte nach. »Ich habe so viel Zeit damit verbracht, wieder und wieder über unsere letzten Telefonate nachzudenken, darüber, was sie sagte und wie sie es sagte, doch da ist nichts, einfach nichts. Anke war eigensinnig, durch und durch. Ihr Vater wollte, dass sie studierte, dabei wollte sie Künstlerin werden. Malen, das war ihr Ding. Doch ihr Vater wollte davon nichts wissen. Etwas Richtiges sollte sie lernen, also studierte sie Tiermedizin, doch es machte sie nicht glücklich. Sie war ein Feingeist, eine freie Seele, wie man heute sagt. Sie war auf der Suche, sie wollte sich selbst verwirklichen.«

»Das war der Grund, weshalb Anke nach Sylt kam, nicht wahr?«, fragte Inge nach, die in Gedanken ihre Notizen durchging, die sie in der Akte zu Ankes Fall gefunden hatte.

»Nach dem ersten Semester bekam sie eine Krise, wie man das heute nennt. Sie wollte nicht länger ihre Zeit mit etwas verschwenden, das nicht das Richtige für sie war. Sie rebellierte, es gab viel Streit. Sie während der Semesterferien nach Sylt zu schicken war eine Notlösung, weil es bei uns zu Hause einfach nicht mehr ging. Mein Mann liebte Anke, aber wie Männer eben so sind, konnte er es ihr nur durch Strenge zeigen. Aus seiner Sicht wollte er das Beste für sie, ein Leben in Sicherheit und Frieden, doch Anke hatte dafür nichts übrig. Sie suchte das Abenteuer, eine Herausforderung. Unser normales Leben war ihr viel zu eng. Ihr Vater konnte das nicht nachvollziehen. Er wollte sie zu ihrem Glück zwingen, doch das ging schief, auf tragische Weise.«

Rita Thießen schluckte, und es klang, als kämpfe sie mit den Tränen. Inge fühlte sich beinahe schuldig, mit ihrem Anruf den alten Schmerz einer Mutter, die ihr Kind auf gewaltsame Weise verloren hatte, wieder heraufzubeschwören, doch ihr blieb keine andere Wahl.

Wenn ihr Verdacht stimmte, dann war es möglich, dass Ole Knudsen nicht nur hinter dem Mord an seiner eigenen Schwester steckte, sondern auch etwas mit Anke Thießens Tod zu tun hatte.

»Hat sie vielleicht mal jemanden erwähnt? Jemanden, mit dem sie sich getroffen hat? In den sie verliebt war?«

Rita Thießen lachte kurz auf. »Das haben Sie mich damals auch gefragt, und ich konnte es Ihnen nicht beantworten. Über solche Dinge haben wir zu der Zeit nicht gesprochen. Aber heute bin ich mir sicher, dass es einen Mann gegeben hat. Da war etwas in ihrer Stimme, wenn sie anrief, so ein Vibrieren, wie es nur die Liebe auszulösen vermag. Meinen Mann hat das zur Weißglut getrieben. Er wollte sie nach Hause holen, ihren Aufenthalt vorzeitig beenden. Vermutlich hatte er Angst, dass sie schwanger werden könnte oder ganz bleiben wollte. Ich habe ihn daran gehindert. Hätte ich das nicht getan, dann wäre Anke heute noch am Leben und mein Mann vermutlich auch. Er ist vor vier Jahren gestorben, nach langer Krankheit. Nach Ankes Tod wurde nichts wieder, wie es war, und schon gar nicht wieder gut. Ich konnte um sie trauern, weinen, meine Gefühle wahrnehmen. Aber mein Mann war wie erstarrt in seinem Kummer. Ich glaube, letztlich ist er daran gestorben. Eine Ehe überlebt so etwas nur schwer.«

Inge wollte sich nicht ausmalen, wie viel Schmerz Rita Thießen in den vergangenen zwei Jahrzehnten ausgehalten hatte, und in ihr regte sich Zorn über diese Ungerechtigkeit. Sie verdiente zu wissen, wer ihre Tochter umgebracht hatte.

»Aber einen tatsächlichen Hinweis, einen Namen oder so etwas, gab es nicht? Auch später nicht?«

»Nein, da war nichts. Ich nehme aber an, dass es jemand von der Insel war, also kein Tourist, dafür ging es zu lange. Vielleicht war er älter als sie oder verheiratet. So etwas hätte Anke ähnlichgesehen.« Fast hörte es sich an, als gefiele Rita Thießen im Rückblick die Vorstellung einer verbotenen Liebschaft.

»Denken Sie, dass er sie umgebracht hat? Wenn er verheiratet war, dann hatte er vielleicht ein Motiv. Vielleicht hat Anke ihm gedroht, dass sie es öffentlich macht. Auf Sylt ist es durchaus möglich, dass es sich um jemanden mit Einfluss oder Geld oder beidem gehandelt hat.«

»Sie ahnen nicht, wie oft ich mir diese Frage gestellt habe. Aber ich bin zu dem Ergebnis gekommen, dass es so nicht gewesen ist. Anke hätte sich auf so jemanden nicht eingelassen. Das hätte sie vermutlich zu sehr an ihren Vater erinnert. Ich stelle mir vor, dass es ein junger Mann gewesen ist, jemand, der umwerfend aussah und eine Menge Träume hatte.«

»Ole Knudsen«, flüsterte Inge und ballte die Fäuste. Die Beschreibung passte genau auf den Immobilienmakler.

»Was sagten Sie?«

»Nichts Wichtiges. Ich habe nur laut nachgedacht.«

»Ich bin mir inzwischen wie gesagt ziemlich sicher, dass es jemand war, der auf der Insel lebte, keiner von außerhalb«, erklärte Rita Thießen.

»Was macht Sie da so sicher?«

»Anke verliebte sich in Sylt. Nicht wegen des ganzen Schickimickikrams, sondern wegen der Geschichte der Insel und vor allem wegen der Menschen. Nachdem sie von ihrem Vater dort hingeschickt worden war, wurde Sylt ganz unbeabsichtigt ein magischer Ort, an den Künstler und Kreative kommen, um sich von der Muse küssen zu lassen. Deshalb war sie dort, nicht um ein paar Promis zu sehen. Diese Entwicklung hatte mein Mann nicht bedacht. Von den üblichen Tourismustreffpunkten hielt sie sich eher fern, sie sprach sogar oft abfällig darüber. Stattdessen suchte sie mehr die Lokale auf, in denen sich die Einheimischen trafen. Sie hätten mal hören sollen, wie gut sie nach einer Weile Friesisch sprechen konnte.« Wieder lachte Rita Thießen, diesmal klang es sogar nach echter Freude. »Es gab da ein Lokal in der Nähe des Leuchtturms. Davon erzählte sie oft.«

»In der Nähe des Leuchtturms?« Vor Aufregung setzte sich Inge in ihrem Bürostuhl kerzengerade auf. »Wissen Sie noch, wie das Lokal hieß?«

»Ja, es trug einen Männernamen, ›Der alte Fritz‹ oder so etwas.«

»Das ›Blanke Hans‹?« Inge konnte das Blut in ihren Ohren rauschen hören.

»Ja, genau, so hieß es«, bestätigte Frau Thießen überrascht. »Kennen Sie es?«

»Es gehört meinem Bruder. Er hat nie erwähnt, dass Anke bei ihm zu Gast war, doch wir haben auch nicht darüber gesprochen.«

»Na ja, wenn man ein Restaurant hat, dann erinnert man sich kaum an jedes Gesicht, noch dazu auf einer Ferieninsel. Wenn ich jetzt so darüber nachdenke, dann gibt es da doch noch eine Sache, die vielleicht ein Hinweis sein könnte«, fügte sie hinzu. »Ich habe ihr keine große Bedeutung zugemessen, aber da steckte ich auch noch tief in der Trauer. Es war einige Jahre nach Ankes Tod. Da kam dieses Mädchen hierher. Sie stammte von der Insel. Ich glaube, sie kannte Anke oder hat sie zumindest dort gesehen.«

»Ein Mädchen? Bei Ihnen zu Hause?«

»Ja, sie wirkte ebenso eigensinnig wie Anke, nur jünger. Sie sagte, sie müsse mir etwas erzählen, sie stand eines Tages einfach in unserem Garten. Mein Mann war gerade zu Hause, und ich wollte nicht, dass er davon etwas mitbekam, immerhin hat sich nach Ankes Tod auch eine Menge Verrückter bei uns gemeldet, Wahrsager und solche Leute, aber dieses Mädchen war anders. Ich bat sie, am nächsten Tag wiederzukommen, doch sie tauchte nicht mehr auf.«

»Das heißt, Sie wissen nicht, worüber das Mädchen mit Ihnen sprechen wollte? Erinnern Sie sich noch an den Namen?«

»Nein, leider nicht. Nur dass ihre Jeans lauter Löcher hatte, das weiß ich noch.« Rita Thießen lachte kurz, wurde dann aber sofort wieder ernst. »Ich denke, dass Anke vor jemandem Angst hatte. Jemandem, auf den sie sich eingelassen hatte – kein Liebhaber oder so etwas, so war Anke nicht, aber vielleicht ein Gönner, jemand, der ihr Versprechungen gemacht hat oder mit ihrer Lust auf Abenteuer gespielt hat. Bei einer so jungen Frau braucht es nicht viel, um ein gefährliches Feuer zu entfachen.«

»Ich bin mir nicht sicher, ob ich weiß, was Sie damit meinen.«

»Um ehrlich zu sein, weiß ich es selbst nicht. Es ist mehr eine Ahnung als ein Wissen, als käme dieses Wissen von Anke selbst, jetzt, wo ich sie bald wiedersehe. Es ist das Wissen, dass sie sich vor jemandem fürchtete, jemandem, dem sie aus Leichtsinn oder Naivität zu nahe gekommen war, jemandem, der Böses im Schilde führte.«

Mit einer solchen Ahnung konnte Inge leider wenig anfangen, auch wenn das Telefonat eine ganze Reihe von Hinweisen ergeben hatte. Sie war sich ziemlich sicher, dass es sich bei dem unbekannten Mädchen um Meret Knudsen gehandelt hatte. Aber was hatte Meret bei der Familie Thießen gewollt? Und warum war sie nicht zurückgekehrt?

Inge verabschiedete sich von Rita Thießen und versprach, sich bei ihr zu melden, sollte sie etwas Neues herausfinden. Dann starrte sie auf den Block, den sie sich bereitgelegt hatte, um sich während des Gesprächs Notizen zu machen.

Sie schlug mit der Rückseite des Kugelschreibers der Rezeption auf das Papier, dann notierte sie zwei Namen: Sönke Wehrheim und Ole Knudsen. Auf beide passten die Schilderungen Rita Thießens, und wenn ihr Verdacht stimmte, dass Sönke Wehrheim nicht nur mit Meret, sondern auch mit Anke ein Verhältnis gehabt hatte, dann hätte er auf jeden Fall ein Motiv gehabt.

Bei Ole Knudsen lag die Sache ganz anders. Wenn er eine

Beziehung mit der schönen jungen Touristin gehabt hatte, so wie es das Foto suggerierte, so erklärte das nicht, weshalb er sie umgebracht haben sollte. Meret hingegen hätte ihm wirklich gefährlich werden können, wenn sie ihn mit dem Mord an Anke in Verbindung gebracht und zusätzlich seine Pläne mit dem Land seiner Eltern gefährdet hätte.

Inge stützte den Kopf auf die Hände. Schmerz pulsierte durch ihre Schläfen.

»Schlecht geschlafen?«

Inge schrak auf. Vor ihr stand Jannis. Sein Gesicht war blass. Tiefe Ringe lagen unter seinen Augen. In der Hand hielt er eine Tasse Kaffee.

»Jemand ist gestern in mein Zimmer eingebrochen und hat es durchwühlt.«

»Was redest du da?«

»Gestern Abend, während ich unten im Restaurant gearbeitet habe. Ich nehme an, dass es Ole und Bo Knudsen waren.«

»Inge, du drehst langsam wirklich durch. Weshalb sollten die beiden das tun? Hast du zu viele schlechte Krimis gesehen? Pass lieber auf, wen du verdächtigst. Du warst lange weg. Und du bist keine Polizistin mehr. Hör endlich auf, Jagd auf Gespenster zu machen. Vermutlich warst du es selbst, als du wieder eine deiner Tabletten genommen hast. Du spinnst doch!«

Inge stand ruckartig auf. Dabei fiel das Bild von Ole und Anke hinunter, das Nele ihr gegeben hatte.

Jannis erstarrte. »Was ist das?« Seine Stimme war eisig.

Inge bückte sich und griff hastig nach dem Foto. »Das ist möglicherweise ein Beweis dafür, dass ich nicht irre bin.« Sie steckte es in ihre Tasche und eilte die Treppen nach oben.

In ihrem Zimmer angekommen, knallte sie die Tür zu und blieb schwer atmend stehen. Draußen vor dem Fenster türmten sich dunkle Wolken auf, die tief über der Insel hingen. Der Wind heulte um das Haus. In der Ferne wogte das Meer in hohen schwarzen Wellen hin und her.

Warum hatte Jannis so eigenartig auf die Aufnahme reagiert?

Inge zerrte sie aus ihrer Tasche und betrachtete sie erneut. Das Bild war ihm bekannt vorgekommen, das war eindeutig, und es hatte ihm nicht gefallen.

Inge begann sich wieder die Stirn zu massieren und ließ sich langsam auf ihr Bett sinken.

Jäh stand sie wieder auf. Sie ging zu ihrer Jacke und griff in die Tasche, aus der sie das Foto von Meret und Nele herauszog, das sie in Jannis' Büro gefunden hatte. Dann kramte sie nach dem Foto, das Nele ihr am Morgen zugesteckt hatte und auf dem Ole Knudsen mit Anke Thießen zu sehen war. Da war der charakteristische Fleck auf der Linse, im oberen rechten Drittel. Die beiden Fotos waren mit derselben Kamera aufgenommen worden. Jannis' Leica.

Hatte Jannis deshalb so seltsam reagiert? Was hielt er vor ihr geheim?

Inges erster Impuls war, ihn zur Rede zu stellen, doch wenn Jannis etwas wusste, was er nicht preisgeben wollte, dann war das keine gute Taktik.

Nachdenklich betrachtete Inge die beiden Bilder. Vermutlich stammten sie aus demselben Sommer. Wenn sie sich richtig erinnerte, hatte Jannis in dieser Zeit viel fotografiert. Es musste mehr Aufnahmen geben als die, die sie in seinem Büro gefunden hatte.

Vorsichtig öffnete sie ihre Zimmertür und lauschte in den Flur. Dort war alles still. Von unten drangen die Geräusche des Restaurants herauf, lautes Geschirrklappern und Gespräche, das Radio dudelte.

Langsam trat Inge in den Flur und ging ein Stück die Treppe hinab. Als sie um die Ecke lugte, entdeckte sie Jannis, der an der Rezeption saß und die Buchungen der nächsten Woche durchging. Damit würde er sicherlich noch eine Weile beschäftigt sein.

Sie zog ihren Kopf zurück und schlich auf leisen Sohlen zu Jannis' Zimmer am anderen Ende des Ganges. Draußen hatte der Sturm an Intensität zugenommen, Regen peitschte an die Fenster. Jannis' Tür war verschlossen. Das hätte sie sich denken können. Der Generalschlüssel würde ihr hier wohl auch nicht weiterhelfen – offensichtlich hatte Jannis ein völlig anderes Schloss als die restlichen Zimmer im »Blanke Hans«. Inge war ohnehin nicht wohl dabei, die Privaträume ihres Bruders zu durchsuchen. Seufzend wandte sie sich ab und entschied, Nele Mungard einen Besuch in der »Kupferkanne« abzustatten.

»Ich habe mir schon gedacht, dass ich Sie heute noch einmal sehe.« Nele wirkte nervös.

In der »Kupferkanne« war wegen des Wetters nicht viel los. Der Himmel war inzwischen fast schwarz, der Wind trieb den Regen beinahe waagerecht vor sich her und zerrte an Bäumen und Fensterläden. Heute wagte sich kaum jemand für einen Spaziergang an den Strand. Die Küstenwache hatte eine Warnung herausgegeben, der Fährverkehr war bereits eingestellt worden. Auf dem Weg hierher hatte Inge das Lenkrad fest umklammert halten müssen, da der Wagen immer wieder von einer der Böen erfasst worden war und von der Straße abzukommen drohte.

Inge griff in ihre Tasche und zog die Fotos hervor. Dann legte sie beide vor Nele Mungard auf den Tisch. Nele zuckte zusammen, als sie das Bild von sich und Meret sah.

»Wo haben Sie das her?«, fragte sie aufgeregt.

Inge wehrte ab. »Das ist nicht wichtig. Mich interessiert, ob Sie sich daran erinnern, wann und wo es aufgenommen wurde und vor allem, von wem.«

»Das, ähm, das weiß ich nicht«, antwortete Nele und wich Inges Blick aus.

»Sie wissen es nicht mehr?«

»Nein, das ist schon lange her. Komisch, ich kann mich an dieses Foto gar nicht mehr erinnern.«

»Erzählen Sie mir etwas über den Tag, an dem es aufgenommen worden ist«, sagte Inge und lehnte sich zurück, um Nele Gelegenheit zu geben, sich zu beruhigen.

»Das muss irgendwann im Sommer gewesen sein, bevor Meret wegging. Wir waren viel draußen, am Strand, wir waren eben jung.«

»Wussten Sie, dass Ole Knudsen ein Verhältnis mit Anke Thießen hatte?«

Nele schluckte. »Ja, ich wusste es. Meret und ich, wir haben sie beobachtet. Sie trafen sich immer heimlich am Strand, aber wir waren gut darin, nicht bemerkt zu werden.« Ein kurzes Lächeln flog über ihr Gesicht, doch sie wurde sofort wieder ernst.

»War das der Grund, weshalb Meret nicht wollte, dass Sie auch eine Romanze mit ihrem Bruder beginnen?«

Nele schüttelte den Kopf. »Nein. Ole war ja viel älter als wir. Er hatte ständig irgendwelche Liebschaften, auch mit Touristinnen. Ich glaube, sie wollte nur nicht, dass ich enttäuscht werde. Ich war ja noch jung. Aber er war meine erste große Liebe, so viel steht fest. Außer einem heimlichen Kuss hat es da nichts gegeben.« Ihre Wangen röteten sich bei der Erinnerung, und sie kicherte in sich hinein.

Inge runzelte die Stirn. »Warum hat sich auch später nichts zwischen Ihnen entwickelt?«

»Es hat sich nicht ergeben. Meret traf sich immer öfter mit Sönke, Ole ging weg zum Studieren, und dann ging auch Meret weg, und irgendwie lief alles auseinander. Als Ole zurückkam, interessierte er sich nicht mehr für mich. Er tat beinahe so, als würden wir uns gar nicht kennen. Ich nehme an, Meret hat ganze Arbeit geleistet, ihn davon zu überzeugen, dass ich nicht die Richtige für ihn sei. Das konnte sie gut.«

»Aber Meret war Ihre Freundin. Weshalb sollte sie so etwas tun?«

»Das habe ich Ihnen doch schon gesagt. Ich weiß es nicht. Vielleicht war sie eifersüchtig.«

»Warum hat niemand der Polizei etwas von dem Verhältnis zwischen Ole und Anke gesagt? Immerhin gab es eine Mordermittlung.«

Nele senkte den Blick. »An dem Tag, an dem man Anke fand, kam Ole zu mir und Meret. Er sagte uns, dass wir niemandem etwas davon sagen dürften, dass er sich mit Anke getroffen hatte. Er befürchtete, dass man ihn verdächtigen und er vielleicht sogar ins Gefängnis kommen würde. Das wollten wir beide nicht. Außerdem wussten wir …« Sie beendete den Satz nicht.

»Wussten was?«

Nele straffte sich und faltete ihre Hände auf dem Tisch. »Wir wussten, dass Ole Anke nicht umgebracht hatte«, sagte sie leise.

»Warum? Wie konnten Sie sich da so sicher sein? Soll ich Ihnen mal sagen, was ich denke? Ich denke, dass Ole Knudsen Sie beide, Meret und Sie, beeinflusst hat, um eine wichtige Information vor der Polizei geheim zu halten. Und als Meret jetzt wiederauftauchte, noch dazu gemeinsam mit mir, da hat er Panik bekommen. Außerdem gibt es da den Hof seiner Eltern, mit dem sich ein hübsches Sümmchen verdienen ließe. Das sind eine ganze Reihe handfester Motive, um Meret umzubringen. Außerdem haben Sie mir doch das Bild von Anke und Ole gegeben, das Meret Ihnen kurz vor ihrem Tod geschickt hat.«

Nele riss die Augen auf. »Es war nicht Ole ...«, sagte sie und berührte mit den Fingerspitzen das Foto von sich und Meret. »Wie jung wir waren. Wir dachten, die ganze Welt stehe uns offen. Das war vor dem Mord an Anke, vor Merets Verhältnis mit Sönke und bevor sie dann schließlich wegging ...«

»Ich frage erneut: Warum sind Sie so sicher, dass es nicht Ole war?« Inge fixierte sie fest mit den Augen, wie sie es im Verhörseminar auf der Polizeischule gelernt hatte.

Nele senkte den Blick. »Wir wussten es einfach«, sagte sie.

Inge hörte, dass es eine Lüge, eine Ausrede, war. »Ich glaube, das ist nicht die ganze Wahrheit. Ich habe mir das Vernehmungsprotokoll von Meret bezüglich jener Nacht noch einmal angeschaut, und ich glaube, dass sie sehr viel mehr wusste, als sie zugab. Sie war in jener Nacht am Strand und muss gesehen haben, was da passierte. Und ich glaube auch, dass sie deswegen sterben musste – weil der Mörder befürchtete, sie könnte sein Geheimnis aufdecken, jetzt, wo sie wieder zurück war. Wer war es? War es Sönke Wehrheim? Ole Knudsen? Jemand anderes?«

Neles Schultern bebten. »Es war nicht Ole. Das müssen Sie mir glauben«, flüsterte sie und brach in Tränen aus.

Inge griff enttäuscht nach den Fotos, um sie wieder in ihre Tasche zu stecken. Nele Mungard würde ihr heute nichts mehr erzählen, das konnte sie sehen. »Wenn Ihnen noch etwas einfällt oder Sie es sich anders überlegen, dann sprechen Sie mit mir. Verstanden?«

Nele nickte.

Inge stand auf und verließ die »Kupferkanne«. Der Wind fuhr ihr durch das Haar und brannte in ihren Augen, sie schmeckte Salzwasser.

Sie hielt sich ihren Mantel zu und stürmte zum Auto. Dort angekommen, steckte sie den Schlüssel ins Zündschloss, fuhr aber nicht gleich los. Obwohl sie inzwischen sicher war, dass sie nicht nur Merets Mörder, sondern auch dem von Anke Thießen auf der Spur war, war sie keinen Schritt weitergekommen. Es gab noch immer keinen handfesten Beweis, den sie Piet und der Polizei präsentieren konnte.

»So eine verfluchte Scheiße«, schimpfte sie und schlug mit der flachen Hand auf das Lenkrad. Wie sollte es jetzt weitergehen? Ob sie noch einmal versuchen sollte, mit Jannis zu sprechen? Doch ihr Bruder hatte mehr als deutlich gemacht, dass er ihre Ermittlungen nicht unterstützte und sie sogar als Gefahr für sein Hotel betrachtete. In seiner Situation konnte er schlechte Presse in der Tat nicht gut gebrauchen. Auch Piet anzurufen würde nichts bringen.

Ohne zu wissen, weshalb, startete sie den Motor und lenkte den Wagen in Richtung Keitum.

Das Museum war geöffnet, doch der Parkplatz war leer. Inge hoffte, dass Timo Kersten trotzdem im Museum war. Ihre Hoffnung wurde nicht enttäuscht. Als sie den Eingangsbereich betrat, saß er im schwachen Licht einer Tischlampe am Empfang. Als er sie erkannte, hellte sich sein konzentriertes Gesicht auf.

»Ich dachte schon, ich hätte Sie mit meiner Geschichtsstunde verscheucht«, sagte er.

Inge zwang sich zu einem Lächeln. »Aber nein«, sagte sie. »Ich interessiere mich sehr für Geschichte. Für Kriminalgeschichte natürlich besonders. Das Museum hat doch auch ein Zeitungsarchiv, richtig?«

»Ja. Alles auf Mikrofilm. Wonach suchen Sie denn?«

Inge überlegte kurz, wie viel sie dem neugierigen Historiker verraten konnte. Wenn jemand bereit gewesen war, Anke Thießen zu ermorden und später auch Meret Knudsen, dann war es durchaus möglich, dass derjenige noch mehr Verbrechen begangen hatte. Falls das zutraf, galt es, einen roten Faden zu finden, eine Signatur des Täters, etwas, mit dem sie ihn festnageln und vor allem Piet überzeugen konnte.

»Ich suche nach Artikeln aus dem Zeitraum der letzten zwanzig Jahre. Können Sie mir dabei helfen?«

»Aber gern. Kommen Sie mit, ich zeige es Ihnen.«

Kersten führte sie in den düsteren Keller des Museums. Die Decken waren niedrig. Wasser tropfte irgendwo in den Gängen. Rohre verliefen über ihren Köpfen. Der Boden bestand aus blankem Stein.

»Hier runter verirrt sich selten jemand«, erklärte Kersten, und es klang beinahe wie eine Entschuldigung. »Außer mir natürlich.«

Er öffnete eine schwere Metalltür, die mit lautem Quietschen aufschwang. Dahinter befanden sich viele Regalmeter, dicht an dicht. Kersten ging voran zu einem Lesegerät, das er anschaltete, dann verschwand er zwischen den Regalreihen und kam mit mehreren Mikrofilmrollen zurück.

»Das ist alles aus den letzten zwanzig Jahren. Aber wenn Sie mir sagen, wonach Sie genau suchen, kann ich Ihnen vielleicht helfen, immerhin kenne ich mich mit der Geschichte Sylts ein wenig aus.«

»Ich dachte, Zeitgeschichte ist nicht Ihr Metier?« Inge studierte die Beschriftungen der Bänder.

»Das stimmt, aber es gibt darüber hinaus noch andere Dinge, die mich interessieren, und Kriminalgeschichte, egal, aus welcher Epoche, gehört dazu, vor allem, wenn sie etwas mit Sylt zu tun hat.«

Inge gab nach. Vermutlich hatte sie ohnehin keine Chance, Kersten loszuwerden, zumal oben im Museum nichts los war, also konnte sie ihn genauso gut einbinden. Vielleicht war er sogar nützlich.

»Sie erinnern sich an den Mordfall, über den wir gesprochen haben? Die tote Studentin?«

»Natürlich. In jenem Sommer war ich mit meinen Eltern hier. Die Stimmung war deutlich gedrückt, das merkte man. Manche Touristen hatten sogar Angst, dass ein Serienkiller frei herumläuft.«

»Ja. Ein paar Leute befürchteten, die Touristen würden wegbleiben, deshalb gab es Druck auf uns, die Ermittlungen einzustellen. Die Mordkommission aus Flensburg interessierte sich ohnehin nur wenig für den Fall, und ich wette, auch da hatten ein paar einflussreiche Sylt-Fans ihre Finger im Spiel.«

Wut wallte in ihr auf, als sie darüber nachdachte, wie ihre Ermittlungen von jetzt auf gleich kaltgestellt worden waren. Nachdem die Mordkommission den Fall ad acta gelegt hatte, hatte Inge noch eine Weile auf eigene Faust weiterermittelt, bis man ihr zu verstehen gegeben hatte, dass das nicht erwünscht war. Da hatte sie gewusst, dass sie die Insel verlassen musste, dass sie es keinen Tag länger aushielt.

»Suchen Sie nach Presseberichten rund um den Mord?«, fragte Kersten interessiert.

»Nein, die kenne ich alle in- und auswendig.« Sie lächelte gequält. »Ich suche nach anderen Vorfällen, die es bis in die Presse geschafft haben.«

»Was für Vorfälle?«

»Das weiß ich selbst nicht so genau. Alles, was irgendwie ungewöhnlich war, Einbrüche, Diebstähle, Überfälle, vielleicht auch andere Sachen, vor allem, wenn der Täter nie gefasst wurde.«

»Na, dann sieht es ja so aus, als könnten wir uns auf einen langen Sonntag einrichten«, erklärte Kersten vergnügt und rieb sich die Hände. »Ich hole uns Kaffee. Haben Sie Lust auf Kekse?«

Zwanzig Minuten später saßen sie gemeinsam vor dem kleinen Bildschirm und scrollten durch die Mikrofilmaufnahmen.

»Unglaublich, wie viele Polizeimeldungen es auf Sylt gibt,

wenn man konkret danach sucht«, stellte Kersten überrascht fest. »Kleinere Zwischenfälle, aber doch in der Summe beachtlich. Hier, ein Tourist, der betrunken Auto gefahren ist, und als er angehalten wurde, beschimpfte er die Inselpolizei. Oder hier, da kam es zu einer Schlägerei auf der Straße um einen Parkplatz.«

Inge rieb sich mit dem Handrücken über die Stirn. »Ja, das ist der Polizeialltag bei uns. Nicht sehr aufregend, aber doch spannender, als die meisten denken.«

»Morde und solche Sachen sind nicht darunter. Ich würde behaupten, da ist es in den meisten Kleinstädten spannender.«

»Was ist das?«, fragte Inge und vergrößerte einen Artikel aus dem Jahr 1999. »Hier steht, dass es zu einer Beschwerde gekommen ist, weil sich mehrere Frauen beim Nacktbaden beobachtet fühlten. Sie beschrieben einen Mann, der sich hinter den Dünen versteckte und Aufnahmen von ihnen machte. Der Mann konnte nicht gefasst werden.«

»Ja, so eine ähnliche Meldung habe ich auch aus dem Jahr 1996 und, wenn ich mich nicht täusche, auch aus 2002.«

»In welchen Monaten war das?« Inge richtete sich auf. Ihre Müdigkeit war wie weggeblasen.

»Einmal im April, einmal im August und, ja, einmal sogar im Februar.«

»Das passt nicht zu einem Touristen. Die kommen eher nicht außerhalb der Saison«, überlegte Inge laut.

»Außer er hat ein Haus hier und ist regelmäßig auf Sylt. Meinen Sie, es besteht ein Zusammenhang?«

»Könnte sein. Immerhin geht es in allen Fällen um junge Frauen.« Inge kniff die Augen zusammen und dachte angestrengt nach. In ihrem Kopf fügten sich allmählich die ersten Puzzleteile zu einem undeutlichen Bild. Sie kannte dieses Gefühl. Es stammte direkt aus ihrem Unterbewusstsein, wenn sich Hinweise verdichteten und endlich einen Sinn ergaben, der aber für ihr Bewusstsein noch nicht greifbar war.

Sie versuchte sich zu konzentrieren. »Meret hielt sich oft am Strand auf, ebenso wie Anke Thießen. Es ist durchaus möglich, dass sie den Spanner kannten, immerhin passen auch die Jahreszahlen.«

Kersten schien ebenfalls zu grübeln. »Glauben Sie, dass der Unbekannte in den Dünen etwas mit den Morden zu tun hat?«

»Falls nicht, hat er aber womöglich etwas beobachtet. Immerhin muss er sich zu dieser Zeit häufig am Strand herumgetrieben haben, und das vermutlich auch am Abend oder in der Nacht. Da gibt es zwar keine nackten Frauen zu beobachten, aber doch das eine oder andere Liebespärchen auf der Suche nach einem einsamen Fleckchen zwischen den Dünen.«

In Inges Kopf ratterte es. Sie stellte sich Meret vor, die in der Nacht von Anke Thießens Tod entlang des Deichs nach Hause radelte und sah, wie Anke in Begleitung zum Strand ging. Inge war sich inzwischen ziemlich sicher, dass es sich bei dem Mann um niemand anderen als Ole Knudsen gehandelt hatte.

Das würde auch erklären, weshalb Meret seine Identität verschwiegen hatte, immerhin war er ihr Bruder. Sicherlich hatten der und auch ihr Vater sie eingeschüchtert. Es war denkbar, dass Ole sich mit Anke gestritten hatte. Vielleicht hatte sie mehr von ihm verlangt als nur eine Affäre, vielleicht hatte sie ihn unter Druck gesetzt, vielleicht hatte er auch einfach die Fassung verloren und die Frau im Affekt getötet. Oder war es ein Liebesspiel gewesen, das außer Kontrolle geraten war? Diese Fragen hatte Inge schon damals gestellt. Doch wenn in jener Nacht noch jemand in den Dünen gewesen war, jemand, von dem bislang niemand wusste, jemand, der herumgelaufen war und unbemerkt alles fotografiert hatte, das …

Inge erstarrte. Ein eiskalter Schauer lief ihr über den Rücken.

»Alles okay?«, fragte Kersten besorgt.

»Jannis«, flüsterte sie.

»Wer?«

»Ich muss weg«, sagte sie hastig und sprang so heftig auf, dass ihr Stuhl umfiel und laut krachend auf dem Boden aufschlug. »Vielen Dank für Ihre Hilfe.« Mit diesen Worten stürmte sie zwischen den Regalreihen zur Treppe und hinaus. Kersten rief ihr noch etwas nach, doch sie reagierte nicht. Sie musste sofort mit Jannis sprechen. Wie hatte sie das all die Jahre übersehen können?

Es war direkt vor ihrer Nase gewesen. Ihr Bruder war regelmäßig zum Strand gegangen, zu jeder Tages- und Nachtzeit. All die Fotos, die er geschossen hatte. Hatte Jannis den Spanner gesehen, den Fremden in den Dünen, den die Touristinnen beschrieben hatten? Oder …?

Die Erkenntnis traf sie wie ein Blitzschlag. Inge blieb mitten im Lauf stehen. In ihrem Kopf drehte sich alles. Ihr Magen krampfte sich schmerzhaft zusammen, Magensäure stieg in ihren Mund. Sie beugte sich vornüber und übergab sich würgend auf den vom Regen nass glänzenden Asphalt des Parkplatzes, während vor ihrem inneren Auge lauter Erinnerungen an Jannis vorbeirauschten. Jannis' gescheiterte Ehe, seine Zurückgezogenheit. Sie hatte all das an ihrem Bruder nie verstanden.

Doch jetzt ergab alles einen Sinn. Die Bilder in ihrem Kopf überschlugen sich und drohten sie zu überwältigen. Sie sah ihre Eltern vor sich sitzen, die etwas in Jannis' Zimmer gefunden hatten, was sie sehr aufgebracht hatte. Es hatte Streit gegeben, lauten Streit, Türen waren geschlagen worden, und danach hatte ihre Mutter lange mit blassem Gesicht und schmalen Lippen in der Küche gesessen und unter Tränen den Kopf geschüttelt.

War es möglich, dass mit ihrem Bruder etwas nicht stimmte und sie es all die Jahre nicht bemerkt hatte, viel zu sehr mit sich selbst und ihrem eigenen Leben beschäftigt? Alles fügte sich jetzt zusammen und ergab ein Bild. Falls Jannis etwas in der Nacht von Anke Thießens Tod gesehen hatte, war es nur verständlich, dass er nie darüber gesprochen hatte, denn er hätte befürchten müssen, als Spanner enttarnt zu werden.

Inge stützte sich mit einer Hand am Auto ab und versuchte ihre Gedanken wieder unter Kontrolle zu bringen. Ihr war noch immer schwindelig, doch nachdem sich ihr Magen entleert hatte, konnte sie wenigstens aufhören, sich zu übergeben.

»Ich brauche Beweise«, dachte sie finster, dann riss sie entschlossen die Wagentür auf. Im Innern wählte sie mit zittrigen Fingern Piets Nummer.

»Ja?«

»Du musst mir eine Frage beantworten …«

Piet stöhnte. »Was ist es jetzt wieder, Inge? Du weißt schon, dass Sonntag ist und ich –«

»Wurde Jannis je verhaftet? Oder gab es Verdächtigungen gegen ihn?«

»Was, wovon –« Piet klang überrumpelt.

»Antworte mir! Wurde Jannis jemals wegen etwas angezeigt oder sogar verurteilt?«

Am anderen Ende der Leitung war es still. »Inge, vielleicht solltest du herkommen, und wir reden über alles«, sagte Piet in verändertem Tonfall.

»Später«, antwortete Inge. »Ich habe noch etwas zu erledigen.« Sie legte auf, fuhr los und jagte mit viel zu hoher Geschwindigkeit über die windgepeitschte Insel in Richtung des »Blanke Hans«.

Mitternacht

April 1998

»Meret? Meret! Du musst aufstehen!«

Blinzelnd öffnete Meret die Augen, als die Stimme ihrer Mutter von unten zu ihr heraufdrang. Es war bereits kurz nach sieben. In fünfundvierzig Minuten begann im Gymnasium Sylt der Unterricht.

Meret stöhnte. Sie fühlte sich wie gerädert. In der vergangenen Nacht hatte sie kaum Schlaf bekommen. Glücklicherweise war heute Freitag, der letzte Schultag der Woche.

Langsam streckte sie ihre Beine, die vom langen Winter noch ganz weiß waren, aus dem Bett. Dann schlüpfte sie in ihre Pantoffeln und schlurfte in Richtung Badezimmer, wo sie sich eilig etwas Wasser ins Gesicht spritzte, die Zähne putzte und ihre langen dunkelblonden Haare zu einem Zopf band. Ihrem Spiegelbild schnitt sie eine Grimasse. Sie wirkte viel zu jung. Obwohl sie bereits fünfzehn Jahre alt war und ihr inzwischen ein recht ansehnlicher Busen wuchs, lag in ihren Zügen noch immer etwas Kindliches. Wann würde sie endlich aussehen wie eine erwachsene Frau? Immerhin hatte sie seit fast vier Jahren ihre Regel. Sie konnte es kaum erwarten, endlich nicht mehr wie ein Kind behandelt zu werden.

»Meret! Wie lange möchtest du noch trödeln?« Ihre Mutter klang nun deutlich gereizt.

Meret verzog den Mund und schlüpfte in die Jeans, die sie gestern Abend auf den Boden ihres Zimmers geworfen hatte.

»Spielst du nachher mit mir?« Jule stand in der Tür, in ihrem Arm hielt sie ihren Teddybär. Ihr langes blondes Haar war vom Schlafen zerzaust, ihre nackten Füße ragten unter ihrem zu groß geratenen Nachthemd hervor.

»Weiß ich noch nicht«, gab Meret zurück. »Ich muss jetzt erst einmal in die Schule.«

Sie drängte sich an ihrer Schwester vorbei. Aus dem Zimmer ihres Bruders Bo drang lautes Schnarchen. Vermutlich war er wie an jedem Morgen bereits um fünf Uhr mit dem Vater aufgestanden, um das Vieh zu füttern, und hatte sich anschließend wieder hingelegt. Als er vor knapp drei Jahren von der Schule abgegangen war, war das die Bedingung ihres Vaters gewesen. Immerhin musste irgendjemand den Hof übernehmen, und Ole würde das ganz sicher nicht tun. Meret traf ihn in der Küche, wo er in der Zeitung die Immobilienanzeigen studierte.

»Na, Schwesterchen? Gestern spät ins Bett?«, fragte er sie und zwinkerte dabei anzüglich.

Meret unterdrückte nur mit Mühe den Impuls, ihm gegen die Schulter zu boxen. Ole wohnte nicht mehr zu Hause, seit zwei Jahren hatte er in Kampen eine eigene Wohnung in einem schicken Neubau. Trotzdem kam er regelmäßig vorbei, um sich von Mama bekochen zu lassen.

»Lass mich in Ruhe«, knurrte sie ihn an.

Er grinste sie spöttisch an. »War wohl spät gestern, hm? Du kannst froh sein, dass Mama und Papa nicht mitbekommen, was du so alles treibst.«

»Das geht dich gar nichts an. Ich kann Mama und Papa ja mal sagen, was *du* so alles machst.«

Ole faltete seine Zeitung zusammen und legte sie vor sich auf den Küchentisch. »Der Unterschied ist, dass ich erwachsen bin.«

Meret würdigte ihn keines weiteren Blickes, griff sich einen halb verbrannten Toast und rannte zur Tür hinaus. Draußen schwang sie sich auf ihr Fahrrad und radelte, so schnell sie konnte, zur Schule.

Nach dem Unterricht wollte Meret sofort losstürmen. Nele hielt sie auf.

»Kommst du nachher bei mir vorbei?«, fragte sie.

Meret überlegte kurz. »Ich weiß noch nicht«, antwortete sie ausweichend.

Nele verdrehte die Augen. »In letzter Zeit bist du kaum noch zu erreichen. Ich kann auch bei dir vorbeikommen. Was ist los mit dir?«

Es gefiel Meret nicht, ihre beste Freundin anzulügen, aber sie durfte ihr auf keinen Fall von der Sache mit Sönke erzählen, immerhin war er verheiratet. »Ich habe einfach viel zu tun.«

Nele wirkte verletzt. »Ich vermisse dich«, sagte sie leise. Es klang ehrlich, doch aus irgendeinem Grund machte es Meret wütend.

»Du meinst, du vermisst Ole«, sagte sie und bereute es sofort. »Ich habe dir schon gesagt, dass er sich nicht für dich interessiert. Du bist ihm zu jung. Er steht mehr auf Touristinnen.«

In Neles Augen schimmerten Tränen. »So wie diese Anke?«

»Zum Beispiel«, antwortete Meret und wandte sich ab. »Ich muss jetzt wirklich los. Vielleicht komme ich später bei dir vorbei, okay?«

Nele nickte und wischte sich die Tränen von den Wangen.

Meret fühlte sich schlecht. Warum nur war sie in der letzten Zeit so reizbar? Sie verstand es selbst nicht, aber sie ahnte, dass es etwas mit Sönke zu tun hatte. Seit drei Monaten ging ihre Affäre nun schon. Anfangs war sie sich sicher gewesen, dass es für sie genug war, ihn hin und wieder heimlich zu treffen, doch nun musste sie feststellen, dass das nicht stimmte. Es machte sie wütend, wenn er keine Zeit für sie hatte, weil er sich um die Ferienanlage kümmern musste oder Zeit mit seiner Frau verbrachte. Sie musste erkennen, dass sie eifersüchtig war, dass sie Sönke ganz für sich wollte, auch wenn er ihr von Anfang an gesagt hatte, dass das unmöglich sei.

Meret trat noch fester in die Pedale und entschied sich spontan, am »Schauerkaant« vorbeizufahren. Vielleicht würde sie Sönke zufällig sehen, während er zwischen den Gästehäusern hin und her ging.

Der Himmel war wolkenlos. Meret genoss die Sonnenstrahlen auf ihrem Gesicht, während sie mit ihrem Rad die malerische Straße direkt am Deich entlangfuhr. Endlich war der Winter vorbei und damit die erdrückende Stille und Abgeschiedenheit auf der Insel. Bald würden die Touristen wieder über Sylt herfallen und es mit Leben und Abwechslung füllen.

Nicht zum ersten Mal stellte Meret fest, dass ihr alles hier zu klein war. Jeder kannte jeden. Ein Geheimnis zu haben war so gut wie unmöglich. Abenteuer konnte man keine erleben, dafür wohnte man eben da, wo andere für viel Geld Urlaub machten. Doch für Meret stand fest, dass sie nicht dableiben und in irgendeinem der zahllosen Hotels arbeiten würde, wie es so viele andere taten. Sie wollte etwas von der Welt sehen, in einer großen Stadt leben, Berlin, Frankfurt, München, Köln oder Hamburg – dorthin wollte sie. In vier Jahren hätte sie ihr Abitur in der Tasche, dann würde sie von Sylt verschwinden. Es versetzte ihr einen Stich, dass ihre Pläne auch bedeuteten, Sönke zu verlassen.

Die reetgedeckten Dächer des »Schauerkaant« tauchten vor ihr auf. Meret reckte den Hals, um zu sehen, ob Sönke irgendwo zu entdecken war, doch von ihm fehlte jede Spur. Dafür kam Sinje, seine Frau, gerade in diesem Augenblick aus dem Neubau, in dem die Rezeption untergebracht war. Ein heftiges Gefühl der Ablehnung durchfuhr Meret. Sie hasste Sinje inbrünstig. Sie war fest davon überzeugt, dass sie Sönke nicht verdiente. So oft erzählte er ihr davon, wie launisch und anspruchsvoll seine Ehefrau sei und wie sehr er es bereue, sie so jung geheiratet zu haben.

Das Geld für den Umbau des »Schauerkaant« stammte von ihren Eltern, die nicht von der Insel kamen, hier aber schon seit Jahren Urlaub machten. Wenn er sich von ihr scheiden ließe, würde er alles verlieren. Das verstand Meret zwar, doch es machte sie wütend. Es war nicht richtig, dass Sinje mit ihm zusammen war, dem Mann, den *sie* liebte. Sönke und *sie*, sie waren füreinander bestimmt.

Meret ballte die Fäuste. Ihr Zorn nahm noch zu, als Sönke ebenfalls herauskam und zu Sinje trat. Meret duckte sich, damit die beiden sie nicht zufällig entdeckten, doch die Gefahr bestand nicht, denn Sinje und Sönke waren in ein angespanntes Gespräch vertieft.

Meret konnte sehen, dass Sönke aufgeregt gestikulierte und

Sinje aufgebracht davonstürmte. Atemlos vor Eifersucht, verfolgte sie, wie er ihr hinterherlief, sie am Arm packte und sie mit einer leidenschaftlichen Bewegung an sich zog. Sinje schien sich wehren zu wollen, dann aber ließ sie es geschehen, und Sönke küsste sie.

Meret biss sich so fest auf die Unterlippe, dass sie Blut schmeckte. Hatte er nicht behauptet, mit seiner Frau keinerlei Zärtlichkeiten mehr auszutauschen? Danach sah es nun wirklich nicht aus.

Abrupt wandte sie sich ab und stieg wieder auf ihr Fahrrad. Sie hatte eindeutig genug gesehen. Sie fuhr so schnell, wie sie konnte. Als sie an dem Weg zum Badestrand vorbeikam, hielt sie, einem plötzlichen Impuls folgend, an. Das Wetter war herrlich. Die Nordsee war mit Sicherheit noch eisig, doch es war warm genug, um sich kurz in die Sonne zu legen und etwas Farbe zu bekommen. Die Hausaufgaben konnten ebenso warten wie ihre Mutter mit dem Mittagessen.

Meret warf ihr Fahrrad in die Dünen und streifte ihre Schuhe ab. Barfuß lief sie auf den Strand. Nur wenige Touristen waren unterwegs. Sie hatten sich die Hosenbeine hochgekrempelt und wateten am Wasser entlang. Über ihnen kreisten die Möwen und veranstalteten dabei ein lautes Geschrei.

Meret breitete ihre Jacke aus und setzte sich auf sie. Sie holte den Joint aus ihrer Tasche, den sie zu Hause auf der Toilette heimlich vorbereitet hatte, und zündete ihn an. Der süßliche Geruch von Cannabis stieg in einer Wolke auf. Ohne das Kiffen würde sie es hier auf Sylt nicht aushalten. Zum Glück gab es in Kampen einen alten Hippiekünstler, der ihr ab und zu etwas verkaufte.

Dann griff sie nach ihrem Rucksack und zog einen Block und ihr Mäppchen heraus. Ohne lange nachzudenken, zeichnete sie mit ihrem Bleistift feine geschwungene Linien über das Papier, erfasste den Verlauf der Wasserlinie, des Himmels und der Wolken. Binnen weniger Augenblicke war sie ganz und gar ins Zeichnen versunken und hatte alles andere um sich herum vergessen.

»Das machst du gut.« Eine Stimme riss sie aus ihrer Konzentration.

Meret blickte auf und sah in das lächelnde Gesicht einer jungen Frau. Sie trug eine weite Tunika über einer zerrissenen Jeans, dazu große Ohrringe und das lange, leicht gewellte Haar offen. Ohne zu fragen, setzte sie sich neben Meret in den Sand.

Meret beäugte sie misstrauisch. Sie wusste genau, wer die Frau war, eine Touristin, die schon eine Zeit lang bei Sönke in der Ferienanlage wohnte und die sie schon ein paarmal mit ihrem Bruder gesehen hatte.

»Du hast wirklich Talent«, fügte Anke nach einer Weile hinzu. Sie strich sich die losen Haarsträhnen lässig aus dem Gesicht.

Sie war sehr hübsch. Es war absolut zu verstehen, weshalb Ole sich in sie verliebt hatte. Ihre bloßen Füße waren schlank, die Nägel zartpink lackiert, die Fesseln schmal und mit einem goldenen Fußkettchen verziert. Um ihren Hals hing eine Kette mit einem Herzanhänger, der Meret bekannt vorkam. Ob Ole ihn Anke geschenkt hatte?

»Was ist dadrin?«, fragte sie und deutete auf den Anhänger.

Anke griff danach und hielt ihn hoch. »Getrockneter Strandflieder«, sagte sie und lächelte. »Der steht für eine schöne Erinnerung.«

»Hat dir den jemand geschenkt?«

Anke zwinkerte ihr zu. »Du bist ganz schön neugierig, aber das ist auch in Ordnung, wenn man in deinem Alter ist. Da kann man gar nicht genug Fragen stellen. Ja, den hat mir jemand geschenkt, der mir viel bedeutet.«

Meret erkannte den Glanz in ihren Augen wieder. Genau so strahlte sie selbst auch, wenn sie von einer Verabredung mit Sönke kam.

»Willst du mal Künstlerin werden?«

Meret betrachtete ihre Zeichnung. »Keine Ahnung, ich male einfach gern.«

»Und was malst du so? Die Landschaft? Da hast du hier auf Sylt ja viel zu tun. Viele berühmte Maler haben Sylt gemalt. Du bist in bester Gesellschaft.«

Meret kniff ihre Augen zusammen. Eigentlich hatte sie keine Lust, mit Oles neuer Flamme ein freundliches Gespräch zu führen, aber Anke war wirklich nett und überhaupt nicht wie die anderen Einheimischen.

»Gehst du noch zur Schule?«

Meret nickte.

»Und, was hast du dann vor?«

Meret zuckte mit den Schultern. »Ich weiß noch nicht. Irgendwohin gehen.«

»Du möchtest nicht dableiben? Weißt du, wie viele Menschen sich wünschen, hier leben zu können?«

»Ja, im Urlaub ist es sicher auch toll, aber nicht ständig.« Merets Gedanken wanderten wieder zu Sönke, zu dem Bild, wie er Sinje an sich zog und küsste. Die Leidenschaft und die Vertrautheit dieser Geste versetzten ihr noch in der Erinnerung einen tiefen Stich.

»Ich kann verstehen, dass es dir zu Hause zu eng wird. Ich glaube, mir ginge das genauso. Ich bin im Moment froh, weit weg von meinen Eltern zu sein.«

Anke zwinkerte ihr noch einmal zu und ging davon. Meret blickte ihr nach. Ein schelmisches Lächeln wanderte über ihr Gesicht. Anscheinend würde dieser Tag doch nicht so schlecht werden, wie sie am Morgen angenommen hatte. Plötzlich dachte sie an Nele, an das traurige Gesicht ihrer besten Freundin, und ein schlechtes Gewissen überkam sie. Nele hatte es nicht verdient, dass sie so mit ihr umging, und sie beschloss, ihr einen Besuch abzustatten.

Meret stand auf, klopfte sich den Sand aus den Kleidern und ging zurück zu ihrem Fahrrad. Beinahe hätte sie die Bewegung im Augenwinkel nicht registriert, wäre nicht genau in diesem Moment eine Möwe aufgeflogen.

Ein Mann verbarg sich in den Dünen. Er duckte sich, damit sie ihn nicht sah, doch Meret erkannte ihn an der dunklen Mütze. Es war Jannis Petersen, der Wirt des »Blanke Hans«. Was machte er da, und weshalb versteckte er sich?

Meret tat so, als hätte sie ihn nicht gesehen, und ging weiter.

Verwirrt stieg sie auf ihr Fahrrad und fuhr erneut am »Schauerkaant« vorbei. Diesmal hatte sie mehr Glück. Sönke stand allein vor dem Eingang und sog hektisch an einer Zigarette. Als er Meret entdeckte, erbleichte er. Mit quietschenden Bremsen kam sie vor ihm zum Stehen.

»Meret«, keuchte er. »Was machst du hier? Sinje kann jeden Moment hierherkommen.«

»Ach ja? Damit ihr euch wieder versöhnen könnt?«, fauchte Meret ihn an.

Sönke runzelte die Stirn. »Meret, du weißt doch, dass sie davon nichts mitbekommen darf«, flehte er.

»Was mitbekommen? Dass du dich mit mir triffst, seit Wochen schon? Dass wir es in deinem Auto tun und draußen im Strandhaus und manchmal auch einfach im kalten Sand? Das darf sie nicht wissen? Warum nicht? Wieso sagst du ihr nicht einfach, dass du mich liebst?« Meret gab sich keine Mühe, leise zu sprechen.

Sönke packte sie mit unerwarteter Heftigkeit am Arm und zerrte sie hinter den Zaun, um neugierigen Blicken vorzubeugen. »Hast du den Verstand verloren? Was soll das? Wie siehst du überhaupt aus? Du hast ganz rote Augen.«

Meret brach in ein albernes Kichern aus. Binnen Sekunden war ihre Wut verflogen und einer unbekannten Heiterkeit gewichen. Sönke war zu komisch, wenn er sauer war.

»Was ist los?«, prustete sie. »Bin ich dir etwa peinlich? Zu kindisch? So ist das eben, wenn man eine so junge Freundin hat.« Sie hob die Arme und versuchte, Sönke an sich zu ziehen, um ihn zu küssen, doch er wehrte sie mit einer heftigen Bewegung ab.

»Hör sofort damit auf! Du bist ja völlig verrückt. Du gehst jetzt besser.«

Merets Körper versteifte sich. Für einen Moment starrte sie ihn an, während in ihrem Inneren widerstreitende Gefühle einen erbitterten Kampf kämpften. Sie fühlte Liebe, Enttäuschung, Sehnsucht, Zurückweisung, Eifersucht und Zorn. Sönke hatte kein Recht, so mit ihr zu sprechen, nicht nach allem, was sie gemeinsam erlebt hatten. Geringschätzig betrachtete sie ihn, und ihr Gesicht verfinsterte sich. »Du bist so ein verdammter Feigling«, stieß sie hervor und hob die Hand, als wolle sie ihn schlagen.

Sönke wich unwillkürlich vor ihr zurück, während er sich in Gedanken einen Narren schalt. Was hatte er sich nur dabei gedacht, sich auf ein so junges Mädchen einzulassen? Es war beim Biikebrennen gewesen, er hatte sehr viel mehr getrunken, als er geplant hatte. Und plötzlich war da Meret gewesen, mit ihren leuchtenden Augen, ihrer klaren Stimme, ihrer weichen Haut und all ihren Hoffnungen und Träumen. Plötzlich hatte es sich so angefühlt, als sei er selbst wieder jung, ein Teenager, dem alle Türen offen standen, nicht gefesselt an ein Leben, das ihm viel zu groß und schwer vorkam.

»Meret«, flehte Sönke erneut. »Bitte, lass uns später reden, okay? Ich kann jetzt wirklich nicht!« Mit sanfter Gewalt schob er sie zum Tor und überhörte geflissentlich Merets verächtlichen Laut. Ihm entging nicht, dass sie sich etwas unsicher bewegte, als hätte sie getrunken, doch er hatte keinen Alkohol gerochen, als sie versucht hatte, ihn zu küssen, und ein solches Verhalten passte auch nicht zu ihr.

Ohne sich von ihm zu verabschieden, ging Meret davon, und Sönke atmete erleichtert auf.

***

»Diese Insel ist verflucht«, sagte Nele, während sie sich zurücksinken ließ, um in die Abenddämmerung zu blicken. Ihre Augen waren gerötet. Ein eigenartig glückseliger Ausdruck lag darin.

Meret zog die Augenbrauen hoch. »Wie meinst du das?«

»Na, hast du schon einmal von einem glücklichen Liebespaar hier gehört? Selbst in den alten Geschichten wie bei Ose und Pidder Lüng geht es immer nur um Unglück und Drama, und bei den Promis, die herkommen, ist es genauso. Sie streiten sich, sie betrügen sich, und manchmal lassen sie sich sogar hinterher scheiden. Diese Insel ist verflucht! Sie sieht aus wie das Paradies, aber für Liebende ist sie der Untergang.«

»So ein Blödsinn«, sagte Meret und stocherte in dem kleinen Feuer herum, das sie entzündet hatten, um in der kalten Aprilluft am Strand nicht allzu sehr zu frieren. »Immerhin gibt es viele Leute, die seit Jahren verheiratet sind. Meine Eltern und deine zum Beispiel.« Unwillkürlich dachte sie erneut an Sönke und ihren Streit. Sie war wütend auf sich selbst. Weshalb nur war sie überhaupt noch einmal zum Hotel zurückgefahren? Und warum hatte er sich so verhalten? Kalt war er gewesen, ganz anders als sonst bei ihren Treffen, bei denen er leidenschaftlich und zärtlich war. Sönke war der erste Mann, mit dem sie je zusammen gewesen war, und die Gefühle für ihn überwältigten sie. Noch immer hatte sie es nicht fertiggebracht, ihrer besten Freundin von ihrem Verhältnis mit dem verheirateten Mann zu erzählen, doch sie wusste, dass sie es nicht mehr lange für sich behalten konnte.

»Denk doch mal an Ose!«, sagte Nele. »Zehn Jahre lang musste sie die Liebe zu ihrem Mann geheim halten.«

»Ja, aber dann hat man ihm vergeben. Und die beiden konnten zusammen sein.«

»Mmh. Da war Ose sicher schon alt und grau.«

»Sie war schwanger«, gab Meret zu bedenken.

»Trotzdem! Denk doch mal nach! Bei der Sage um den Kirchturm von Keitum ist es doch genauso. Angeblich haben den zwei Nonnen gestiftet, und weil sie so neidisch auf die anderen Frauen waren, die mit ihren Männern leben konnten, prophezeiten sie, dass die Glocke eines Tages den schönsten Mann der Insel erschlagen würde. Getroffen hat es dann eine junge Frau.«

»Das ist doch nur eine Geschichte«, sagte Meret lachend und zog noch einmal an dem Joint. Ihr Kopf fühlte sich angenehm leicht an, fast, als würde sie schweben. All ihre Sorgen, die Wut, die Angst waren in den Hintergrund getreten, wie Dämonen, die man mit einem mächtigen Zauberspruch gebannt hatte. Warum konnte das Leben nicht immer so sein? Sorglos und heiter, völlig unbeschwert? Und warum warnten alle immer davor, Drogen zu nehmen, wenn es sich doch so herrlich anfühlte?

»Nein, das stimmt nicht! 1739 kam die Glocke wirklich

runter und erschlug einen Seemann. Das hat mein Vater mir erzählt.«

»Okay, aber wie kommst du darauf, dass es an der Insel liegt? Tragische Geschichten gibt es überall.«

Nele schien nicht überzeugt. »Aber nicht so wie hier. Zum Beispiel die Erzählung von Ekke Nekkepenn. In allen anderen Märchen geht es um Prinzessinnen und Prinzen und um ein Happy End. Und was passiert bei Ekke Nekkepenn? Erst bringt er den Kapitän um, um an dessen Frau zu kommen, und dann erpresst er sie, damit sie ihn heiratet.«

»Aber sie kann ihm entkommen, weil sie ihn belauscht«, entgegnete Meret, die der Theorie ihrer Freundin noch immer nicht folgen wollte.

»Sie war eine Witwe!«, rief Nele und richtete sich auf. »Und sie wollte keinen hässlichen kleinen Seemann heiraten, der sich garstig aufführte und ihren Mann getötet hatte. Außerdem hat er seine eigene Frau verlassen.«

»Okay, okay«, lenkte Meret ein. »Mag sein, dass Sylt nicht immer ein romantisches Paradies war, aber ich bin mir sicher, dass es hier viele glückliche Paare gab und gibt.«

»Ich werde niemals jemanden finden«, schluchzte Nele. »Mich will einfach niemand, weil ich so ein graues Mäuschen bin.«

Meret schlang ihren Arm um sie. »So ein Blödsinn. Du bist total hübsch. Aber sich in meinen Bruder zu verlieben ist einfach keine gute Idee. Er ist zu alt für dich, und er bleibt nie lange bei einer Frau. Ich bin mir sicher, dass er niemals heiraten wird. Dazu ist er viel zu umtriebig.«

»›Umtriebig‹?«

»Das sagt meine Mutter immer. Ich weiß selbst nicht so genau, was sie damit meint, aber ich finde, es passt hervorragend zu Ole.« Meret kicherte, und Nele fiel mit ein. Eine ganze Weile lachten sie, bis sie auf ihren Rücken lagen und sich die Bäuche hielten.

»Hallo.« Eine tiefe männliche Stimme ließ die beiden Mädchen zusammenfahren.

Meret schrak auf und erkannte, dass es sich um den Mann

handelte, den sie bereits am Mittag in den Dünen gesehen hatte. »Scheiße«, entfuhr es ihr. Sie versuchte aufzustehen, kippte aber im weichen Sand nach hinten.

»Keine Sorge«, beschwichtigte Jannis sie schnell. »Ich habe Stimmen gehört und das Feuer gesehen und wollte nur sehen, wer da ist. Um diese Jahreszeit ist normalerweise niemand am Strand.«

Meret war beunruhigt. Sie befanden sich auf einem Strandabschnitt, der zu Munkmarsch gehörte. Tatsächlich war es hier meistens eher ruhig, weil der Strand zu abgelegen war und der Wind zu sehr peitschte, doch genau aus diesem Grund waren Nele und sie hierhergekommen, um einen Joint zu rauchen.

Jannis setzte sich neben sie. »Ihr seht aus, als wolltet ihr nicht gefunden werden.«

»Genau«, stieß Meret hervor und ließ sich wieder zurücksinken, wendete aber ihren Blick keine Sekunde von Jannis ab. Sie schluckte. Was wollte er von ihnen? Ihr war nicht wohl bei der Sache, doch das Marihuana machte es schwer, klar darüber nachzudenken. Nele schien es ähnlich zu gehen, denn sie lag bereits wieder mit geschlossenen Augen auf dem Rücken und nahm einen Zug aus dem Joint.

»Kommt ihr öfter hierher?«, fragte Jannis.

Meret schüttelte den Kopf. »Nein, eigentlich nicht.«

Jannis zog seine Kamera hervor, die Meret neugierig betrachtete.

»Bist du Fotograf?«, fragte sie.

»Ja. Zumindest in meiner Freizeit. Das ist eine Leica. Sie macht ganz besondere Bilder.« Er hielt sie Meret hin, die sie zögernd in die Hand nahm und hin und her drehte.

»Ich mache eins von euch«, sagte Jannis. Er nahm die Kamera wieder an sich.

Nele kicherte und richtete sich auf. »Na, komm schon«, sagte sie zu Meret und reichte ihr den Joint zurück.

Die Mädchen standen auf und stellten sich unsicher vor das Feuer. Meret musste ebenfalls lachen, als sie feststellte, dass sie den Joint noch in den Händen hielt.

»Was hast du mit den Fotos vor?«, fragte sie Jannis. »Du machst doch nicht etwa Postkarten daraus?«

Er grinste. »Nein, keine Sorge, die sind nur für mich. Manchmal verkaufe ich Landschaftsaufnahmen vom Strand oder von den Leuchttürmen.«

Meret und Nele begannen zu posieren. Dabei alberten sie herum, und Jannis drückte mehrfach auf den Auslöser.

»Ihr seid superfotogen«, sagte er, und die Mädchen lachten noch lauter. Er warf einen Blick in den Himmel. »Ich muss jetzt los. Viel Spaß noch!« Mit langsamen Schritten ging er davon.

»Komischer Vogel«, bemerkte Nele, als er außer Hörweite war. »Irgendwas ist seltsam an ihm.«

»Mhm. Ich habe ihn heute entdeckt, wie er sich zwischen den Dünen versteckt hat. Keine Ahnung, was er da gemacht hat. Ich glaube, er ist ein Spanner.«

Nele brach erneut in prustendes Gelächter aus. »Na, dann kann er sich ja jetzt auf unsere Fotos einen runterholen.«

***

Es war bereits dunkel, kurz vor Mitternacht, als Meret Nele zu Hause abgesetzt hatte und den Rückweg antrat. Am nächtlichen Himmel funkelten die Sterne, und ein bleicher Mond stand hoch über ihr. Meret fühlte sich leicht, beinahe schwindelig. Alles, was ihr am Mittag noch Sorgen und Probleme bereitet hatte, war auf angenehme Weise in den Hintergrund getreten.

Selbst an Sönke hatte sie in den letzten Stunden kaum noch gedacht und es geschafft, Nele gegenüber nichts von ihrer heimlichen Beziehung zu sagen.

Mit tänzelnden Schritten schob sie ihr Fahrrad über den Deich oberhalb von Munkmarsch. Die Luft war zwar kühl, doch es lag bereits eine sanfte Süße in ihr, die vom nahenden Sommer kündete. Meret konnte es kaum erwarten, dass es endlich warm wurde und das Leben wieder begann. Ihr Herz gehörte zwar Sönke, doch sie wollte nicht den ganzen Sommer damit zubringen, sich heimlich mit ihm zwischen den Dünen zu treffen. Sie wollte sich verlieben, Händchen halten, Herzklopfen verspüren, und das mit jemandem, der sich zu ihr bekennen konnte, mit dem sie sich ganz offen zeigen konnte.

Meret war so in Gedanken vertieft, dass sie die zwei Gestalten vor ihr erst bemerkte, als sie ihnen schon nahe war. Zunächst waren es nur Schemen, die sich gegen den Nachthimmel abzeichneten. Einem Impuls folgend, verharrte Meret und duckte sich. Wenn einer der beiden sie kannte, bekäme sie Ärger mit ihren Eltern, weil sie so spät noch draußen herumlief. Ihre Sorge war unbegründet. Die beiden Personen vor ihr waren so miteinander beschäftigt, dass sie sie gar nicht wahrnahmen.

»Na los, komm!«, rief eine männliche Stimme, die Meret eigenartig vertraut vorkam, doch auf die Entfernung konnte sie sie nicht gleich zuordnen.

Eine Frau stieß einen leisen Schrei aus. »Warte! Ich bin nicht so schnell.«

Auch ihre Stimme glaubte Meret zu kennen. Sie ließ sich auf die Knie sinken und kauerte sich hin, damit sich ihre Umrisse nicht auf dem Deich abzeichneten.

»Willst du, dass uns jemand entdeckt?«

»Hier ist doch niemand«, beschwichtigte die Frau. Als sie den Fuß des Deichs erreicht hatte und mit wehendem Haar hinter der männlichen Gestalt herlief, erkannte Meret sie. Es handelte sich um Anke, die Touristin, der sie am Mittag begegnet war. Sie lief schneller und holte ihren Begleiter ein. Im fahlen Licht des Mondes bemerkte Meret, dass die beiden Händchen hielten.

»Du bist doch immer so schreckhaft«, sagte der Mann, und ein Schauer durchfuhr Meret, als sie die Stimme nun als die ihres Bruders Ole identifizieren konnte. Natürlich, mit wem sonst sollte sich Anke mitten in der Nacht draußen herumtreiben?

Meret konnte ein Grinsen nicht unterdrücken und richtete sich langsam auf. In angemessenem Abstand folgte sie den beiden, die weit über den Strand bis zur Wassergrenze gingen. Meret beobachtete, wie Anke und Ole sich umarmten und küssten. Sie wirkten sehr verliebt, und plötzlich dachte sie wieder an Sönke. Auch er hatte sie so geküsst in ihrer ersten Nacht beim

Biikebrennen. Meret war sich sicher gewesen, dass es sich um Liebe handelte, wahre Liebe. Warum sonst sollte man jemanden so küssen? Doch heute hatte sie gesehen, dass Sönke seine Frau Sinje ganz genauso küsste, vielleicht sogar noch leidenschaftlicher und vertrauter. Was also hatte ein Kuss zu bedeuten?

Meret schlang die Arme um ihre Knie und unterdrückte nur mit Mühe ein Schluchzen. Weshalb nur tat Liebe so weh? Sie wollte sich nicht länger so fühlen, so hilflos, ausgeliefert und verletzlich.

Anke und Ole ließen sich in den Sand sinken und fielen übereinander her. Sie breiteten noch nicht einmal eine Decke oder ein Handtuch aus.

Trotzig wischte sich Meret die Tränen aus den Augen. Sönke hatte es nicht verdient, dass sie wegen ihm so sehr litt, beschloss sie. Gerade wollte sie aufstehen, als die Stimmen der beiden Liebenden lauter wurden.

»Was redest du denn da?«, fragte Ole aufgebracht.

»Na, du liebst mich, und ich liebe dich, warum kein Kind bekommen?«, erwiderte Anke. »Ich könnte –«

»Hast du den Verstand verloren? Ich will doch jetzt kein Kind! Soll das heißen, du hast es gezielt drauf ankommen lassen?« Ole hörte sich jetzt richtig wütend an.

Meret gab sich alle Mühe, trotz des schwachen Mondlichts mehr zu erkennen, doch alles blieb schemenhaft.

»Ja, es hat dir doch gefallen. Auf diese Weise könnten meine Eltern uns nicht verbieten, zusammen zu sein. Sie würden mir eine Wohnung oder vielleicht ein Haus kaufen, ja, vielleicht machen wir eine Pension auf und leben für immer glücklich zusammen.« Trauer und Schmerz lagen in Ankes Stimme.

»Ich will keine piefige Pension führen! Denkst du, das ist es, was ich in meinem Leben vorhabe?«

Meret sah, wie sich Anke aufrichtete. Zwischen ihrem Bruder und seiner Geliebten schien sich ein handfester Streit zu entwickeln.

»Morgen gehst du zur Apotheke und bringst das in Ordnung!«, verlangte Ole.

»Nein! Das werde ich nicht tun!«

Anke kam auf die Füße. Wie Meret auszumachen glaubte, war sie nackt, obwohl es kühl war. Ole griff nach ihrem Handgelenk und zog sie wieder zu sich herab.

»Ole, lass mich los!«, schrie sie. »Du tust mir weh! Was soll das?«

»Jetzt beruhige dich!«, rief Ole.

Meret duckte sich. So viel Spaß es ihr gemacht hatte, ihren Bruder heimlich zu beobachten, so sehr wünschte sie sich, jetzt an einem anderen Ort zu sein. Rasch stand sie auf und lief mit gebeugtem Kopf unterhalb des Deiches zurück zum Weg. Wenn Ole mitbekäme, dass sie Zeugin dieser Auseinandersetzung geworden war, würde er sehr böse werden. Außerdem musste sie längst zu Hause sein.

Als Meret gerade den Deich erklommen hatte, hörte sie hinter sich einen qualvollen, halb erstickten Schrei. Etwas daran war so beunruhigend, dass sich die feinen Haare auf ihren Unterarmen aufstellten. Meret erstarrte mitten im Schritt und blieb mit klopfendem Herzen stehen. Sie wagte nicht, sich umzudrehen. Sobald ihr Körper ihr wieder gehorchte, stürmte sie weiter.

In der Dunkelheit übersah sie ein Loch im Erdreich, stolperte und fiel auf die Knie. Ihr Herz hämmerte, und für einen Moment versagten ihre Beine ihr den Dienst. Mit letzter Kraft rappelte sie sich wieder auf und rannte weiter, den Schmerz an ihren Knien ignorierend.

Ihre Panik hatte sie so fest im Griff, dass sie beinahe den Mann übersehen hätte, der sich im Schatten des Deichs verbarg und durch ihr Auftauchen sichtlich erschrocken war. Im schwachen Mondlicht war er kaum auszumachen, nur die Mütze, die er auf dem Kopf trug, erkannte Meret sofort wieder. Es war Jannis, der Inhaber des »Blanke Hans«, der Mann mit der Kamera, der sich zwischen den Dünen versteckte, um Touristinnen zu fotografieren.

***

»Sie haben ein totes Mädchen gefunden«, erklärte ihr Vater, als sie am nächsten Morgen nach viel zu wenig Schlaf zum Frühstück erschien. Meret hatte sich unruhig hin- und hergeworfen und war dann mit den ersten Sonnenstrahlen aufgestanden. Um sich abzulenken, hatte sie Bo geholfen, das Vieh zu versorgen, und saß nun mit ihrem Vater am Tisch.

Eine kalte Hand griff nach ihrem Herzen. »Was?«, fragte sie und hielt das Glas Orangensaft in der Hand, ohne daraus zu trinken.

»Ja, draußen, bei Munkmarsch. Kam vorhin über Funk.«

Ihr Vater war bei der Freiwilligen Feuerwehr der Insel und bekam deshalb jeden Notruf mit.

»Wer ist sie? Jemand von hier?« Ihre eigene Stimme schien von weit her zu kommen. Meret hatte das Gefühl, als entferne sich die Wirklichkeit von ihr, wie in einem Traum oder in einem Film.

»Eine junge Touristin, wohnte im ›Schauerkaant‹.«

Meret fröstelte. Die aufgebrachten Stimmen am Strand, die sie in der vergangenen Nacht unten bei Munkmarsch gehört hatte, drangen wieder an ihr Ohr. War es möglich, dass Anke tot war? »Wie heißt sie?«, fragte Meret zittrig.

Ihr Vater ließ seine Zeitung ein Stück weit sinken und betrachtete sie eindringlich. »Anke Thießen. Kennst du sie?«

Das Rauschen in Merets Ohren wurde so laut, dass es alles andere übertönte. Irgendwie schaffte sie es, den Kopf zu schütteln. Ihr Vater musterte sie kurz, dann wandte er sich wieder seiner Zeitung zu.

Meret erhob sich mit steifen Bewegungen. Das helle Licht der morgendlichen Sonne blendete sie, als sie ans Küchenfenster trat.

»Meret, Kind, ist alles in Ordnung?«, hörte sie ihre Mutter besorgt fragen, die gerade von draußen hereinkam.

»Ja, mir geht es gut.«

»Es ist wegen des toten Mädchens«, sagte ihr Vater. »Sieht so aus, als hätte Meret sie gekannt.«

Ihre Mutter schaute sie erschrocken an. »Stimmt das, Kind?

Kanntest du das Mädchen? Weißt du etwas darüber? Eine schlimme Sache. Die armen Eltern.«

Meret schloss die Augen. Alles um sie herum schien sich zu drehen. Waren das Nachwirkungen des Marihuanas?

»Meret, wenn du etwas weißt, dann musst du zur Polizei gehen«, mahnte ihre Mutter.

Meret riss die Augen wieder auf. Fieberhaft überlegte sie, was sie ihren Eltern sagen sollte. Auf keinen Fall konnte sie zugeben, dass sie fast bis Mitternacht mit Nele am Strand gewesen war. Was, wenn dieser komische Jannis etwas verriet? Wenn er erzählte, dass er sie getroffen hatte? Das würde ein schlechtes Licht auf sie werfen und die Polizei vielleicht direkt zu Ole führen.

Der Gedanke an ihren Bruder ließ ihr Herz schneller schlagen. Es pochte so heftig in ihrer Brust, dass sie das Gefühl hatte, jeder im Raum könne es hören.

Ole! Er war mit Anke zusammen gewesen, die beiden hatten sich gestritten, vermutlich war er der Letzte, der Anke lebend gesehen hatte. Ein furchtbarer Gedanke drängte sich ihr auf, den sie sofort wieder wegschob. Auf keinen Fall durfte sie irgendetwas sagen oder tun, das den Verdacht auf ihn lenken würde. Das würde Ole ihr niemals verzeihen.

»Ich, ähm, also, ich habe sie gesehen, die Frau, auf dem Weg nach Hause von Nele«, sagte Meret. Sie brachte es nicht fertig, ihre Mutter direkt anzusehen. Unvermittelt loderte Hass in ihr auf und verdrängte das eiskalte Gefühl der Angst. Ole hatte womöglich etwas Schreckliches getan, und wenn das ans Tageslicht käme, würde ihre gesamte Familie darunter leiden.

Ihr Vater ließ die Zeitung erneut sinken und fixierte seine Tochter.

»Du musst zur Polizei und eine Aussage machen«, wiederholte ihre Mutter.

»Jetzt lass das Kind doch in Ruhe, du siehst doch, dass sie ganz verstört ist«, widersprach ihr der Vater.

Etwas an seinem Gesichtsausdruck irritierte Meret. Wusste auch er etwas über die Beziehung Oles zu der toten Touristin? Wieder lief ihr ein kalter Schauer den Rücken hinab.

Ihr Vater beugte sich über den Tisch. »Gibt es etwas, das wir wissen müssen?«

Meret beeilte sich, den Kopf zu schütteln. »Nein, ich habe nicht gesehen, mit wem sie zusammen war, nur, dass sie auf dem Weg zum Strand waren, mehr nicht.«

»Das ist für die Polizei bestimmt wichtig«, sagte ihre Mutter.

Ihr Vater verdrehte die Augen. »Was soll die Polizei denn mit so einer Aussage anfangen? Du hörst doch selbst, dass sie nichts gesehen hat und auch nichts weiß. Also was soll das?«

Meret fielen Neles Worte ein: »Diese Insel ist verflucht! Sie sieht aus wie das Paradies, aber für Liebende ist sie der Untergang.« Meret versuchte, die Erinnerungen an den vergangenen Tag und die Nacht wegzuwischen. Sie waren seltsam verschwommen und undeutlich, als lägen sie schon viel länger zurück. Sie konnte nicht genau bestimmen, was wirklich geschehen war und was sie sich vielleicht nur eingebildet hatte.

»Mir geht es nicht gut«, murmelte sie, während sie sich an der Kante des Spülbeckens festhielt. »Ich geh noch mal ins Bett.«

Besorgt fasste ihre Mutter ihr an die Wange. »Du bist auch ganz blass, du armes Ding. Ruh dich ein bisschen aus. Das mit der Polizei können wir auch später klären.«

Merets Vater stieß ein undeutliches Brummen aus, und schwankend ging Meret durch den Flur zur Treppe. Alles, was sie wollte, war, allein zu sein. Allein mit sich und ihren Gedanken.

Jenseits der Wahrheit

»Jannis? Jannis! Bist du hier?« Inge stürmte in das »Blanke Hans«. Die Rezeption war nicht besetzt, hinten im Restaurant brannte Licht.

Rieke steckte ihren Kopf durch die Küchentür. »Jannis ist in seinem Büro«, sagte sie und verschwand wieder.

Inge holte tief Luft. Dann ging sie mit schnellen Schritten in Richtung des Büros. Sie trat ein, ohne anzuklopfen, und ließ die Szenerie auf sich wirken.

Jannis saß an seinem Schreibtisch. Nur die Lampe auf dem Tisch war eingeschaltet und tauchte alles in ein unwirkliches Licht. Er saß einfach nur da und schien beinahe auf sie gewartet zu haben.

Inge schlug die Tür hinter sich zu und fixierte ihren Bruder mit verschränkten Armen. In ihr tobte ein Orkan aus widerstreitenden Gefühlen. »Warum hast du es mir nicht gesagt?«, fragte sie.

Jannis hob langsam den Blick. Er wirkte müde. Der schwache Schein der Schreibtischlampe zeichnete die tiefen dunklen Schatten unter seinen Augen nach, sein Gesicht war schmal und ausgezehrt. Erst jetzt konnte Inge mit aller Deutlichkeit erkennen, welche Sorgen ihren Bruder vermutlich schon seit Jahren plagten.

Inge zog sich den Stuhl heran, der vor dem Schreibtisch stand, und setzte sich darauf. Sie faltete die Hände und sah Jannis erneut fest in die Augen. »Erzähl es mir«, bat sie. »Sag mir, was passiert ist.«

Jannis schnalzte mit der Zunge, ein ebenso verächtlicher wie abwehrender Laut. »Was willst du wissen, Inge, hm? Frau Kommissarin? Hast du wieder irgendeinen Mord beobachtet, der in Wirklichkeit nie stattgefunden hat? Ich sage dir mal etwas: Du solltest lieber weiter Gespenster jagen und die Verbrecher der echten Polizei überlassen. Du bist auf Sylt, nicht im Ruhrgebiet. Es gibt hier keine Mafia, keine Serienkiller, das ganze Zeug. Warum kannst du nicht endlich damit aufhören?«

Etwas in seinem kalten, harten Ton verursachte Inge eine Gänsehaut, doch sie straffte sich. Jannis sollte auf keinen Fall den Eindruck bekommen, dass sie Angst vor ihm hatte oder zögern würde, das Richtige zu tun. »Ich weiß von den Fotos, Jannis«, sagte sie leise. Ihr entging nicht, dass sich seine Züge bei ihren Worten verhärteten.

Er wandte den Kopf und sah ihr nun direkt ins Gesicht. »Welche Fotos?«, fragte er, doch an seinem Tonfall erkannte sie, dass er wusste, wovon sie sprach.

»Du weißt, welche Fotos. Die Fotos von den Frauen, denen am Strand.« Für einen Moment überlegte Inge, was und wie viel ihre Eltern wohl von Jannis' Vorlieben gewusst hatten.

Jannis starrte vor sich hin, ohne etwas zu sagen. Er schien mit seinen Gedanken weit weg zu sein. »Du weißt nicht, wie es ist«, flüsterte er schließlich mit weit aufgerissenen Augen. »Glaube mir, ich habe so oft versucht, dagegen anzukommen, es nicht zu tun.« Er klang, als würde er leiden. »Ich war so schüchtern, du weißt doch noch, dass ich mich nie getraut habe, auf Menschen und vor allem auf Frauen zuzugehen. Die Kamera hat mir Selbstbewusstsein gegeben. Irgendwann wurde es zu einer Art Sucht, ich konnte einfach nicht mehr damit aufhören.«

Das klang aufrichtig.

»Warum hast du nie mit mir darüber geredet?«

Jannis stieß ein gequältes Lachen aus. »Ausgerechnet mit dir? Der ehrgeizigen Polizistin, der Hüterin von Recht und Ordnung? Ist dir klar, dass dir das deine Karriere verdorben hätte, wenn bekannt geworden wäre, dass dein Bruder ein Spanner ist?«

In Inges Kopf drehte sich alles, und sie hatte das Gefühl, keinen klaren Gedanken fassen zu können. »Was weißt du über Anke Thießen?«, fragte sie.

»Was soll ich über sie wissen? Ich weiß, was jeder über sie weiß.«

»Du hast nichts beobachtet, während du am Strand warst

und …?« Inge beendete den Satz nicht, um ihn nicht noch weiter zu beschämen.

Jannis schüttelte den Kopf. Mit seinen hängenden Schultern und den traurigen Augen wirkte er mitleiderregend. Inge spürte, wie sich Mitgefühl in ihr regte. Jannis war noch immer ihr Bruder.

»Verurteilst du mich jetzt?«, fragte er.

»Nein. Ich wünschte nur, du hättest früher mit mir darüber gesprochen.« Ruckartig wandte sie sich ab und verließ das Büro. Sie wollte jetzt nur noch allein sein.

Langsam und mit steifen Bewegungen stieg sie die Treppen zum Personaltrakt empor. Oben im Flur blieb sie stehen. Einer inneren Eingebung folgend, ging sie nicht zu ihrem eigenen, sondern zu Merets ehemaligem Zimmer. Die Tür war nicht verschlossen, bis auf die Möbel war alles leer.

Inge betrat den Raum. »Was ist es, was du niemandem verraten hast?«, flüsterte sie. »Hat dein Bruder etwas Schreckliches getan? Was hast du gewusst?«

Sie dachte an Merets Notizbuch. Wer auch immer in ihr Zimmer eingebrochen war, hatte befürchtet, dass Merets Aufzeichnungen einen Hinweis auf ihn enthielten. Meret hatte mehr über den Mord an Anke Thießen gewusst, als sie zugegeben hatte.

Inges Blick blieb an dem Bild über dem Bett hängen. Es war eine ziemlich kitschige Szene in Öl, Fischer beim Fischfang, dahinter eine dramatische See und ein hellblauer Himmel. Der Beschriftung nach handelte es sich bei einem der Männer um Pidder Lüng, vor seiner Verhaftung. In den Rahmen des Gemäldes gesteckt, entdeckte Inge etwas, das aussah wie ein getrocknetes Kraut.

Langsam näherte sie sich und berührte es mit den Fingerspitzen.

»Strandflieder«, sagte sie leise. Sie packte den Bilderrahmen und drehte ihn um. Dabei fiel etwas herunter. Es war ein Foto. Die Rückseite verriet, dass es sich um das typische Leica-Format handelte.

Inge ging in die Knie und hob das Foto hoch. Als sie es umdrehte, stockte ihr Herzschlag.

Das Bild zeigte Anke Thießen, leblos, mit blauen Lippen, das offene Haar feucht im Sand. Um ihren Hals herum waren die roten Flecken, die ihr Mörder darauf hinterlassen hatte, deutlich zu sehen.

Es war kein Tatortfoto, denn im oberen rechten Drittel war ein dunkler Fleck zu sehen.

Mit zitternden Händen zog Inge ihr Handy aus der Tasche und wählte Piets Nummer. Es dauerte lange, bis er antwortete.

»Ja?«

»Piet, du musst kommen, es ist Jannis.«

»Was ist mit Jannis?«

In diesem Moment flog die Tür des Zimmers mit einem lauten Knall auf. Inge erschrak, das Foto fiel ihr herunter und rutschte unter das Bett. Vor ihr stand Jannis, in der Hand ein Messer, eines der großen und gefährlich scharfen Tranchiermesser aus der Küche. Seine Augen waren weit aufgerissen, Schweiß perlte von seiner Stirn.

»Steh auf!«

Langsam ließ Inge das Handy sinken.

»Inge? Inge! Bist du noch dran?«, rief Piet durch das Telefon.

Jannis trat es mit dem Fuß beiseite. Es schlug gegen die Wand, und das Display erlosch.

Inge stand auf. »Jannis, hör mir zu –«

»Sei still!«, schrie er. »Warum konntest du nicht damit aufhören? Ich wusste, dass es ein Fehler war, dich hierher zurückzuholen. Du sorgst immer nur für Ärger.«

Inge blinzelte. »Du hast Anke Thießen umgebracht.«

»Nein, habe ich nicht!«, schrie Jannis und fuchtelte mit dem Messer vor sich herum.

Er schnaubte und begann, im Zimmer auf und ab zu laufen, ohne sie aus den Augen zu lassen. Fast wie ein Schauspieler, der auf einer leeren Bühne für ein neues Stück probte.

»Du warst dort, am Strand bei Munkmarsch, in der Nacht,

in der sie ermordet wurde, nicht wahr?« Inges Stimme war beinahe tonlos.

Unvermittelt blieb Jannis stehen und starrte sie an, antwortete allerdings nicht.

»Du hast Fotos gemacht, richtig? Von ihr und von ihrem Liebhaber, von Ole Knudsen. Das stimmt doch, oder?«, fuhr Inge etwas lauter fort. »Du hast beobachtet, wie sie zu Tode kam. Hör zu, Jannis, du musst –«

»Sei still!«, brüllte Jannis erneut. Eine Ader trat pochend an seiner Schläfe hervor, er hatte den Blick eines Wahnsinnigen. »Ich habe Anke nicht umgebracht«, sagte er nach einer Weile leise und ließ den Kopf hängen. »Aber ja, es stimmt, ich war da in der Nacht. Ich wusste, dass sie sich mit Ole trifft, überhaupt war der Strand von Munkmarsch zu der Zeit bei allen beliebt, die sich nur heimlich treffen konnten. Ich habe sie beobachtet und, wenn es sich ergab, auch ein paar Fotos gemacht.« Er raufte sich die Haare. »Ich habe sie nicht umgebracht, wenn es das ist, was du wissen möchtest.«

»Wer hat sie dann umgebracht?« Inge wagte es nicht, ihren Bruder anzusehen.

»Ich weiß es nicht.«

»Wie ist das möglich?«

»Ja, ich war an diesem Abend am Strand, ich habe Anke und Ole gesehen, aber ich war nicht dabei, als sie umgebracht wurde. Ihre Leiche, die habe ich gesehen, und ich weiß, dass außer Ole in dieser Nacht niemand anderes dort war. Ich konnte hören, wie sie sich gestritten haben.«

Inge dachte kurz darüber nach. »Du musstest dich verstecken, wegen Meret, nicht wahr?«

»Na ja, Meret und ihre Freundin … Ich habe sie kurz vorher in der Nähe gesehen.«

»Nele und Meret, das Foto, es stammte von diesem Abend?«

Jannis nickte. Seine Hände umklammerten den Griff des Messers so fest, dass seine Knöchel weiß hervortraten. »Meret hatte mich mittags dabei beobachtet, wie ich unter anderem Anke fotografierte, weil sie immer nackt badete. Ich wusste, dass Anke sich am Abend mit Ole traf, und mir war klar, dass es dabei etwas zu sehen geben würde. Deshalb folgte ich den beiden. Aber als ich Meret entdeckte, musste ich mich verstecken. Ich konnte wie gesagt hören, dass sich Anke und Ole stritten. Er war sehr wütend. Doch dann musste ich verschwinden. Ich weiß also nicht, ob er sie umgebracht hat.« Jannis senkte den Blick.

In Inge regte sich ihr Ermittlerinstinkt. Ihr Bruder sagte ihr nicht die Wahrheit, nicht die ganze Wahrheit, das spürte sie deutlich. »Aber du nimmst es an, nicht wahr?«

In Jannis' Augen schimmerten Tränen.

»Du wusstest also von der Beziehung zwischen Ole und Anke?«

»Ja, aber ich konnte mit niemandem darüber sprechen, weil das die Frage aufgeworfen hätte, was ich eigentlich nachts allein am Strand gemacht habe. Deshalb habe ich nichts gesagt.«

Immer noch hatte Inge den Eindruck, dass ihr Bruder ihr etwas verschwieg. Seine Reue schien echt zu sein, doch was er ihr sagte, war nicht alles.

»Deshalb und …« Er beendete seinen Satz nicht. Wieder wanderte sein Blick zum Fenster.

»Und was?« Inge konnte ihre Ungeduld nicht länger zügeln. Aus dem Augenwinkel sah sie zu dem Foto der toten Anke Thießen, das vor Jannis verborgen unter dem Bett lag.

»Als ich das Hotel Ende der Neunziger übernahm, war es eine Bruchbude. Mir fehlte das Geld, um es zu modernisieren, um mit den anderen Hotels mithalten zu können. Wer auf Sylt Urlaub macht, der will etwas geboten bekommen und nicht in einer völlig veralteten Absteige wohnen, ganz gleich, wie historisch oder malerisch sie ist. Ich brauchte Geld, doch keiner wollte mir welches geben. Ich hätte mich mit Investoren von außerhalb zusammentun können, doch das wollte ich nicht, ich hatte genug von den ganzen Geldsäcken, die hierherkamen und sich wichtigmachten.«

»Was hast du getan?«, fragte Inge, die eine schreckliche Ahnung beschlich.

Jannis starrte sie aus lodernden Augen an. »Er ist ein eingebildeter Fatzke, Inge, du hast ihn doch selbst erlebt.«

»Wer, Jannis, wer?«

»Ole Knudsen, wer sonst? Er war schuld daran, dass sich Anke überhaupt mitten in der Nacht am Strand aufhielt, und wenn du mich fragst, dann war er es, der sie umgebracht hat. Jedenfalls deutet alles darauf hin. Er hat mit seinen Immobilien viel verdient. Mit unter dreißig hatte er mehr Geld, als ich jemals haben werde, und tat dabei so, als könnte ihn kein Wässerchen trüben. Aber ich wusste über ihn Bescheid, ich wusste, wer er wirklich war.«

»Du hast ihn erpresst?« Inge hatte das Gefühl, eine stählerne Hand lege sich um ihre Kehle und drücke sie zusammen.

»Ja. Ich sage doch, ich brauchte Geld, Inge, dringend. Er gab es mir, er war froh, dass ich den Mund hielt. Selbst wenn man ihn nicht verurteilt hätte, als aufsteigender Immobilienexperte hätte er sich die schlechte Presse nicht leisten können. Das hätte ihn vernichtet, und er hätte keinen Fuß mehr auf den Boden bekommen. Du weißt doch, wie die Leute hier sind, nicht nur die Einheimischen, sondern auch die Gäste, diese kleine verschworene Elite der Sylt-Besucher. Da kann ein Gerücht innerhalb weniger Sekunden alles vernichten, was man sich ein Leben lang aufgebaut hat.«

Inge begann zu ahnen, wie groß Jannis' Angst, dass sein Geheimnis an die Öffentlichkeit kommen könnte, all die Jahre gewesen sein musste.

»Was ist dann passiert?«

Jannis verzog das Gesicht zu einer Grimasse. »Alles lief gut. Ole gab mir das Geld, ich modernisierte damit das Hotel, und eine ganze Weile gingen wir uns einfach aus dem Weg.« Er streckte seine Hände aus und betrachtete seine Fingerspitzen. »Dann war ich für kurze Zeit in Haft, aber die Anklage wurde fallen gelassen. Ich weiß selbst nicht, wie es dazu kam, aber Ole hat von der Sache erfahren. Natürlich zählte er sofort eins und eins zusammen und begriff, warum ich in der Nacht überhaupt in den Dünen gewesen war. Er sagte mir, dass er mich anzeigen würde, dass er mir den Mord an Anke in die Schuhe schieben würde. Ich habe die Nerven verloren, ich meine, die Polizei hatte mich gerade festgenommen, es gab Gerüchte über einen Spanner, die Leute hatten Angst, und ich musste fürchten, dass alle bald herausfinden würden, dass ich der Spanner bin.«

Jannis' Stimme veränderte sich. Er ging jetzt direkt auf Inge zu. »Ich wusste, dass es ein Fehler war, ausgerechnet dich um Hilfe zu bitten. Du schaffst es, jeden in den Wahnsinn zu treiben.« Von seiner Körperhaltung ging etwas Bedrohliches aus. »Ich kann nicht zulassen, dass du jetzt alles zerstörst, Inge. Ich habe zu viel auf mich genommen. Du hättest einfach in Düsseldorf bleiben sollen, bei deinen Erinnerungen und bei deinen Gespenstern. Aber du musstest ja unbedingt gerade jetzt hierherkommen.«

»Du sagtest am Telefon, dass du Hilfe brauchst. Ich habe angenommen, du wolltest, dass ich komme.« Inge konnte ihre eigene Verzweiflung hören.

»Ja, weil ich dachte, du hättest endlich aufgehört, überall Verbrecher zu sehen. Ich dachte, wir würden das zusammen hinbekommen, du würdest mir helfen, das Hotel aus der Misere zu ziehen, aber kaum warst du hier, hast du mir gezeigt, dass du dich kein Stück geändert hast. Du bist eben immer noch zuerst eine Polizistin und dann erst meine Schwester. Vermutlich ist das bei euch Bullen so. Berufskrankheit.« Jannis lächelte verächtlich, und in Inge regte sich Zorn.

»Weil du zu feige warst, zu deinen Problemen zu stehen, müssen andere Menschen darunter leiden?«

»Ich wollte das alles nicht, Inge, das musst du mir glauben«, sagte Jannis weinerlich.

»Was hast du vor? Willst du mich umbringen? Mit einem Messer? Damit wirst du niemals davonkommen. Die Blutspuren werden überall sein, man wird meine Leiche finden, und dann wird es nicht lange dauern, bis man auf dich kommt. Es ist vorbei«, flüsterte Inge und versuchte krampfhaft, das Zittern in ihrer Stimme zu unterdrücken. Es gelang ihr nicht vollständig. »Du musst dich deinen Problemen stellen, Jannis, dann hast du eine Chance. Es gibt doch Lösungen für so etwas. Du könntest eine Therapie anfangen. Du hast doch noch dein halbes Leben vor dir. Möchtest du für immer auf der Flucht sein? Immer wieder befürchten, dass dir jemand auf die Schliche kommt?« Sie brach ab, als Jannis einen Schritt nach vorn machte und ihr die Klinge direkt an die Kehle hielt. Ihr Herz raste.

»Sei still«, befahl er knapp. »Du weißt doch gar nicht, was du da redest. Wenn ich mit jemandem darüber spreche, komme ich in den Knast. Weißt du, was sie da mit einem wie mir machen? Da bin ich das Opfer. Ich würde da keine zwei Wochen überleben. Und für Mord bekomme ich im schlimmsten Fall lebenslänglich, vor allem, wenn sie mir das mit Anke auch noch anhängen. Was für ein Leben soll ich dann noch haben?«

Inge begriff allmählich, dass sie die ganze Zeit aneinander vorbeigeredet hatten, und drehte vorsichtig den Kopf. »Wieso Mord? Was redest du da, Jannis? Du hast doch gesagt, du hast mit Ankes Tod nichts zu tun.« Sie stockte. Ihr wurde kalt. »Oder … Hast etwa *du* Meret aus dem Fenster –«

»Halt den Mund! Ich muss nachdenken, und dabei brauche ich dein Geplapper nicht. Du hast schon genug angerichtet. Warum konntest du die Sache nicht einfach auf sich beruhen lassen, hm, Schwesterherz? Warum musstest du die große Ermittlerin spielen und den ganzen Dreck wieder aufwirbeln, an den sich außer dir niemand mehr erinnert?«

»Das ist nicht wahr«, stieß Inge gepresst hervor, verstummte aber sofort wieder, als sie Jannis' Klinge auf ihrem Hals spürte. »Anke hatte eine Familie, Eltern, die sie vermissen, und auch Meret ist nie über die Sache hinweggekommen. Die Wahrheit kommt immer ans Licht, Jannis, auch wenn es Jahrzehnte dauert.«

Das Messer ritzte ihre Haut und sorgte für ein brennendes Gefühl. Die Angst in ihrem Inneren machte es schwer, zusammenhängende Gedanken in Worte zu fassen.

»Wenn ich dich töte, wird niemand mehr die Wahrheit herausfinden, weil sich keiner für sie interessiert. So ist das nun mal, Schwesterchen. Die Wahrheit stirbt mit dem, der für sie kämpft. Die Menschen wollen keine Wahrheit, das hast du nie begriffen. Sie möchten Frieden, Harmonie, auch wenn all das nur eine Illusion ist. Das macht sie glücklich, nicht die Wahrheit. Im Gegenteil: Die Wahrheit kann alles vernichten, sie zerstört uns. Was wäre, wenn wir alle die Wahrheit übereinander wissen würden? Das wäre doch nicht auszuhalten.«

Als das Licht des Leuchtturms erneut über Jannis' Züge kroch, bemerkte Inge, dass sie wahnhaft verzerrt waren. Nie zuvor hatte sie ihren Bruder so gesehen, und es versetzte sie in Todesangst. Wie hatte sie nur so blind sein können?

Plötzlich flog die Zimmertür mit einem lauten Knall auf, und im hell erleuchteten Türrahmen stand Piet. Für einen Augenblick dachte Inge, dass sie halluzinierte, doch dann hörte sie ihren ehemaligen Kollegen rufen: »Waffe weg!«

Jetzt erst sah sie die Pistole, die er in der Hand hielt und direkt auf Jannis richtete.

Ein Beben durchlief den Körper ihres Bruders. Langsam ließ er das Messer sinken. »Retter in letzter Sekunde, was, Piet?«, fragte er mit eisiger Stimme. »Na ja, auch ein verblödeter Inselbulle kommt eben manchmal rechtzeitig.« Er grinste abfällig.

»Leg das Messer weg!« Piets Worte schienen die Luft zu zerschneiden. Er kam direkt auf Jannis zu, der vor ihm zurückwich.

Inge lief zur Tür. Von dort aus konnte sie beobachten, wie Jannis das Messer fallen ließ. Im Schein des Leuchtturms blitzte es auf.

Jannis starrte direkt in Piets Pistolenmündung.

Eine schreckliche Ahnung überkam Inge. »Jannis, bitte!«

Jannis hörte sie nicht. Seine Augen fixierten Piet und die Waffe. Ein irrer Glanz lag in ihnen, und Inge spürte, wie sich ihr Herz schmerzhaft zusammenkrampfte.

Dann ging alles ganz schnell. Jannis machte eine Bewegung nach vorn, Piet versuchte zurückzuweichen und stieß rückwärts gegen eine Kommode. Für den Bruchteil einer Sekunde war er abgelenkt, doch das genügte Jannis. Er entriss Piet die Waffe. Für einen Moment hielt er sie in den Händen, als wüsste er selbst nicht, was er damit anfangen sollte. Ein entrücktes Lächeln stahl sich auf sein Gesicht, als sich seine Finger um den Griff schlossen.

»Nein!«, schrie Inge, die begriff, was er vorhatte.

Jannis achtete nicht auf sie, sondern richtete die Pistole langsam auf sich. Der Lauf zielte nun direkt auf seine Schläfe. Jannis schloss die Augen, dann drückte er den Abzug.

Der Knall des Schusses hallte durch das kleine Zimmer und dröhnte in den Ohren. Als Inge die Augen wieder öffnete, befürchtete sie, ihren Bruder tot in einer Blutlache vor sich zu sehen.

Doch stattdessen sah sie Piet, der Jannis von hinten festhielt.

»Inge, die Waffe!«, rief Piet.

Inge sprang auf und schnappte sich die Pistole, die bei dem Handgemenge zu Boden gefallen war.

Es war vorbei.

Zehn Minuten später saß Jannis auf dem Stuhl in seinem Büro. Er trug Handschellen. Piet hatte auf der Wache in Westerland angerufen, es dauerte eine Weile, bis die Einsatzkräfte eintreffen würden. Inge schaute immer wieder aus dem Fenster, um nach dem Blaulicht Ausschau zu halten. Dann wandte sie sich ihrem Bruder zu. Auf dem Schreibtisch vor ihm lag das Foto der ermordeten Anke Thießen.

»Sag mir doch bitte, was passiert ist.«

Jannis lächelte. Sein Lächeln wirkte nicht mehr verrückt oder wahnsinnig, sondern fast erleichtert. »Ich bin in der Nacht noch einmal an den Strand zurückgegangen, ich weiß selbst nicht, warum. Nachdem Meret verschwunden war, hatte ich den Drang, noch einmal nach Anke zu sehen. Ole war weg, sie lag ganz allein im Sand. Da war sie schon tot, erwürgt. Auch ihre Klamotten waren nicht mehr da. Ich weiß auch nicht, was da mit mir los war. Sie war so wunderschön, wie sie dalag, im Mondlicht. Ich wusste, dass es nicht lange dauern konnte, bis man sie dort finden würde, und trotzdem wartete ich auf die ersten Sonnenstrahlen und fotografierte sie.«

»Und Ole wusste von den Fotos?«, fragte Inge.

»Ja, ich habe ihm davon erzählt, um Druck auf ihn auszuüben. Ich habe etwas übertrieben und behauptet, dass die Bilder ihn eindeutig als Täter überführten.«

»Aber dann wandten sich diese Fotos gegen dich, nicht wahr? Du warst mit einem Mal nicht mehr der Zeuge, sondern der Täter.«

»Ole drohte, mich anzuzeigen. Er sagte, er würde mich belasten, sie würden die Bilder und weitere Beweise finden und mir den Mord anhängen. Ich geriet in Panik. Es gab niemanden, mit dem ich darüber hätte sprechen können.«

»Du hättest *mich* anrufen können, deine Schwester, die Polizistin.«

»Dich? Für dich gibt es doch nur Gut und Böse und nichts dazwischen. Wie wärst du wohl damit zurechtgekommen, dass dein eigener Bruder ein Gesetzesbrecher, ein Triebtäter, ein Spanner ist? Du hättest mich vermutlich höchstpersönlich ins Gefängnis gebracht und eingesperrt, wenn du davon gewusst hättest.«

Jannis klang bitter, und Inge fühlte, wie seine Vorwürfe ihr einen Stich versetzten. So wenig Vertrauen hatte Jannis also in seine Schwester.

»Ich wollte einfach nicht, dass die Leute reden, verstehst du? Immerhin gab es in unserer Familie schon das eine oder andere Drama, über das sich die ganze Insel das Maul zerrissen hat«, erklärte Jannis weiter.

»Bist du deshalb in finanziellen Schwierigkeiten? Weil du dein ganzes Geld Ole gegeben hast?«

»Ich hatte keine Wahl. Ich dachte, mit einer einmaligen Zahlung sei alles beglichen, also nahm ich einen Kredit auf das Hotel auf. Aber Ole wollte immer mehr, er hatte Großes vor. Er hat Land gekauft, alte Friesenhöfe, und dann war da noch der Hof seiner Eltern. Er wollte seine Geschwister unbedingt ausbezahlen und mit dem Land viel Gewinn machen.«

»Und das Geld zum Ausbezahlen solltest du ihm geben?«

»Ja. Aber ich hatte es nicht. Ich hatte mich inzwischen so tief in die Scheiße geritten, dass ich Ärger mit dem Finanzamt hatte, meine Rechnungen nicht mehr bezahlen konnte. Obwohl das Hotel so gut läuft, stehe ich kurz vor dem Bankrott.«

Inge schwieg einen Moment, um das Gehörte zu verarbeiten. »Was hat das alles mit Meret zu tun?«

»Ole hat mir immer gedroht, dass er nicht der Einzige sei, der mich belasten könne. Für mich war klar, dass er vermutlich Meret, seine kleine Schwester, meinte, die in jedem Fall für ihn und gegen mich aussagen würde. Das bedeutete, dass zwei Aussagen gegen meine stehen würden, und man muss kein Jurist sein, um zu ahnen, dass es für mich nicht gut ausgesehen hätte. Das wollte ich nicht riskieren.«

»Hast du mit Meret darüber gesprochen?« Allmählich fügten sich die vielen Puzzleteile in ihrem Kopf zu einem stimmigen Bild zusammen.

»Dazu kam es nicht. Meret war kaum hier, als sie schon anfing, in meinen Sachen herumzuschnüffeln. Ich weiß nicht, wie, aber sie fand heraus, dass ihr Bruder mich erpresste. Sie verlangte von mir, dass wir zur Polizei gehen. Sie wollte, dass wir ihm gemeinsam das Handwerk legen. Sie wollte, dass er hinter Gitter kommt, damit er sich nicht den Hof der Eltern unter den Nagel reißen konnte.«

Inge runzelte die Stirn. Das war zwar nachvollziehbar, passte aber nicht zu den übrigen Informationen, die Jannis ihr gegeben hatte. »Aber du sagtest doch gerade, dass sich Ole sicher war, dass sie für ihn aussagen würde.«

»Tja, da hat er wohl gepokert.« Jannis lachte freudlos.

»Aber du hättest doch zur Polizei gehen können.«

»Du begreifst es nicht, Inge, stimmt's? Es hätte keine Rolle gespielt, was ich der Polizei erzählt hätte, denn die Presse hätte sich auf die Sache gestürzt, und ich wäre als Spanner enttarnt worden. Ole hätte mich in jedem Fall beschuldigt. Meret hat mich wie gesagt kurz vor dem Mord an Anke zwischen den Dünen entdeckt, als ich heimlich Frauen fotografiert habe. Auch wenn sie ihren Bruder belastet hätte, hätte sie vermutlich gleichzeitig auch gegen mich ausgesagt. Damit hätte ich das Hotel schließen können. Wer steigt schon bei einem bekannten Spanner ab? Und dann? Wäre das so viel besser als Gefängnis gewesen? Wohl kaum.« Er schüttelte den Kopf. »Du weißt doch, wie das bei uns läuft. Auf Sylt kann man nur schwer ein Geheimnis bewahren.«

»Was ist mit Meret geschehen?« Inges Frage hing zwischen ihnen im Raum wie eine dunkle Bedrohung.

Jannis schwieg. Sein Blick ging ins Leere, und Inge wurde es schwer ums Herz.

»Sie hätte die Sache einfach auf sich beruhen lassen sollen, Inge. Aber sie kam hierher wie ein Wirbelwind. Sie war so versessen darauf, ihren Bruder hinter Gitter zu bringen, dass ihr gleich war, wie viel ich dabei verlieren würde.«

»Deshalb bist du nachts zu ihr aufs Zimmer.«

»Ich konnte in der Gaststube hören, wie sie sich mit Nele gestritten hat. Ich wusste, dass sie es nicht mehr lange für sich behalten hätte. Fast zwanzig Jahre lang hatte sie mit der Frage gelebt, ob ihr Bruder ein Mörder ist, und nun gab es mich, mit dem sie das hätte beweisen und gleichzeitig den Erbstreit beilegen können. Ich wollte sie nur davon abbringen, mit ihr reden. Ich hatte nicht vor, ihr etwas zu tun.« Jannis' Gesicht wurde hart, als er sich an jene Nacht erinnerte. »Ich dachte, ich tue ihr einen Gefallen, wenn ich sie bei mir anstelle. Immerhin wusste ich, dass sie hier auf der Insel auch keinen leichten Stand hatte. Aber dann hat sie angefangen, irgendwelche Andeutungen zu machen, dass sie etwas wisse. Also ging ich auf ihr Zimmer, als das Restaurant geschlossen war. Ich wollte sie zur Vernunft bringen, aber sie war noch völlig aufgebracht von dem Streit mit Nele. Sie sagte mir, dass sie nicht länger mit dem Wissen leben könne. Sie wollte, dass Ole endlich zur Rechenschaft gezogen wird. Das konnte ich nicht zulassen.«

»Also hast du sie aus dem Fenster gestoßen.« Inge schloss wieder die Augen.

Jannis schwieg. In der Dunkelheit hinter den Fenstern leuchtete Blaulicht auf.

»Sie kommen«, bemerkte Piet überflüssigerweise.

***

Gleißend hell stand die Sonne an einem wolkenlosen Himmel. Unten am Strand tummelten sich die Touristen. Vor knapp zwei

Wochen hatte die Sommersaison begonnen, das »Blanke Hans« war wie fast alle Hotels restlos ausgebucht. Inge legte eine Hand über die Augen und ließ ihren Blick über den Deich und den dahinterliegenden Strand wandern. Dicht an dicht standen die Strandkörbe auf dem Sand, dazwischen steckten Sonnenschirme im Boden. Spielzeug lag verstreut herum. Kinder liefen nackt mit Hüten zwischen den Sonnenanbetern herum und planschten im Wasser. Draußen waren gleich mehrere Boote und Yachten zu sehen. Der Sommer verwandelte Sylt in ein Urlaubsparadies aus Luxus und vornehmer Sorgenfreiheit. Wer sich hier Urlaub leisten konnte, der hatte es geschafft – das galt noch immer im Rest der Republik.

Inge knetete ihre strapazierten Hände. Anstrengende Wochen lagen hinter ihr. Nach Jannis' Verhaftung hatte die Flensburger Mordkommission die Ermittlungen erneut aufgenommen, sowohl im Fall Anke Thießen als auch im Fall Meret Knudsen.

Nach ihrem Anruf aus Merets Zimmer hatte Piet die Dinge richtig gedeutet und war ebenfalls auf Jannis als mutmaßlichen Mörder von Meret Knudsen gekommen. Er hatte geahnt, dass es nicht gut ausgehen konnte, wenn Inge ihren Bruder mit ihren Erkenntnissen konfrontierte, und sich sofort auf den Weg zum »Blanke Hans« gemacht, gerade noch rechtzeitig, um das Schlimmste zu verhindern.

»Alles in Ordnung?« Piets Stimme riss sie aus ihren Gedanken. Inge wandte sich um. Ihr ehemaliger Kollege kam über die Hotelterrasse auf sie zu. Sie nickte. Piet stellte sich neben sie und betrachtete das lebhafte Treiben am Strand.

»Sieht aus, als hättest du alles im Griff«, stellte er zufrieden fest und streckte sich. Dann legte er ihr seine Hand auf die Schulter. »Kommst du klar?«, fragte er.

Ein warmes Gefühl strömte durch Inges Körper. Es verdrängte die Dunkelheit und die Kälte, die seit Maltes Tod in ihrem Inneren wohnten und nur darauf lauerten hervorzukommen, wenn sie nicht darauf achtete – vor dem Schlafengehen, nachts, wenn sie allein war. Jahrelang war sie vor diesen Dämonen geflohen, hatte versucht, sie mit Schlaftabletten auszutricksen, doch erst als sie sich ihnen gestellt hatte, waren sie verschwunden. Vielleicht hatte sie tief in ihrem Inneren immer gewusst, dass Anke Thießens Tod mehr mit ihr selbst zu tun hatte, als sie sich eingestehen wollte, und deshalb nie mit ihm abschließen können.

Inge seufzte. Jannis' Worte fielen ihr ein. Wieder sah sie sein Gesicht vor sich, im Wahn verzerrt, bereit zum Äußersten. Er hatte behauptet, die Wahrheit helfe niemandem.

Inges Augen wanderten zu Piet, der ein paar Kinder beobachtete, die im Sand spielten und dabei ein lautes Geschrei veranstalteten.

»Die Wahrheit ist das Einzige, das uns Frieden schenkt«, flüsterte sie.

Piet wandte sich ihr zu. »Hast du etwas gesagt?«

Inge lächelte und schüttelte den Kopf. »Nichts Wichtiges«, sagte sie. Dann schlüpfte sie aus ihren Schuhen und zog sich ihr Kleid aus. Darunter trug sie einen Badeanzug. »Lust auf eine Runde in den Wellen?«, fragte sie Piet und war im nächsten Moment schon in Richtung Strand losgelaufen, wo das Meer sie erwartete. Inge nahm Anlauf und stürzte sich kopfüber in die Fluten.

Kühl und erfrischend umfing sie das Salzwasser, und der vertraute Geschmack der Nordsee kitzelte sie auf der Zunge. Inge drehte sich auf den Rücken und ließ sich von den sanft schaukelnden Wellen tragen. Die Sonne blendete sie und streichelte warm ihre Haut. Über ihr kreischten Möwen, und als Inge die Arme ausbreitete, um noch weiter hinauszuschwimmen, hatte sie zum ersten Mal seit über zwanzig Jahren das Gefühl, dass alles gut war. Sie war endlich wieder zu Hause.

Epilog

Frisch zog der Wind über den Strand, doch weder Ole noch Anke konnten sich dazu aufraffen, sich wieder anzuziehen. Ankes Brustwarzen stellten sich steil auf, und Ole betrachtete sie fasziniert.

»Frierst du?«, fragte er und umarmte sie.

Anke schüttelte den Kopf. Ihre Wangen schienen zu glühen. »Nein«, sagte sie und lachte.

»Und du bist dir sicher, dass nichts passieren kann?«, fragte Ole. »Ich meine, weil wir nicht …«

Anke zuckte die Schultern. »Was wäre so schlimm daran?«, fragte sie und schaute auf ihre Zehenspitzen, die sich in den feuchten Sand gruben.

Ole schoss jäh in die Höhe. »Was redest du denn da?«, fuhr er sie an.

Sie lächelte und fasste nach seinem Gesicht. »Na, du liebst mich, und ich liebe dich, warum kein Kind bekommen? Ich könnte –«

Aufgebracht schlug Ole ihre Hände beiseite. »Hast du den Verstand verloren? Ich will doch jetzt kein Kind! Soll das heißen, du hast es gezielt drauf ankommen lassen?«

Fassungslos starrte er auf Ankes Bauch. Unwillkürlich schlang sie die Arme um ihren bloßen Leib.

»Ja, es hat dir doch gefallen. Auf diese Weise könnten meine Eltern uns nicht verbieten, zusammen zu sein. Sie würden mir eine Wohnung oder vielleicht ein Haus kaufen, ja, vielleicht machen wir eine Pension auf, und dann leben wir für immer glücklich zusammen.«

»Ich will keine piefige Pension führen«, stieß Ole verächtlich hervor. »Denkst du, das ist es, was ich in meinem Leben vorhabe?«

Anke war verunsichert. Sie erkannte Ole mit einem Mal nicht mehr wieder. Wohin waren seine Sanftheit und seine Zärtlichkeit verschwunden? Hatte er nicht vor wenigen Augenblicken noch beteuert, wie sehr er sie liebte?

»Morgen gehst du zur Apotheke und bringst das in Ordnung!«, befahl er ihr. Sein Blick ging starr an ihr vorbei, als hätte sie mit einem Mal aufgehört zu existieren.

Ein schmerzhaftes Gefühl breitete sich in Ankes Brust aus. Warum war er so abweisend?

»Nein!«, sagte sie. »Das werde ich nicht tun!« Sie versuchte aufzuspringen, doch Ole packte sie am Handgelenk und zog sie wieder zu sich herab.

»Ole, lass mich los! Du tust mir weh! Was soll das?« Ankes Stimme wurde lauter.

Rasch legte Ole ihr eine Hand über den Mund. »Jetzt beruhige dich!«, zischte er.

Anke strampelte und versuchte sich aus seinem Griff zu lösen, doch er war viel stärker als sie. Ihre Augen wurden groß, und er las etwas in ihnen, das ihm nicht gefiel: Angst, Entsetzen und so etwas wie Verachtung. Er wusste, dass Anke ihn nie wieder so bewundernd und voller Liebe ansehen würde, wie sie es zuvor getan hatte.

Wie von selbst wanderte seine rechte Hand zu ihrem Hals, legte sich um ihre Kehle, erst sanft, dann mit immer stärkerem Druck. Anke bäumte sich auf, doch er drückte sie mit seinem Gewicht nach unten. Ihre Augen traten hervor, ihr Gesicht wurde rot, sie versuchte, nach seinem Gesicht zu greifen, doch er hielt sie mit der linken Hand mühelos davon ab.

Ihre Lippen zitterten, ihre Arme und Beine krampften, immer heftiger reagierte ihr Körper auf seinen Würgegriff, dann lag sie still. Eine eigenartige Leere trat in ihre Augen, ihre Lippen bebten ein letztes Mal, und dann war es vorbei.

Einen besonderen Dank möchte ich
meinen Eltern aussprechen,
die mir die Sylt-Liebe schon in die Wiege gelegt haben
und mit mir jedes Jahr nach Sylt gefahren sind.